Demain, je me lève de bonheur

SOPHIE NOËL

City
Roman

A toutes les femmes qui ont,
ont eu et auront un jour cinquante ans,
et plus particulièrement
à France, Frédérique, Agnès,
Corinne, Christine et Flo.

ISBN :978-2-8246-1100-6
Code Hachette : 20 0975 6

Collection dirigée par Christian English & Frédéric Thibaud
Catalogues et manuscrits : city-editions.com

Dépôt légal : Novembre 2017

Partie I

I

Quarante-neuf ! Je viens de souffler quarante-neuf bougies !

Devant mes enfants, Amélie et Marius, je fais bonne figure, mais franchement, quarante-neuf ans, ça me paraît invraisemblablement beaucoup. Beaucoup, beaucoup trop. À vrai dire, je ne pensais même pas qu'un jour cela m'arriverait, à moi, Bérénice Bayard. J'ai l'impression que mes quinze ans, c'était hier… Avant-hier, peut-être, mais guère plus ! En y réfléchissant bien, je me dis que ce n'est pas possible : il a dû y avoir un dérèglement de l'espace-temps quelque part, un caprice d'une divinité espiègle qui aurait englouti une trentaine d'années sans prévenir personne.

Amélie (et elle, alors, d'où elle sort ses vingt-cinq ans ?), qui est venue avec Antoine, le jeune homme avec qui elle sort depuis ses dix-neuf ans, me fait un gentil sourire et me tend mon cadeau.

— Marius et moi, on a pensé qu'un an avant tes cinquante ans, tu aurais peut-être envie de faire quelque chose qui te sorte de l'ordinaire.

Ben, pourquoi donc ? Parce que lorsque j'aurai atteint mes cinquante ans, ce sera la fin du monde ? Finie ? Fichue ? Bonne à jeter ?

— Oh ! comme c'est gentil, mes chéris ! Je vous aime, vous êtes des amours... Voyons voir ce beau cadeau.

J'ouvre l'enveloppe et découvre un courrier à en-tête du Grand Hôtel des Thermes de Saint-Malo.

— Sept jours et six nuits pour un séjour de méga-remise en forme ! m'explique Marius. Tu vas t'éclater, maman !

Est-ce qu'on m'aurait offert un séjour de remise en forme si j'avais eu vingt-trois ans, comme lui ? J'en doute fort.

— Ça a dû vous coûter une fortune, les enfants. Il ne fallait pas...

— On s'est cotisés avec grand-mère, grand-père, Granny et… papa.

Ah ! Mes parents et ma belle-mère s'y sont mis aussi. Et mon ex. Ça me surprend un peu.

— En fait, sa nouvelle femme travaille à l'administratif du Grand Hôtel des Thermes. Elle nous a fait un prix. C'est un peu aussi l'idée de papa, tu sais, ce séjour.

Je comprends mieux ! Tout s'explique : Étienne, mon ex-mari, avec qui je suis pourtant séparée depuis un peu plus d'un an, aime toujours autant avoir prise sur ma vie.

— Ça te plaît, maman ?

— Mais bien sûr, mes poussins. Je suis ravie, vraiment ravie ! Ça va me faire un bien fou, ce petit séjour. Mais j'y pense : je suis embêtée à cause de Crumble… Je ne peux pas le laisser tout seul. Comment je vais pouvoir faire ?

Depuis ma séparation, je vis seule. Vie tranquille, pépère, sans surprises, sans soucis, et ça me va très bien. Je cohabite avec mon chien, Crumble, qui est la seule présence masculine – si l'on peut dire – que je supporte. J'y suis terriblement attachée, et il est pour moi hors de question de le laisser tout seul ou de le mettre dans une pension pour chiens.

Comme s'il m'avait comprise, mon brave toutou, d'une race très indéterminée puisqu'il a un peu de griffon sur la tête, de labrador sur le corps et les pattes aussi arquées qu'un fauteuil Louis XV, s'approche de moi et pose sa bonne grosse bouille sur ma jambe. Marius se lève, un sourire en coin qui ne me dit rien qui vaille :

— On a tout prévu, maman : je vais m'installer la semaine chez toi pour garder Crumble. Comme ça, tu n'as aucune raison de ne pas y aller.

Mes enfants me connaissent bien. Ils savent quelle mère plan-plan je suis, avec ma vie calme et réglée comme du papier à musique. Je ne sais pas si c'est pour me rassurer ou par fainéantise, mais depuis des mois, les journées se suivent et se ressemblent, à quelques variantes près : déjà, j'ai la chance (ou la malchance, selon que l'on est sociable ou pas) de travailler à la maison comme traductrice indépendante. Je maîtrise parfaitement l'anglais et l'espagnol. Cela me permet de vivre confortablement de mes revenus tout en organisant ma vie à la maison comme je l'entends. C'est bien simple, mon emploi du temps tient en quelques mots : tous les matins de huit heures à neuf heures, je promène Crumble. Je me mets au travail à neuf heures trente. Pause de midi où je grignote vite fait quelques légumes crus, un jambon-nouilles ou un plat tout fait. Je reprends mes traductions sans m'arrêter jusqu'à dix-sept heures. Là, je me fais un thé juste avant de sortir à nouveau mon chien. Il y a bien sûr quelques folies dans ce quotidien bien huilé : le lundi, je fais les courses, le mardi, le ménage du rez-de-chaussée, le mercredi, le ménage du premier étage, le jeudi, je fais un tour à la bibliothèque, le vendredi, c'est l'aquagym avec ma voisine (de soixante-huit ans), le samedi, je vais deux fois par mois assister à des conférences sur l'art avec un groupe de personnes du troisième âge. Le dimanche, je glandouille.

La vie palpitante de Bérénice Bayard.

À part ça, je ne sors jamais, je ne pars jamais en week-end, je ne voyage jamais, je dévie fort peu de mon organisation qui, jusqu'à présent, me convient très bien.

Et surtout me rassure. Cela dit, avant mon divorce, c'était à peu de choses près le même emploi du temps, avec la présence d'Étienne en prime, que j'avais fini par ne plus voir sauf au moment du dîner, souvent vite expédié.

Amélie et Marius, qui me reprochent régulièrement mon immobilisme, me regardent d'un air inquiet. Antoine, d'ordinaire si bavard, se tient un peu en retrait.

— C'est super, vous avez tout prévu, les enfants. Je suis contente que tu viennes t'installer ici quelques jours. C'est vraiment une excellente idée. Après tout, vous avez raison : il faut que je me bouge un peu.

Se détendant soudain, ma fille et mon fils éclatent de rire. Malgré tout, je suis heureuse de leur faire plaisir.

— Allez, on reprend une part de gâteau, je marcherai en serrant le ventre et les fesses lors de la prochaine promenade de Crumble pour éliminer tout ça.

Au moment de partir, alors que Marius et Antoine sont déjà dehors, Amélie me tend un paquet de papier kraft.

— Oh ! C'est quoi, ma chérie ?

— Je voulais te le donner discrètement, c'est un petit cadeau en plus pour toi. Si tu veux, on en reparle, mais là, je dois partir. Va voir sur Internet, je t'ai mis un lien sur une carte. C'est génial et je me disais que pour toi… enfin, j'avais envie de t'offrir ça, maman.

Surprise, j'ouvre le paquet et découvre un très joli cahier épais et une pochette de feutres aquarellables.

Un mot de la main de ma fille est écrit sur une carte qui représente une œuvre d'artiste inconnu avec un chien qui ressemble à s'y méprendre à Crumble.

Bon anniversaire, maman. Je sais que, pour toi, cette dernière année avant tes cinquante ans est importante.
Ce cahier, c'est pour que tu te crées un Bullet Journal. Ça te permettra de prendre du temps pour toi, pour t'organiser, pour te vider la tête. Ce sera aussi un carnet de pensées et d'idées. Tu l'inventes et le décores à ton image.
Va voir sur le Net, tout est expliqué. C'est génial, je m'en suis fait un et je ne peux plus m'en passer.
Tu me diras ce que tu en as pensé ?
Je t'aime,
Amélie

Inutile de dire que j'y vais de ma petite larme. Ma fille, mon bébé… Je l'aime. Une fois calmée (parce que depuis que j'ai dépassé quarante-cinq ans, je chouine pour un oui ou pour un non, pire que pendant mes grossesses.), intriguée par ce truc – *le Bullet Journal* –, je file sur Internet tenter de comprendre de quoi il retourne. Après avoir surfé un peu, je tombe sur une vidéo incroyable d'une nana déjantée, qui explique ce que c'est. Pour commencer, les gens branchés disent *un BuJo*. Ça fait genre. Ensuite viennent les explications : le BuJo, c'est une sorte d'agenda amélioré, enjolivé, qui permet de gérer son temps et ses activités de manière optimale en regroupant tout en un seul et même endroit. C'est bien simple, entre la page dédiée à l'organisation du mois et le semainier, on peut y inclure des listes de tâches à faire, de menus, de courses, de projets, d'idées, de films à voir, de livres à lire, de voyages, de sport… ou encore ses lubies ou ses défauts, ses qualités… Bref, le truc, il fait organiseur et psy à la fois.

Le must, c'est qu'on le crée soi-même, on ajoute des pages, on personnalise, on tableaute, on liste, on colle, mais aussi on l'agrémente et on l'illustre comme on veut… Un véritable espace de créativité.

Voilà : organiseur, psy et œuvre d'art. Amélie avait raison, ça va bien me plaire, ce truc.

Alors, je me lance…

« Le BuJo de Bérénice »

2

Je tourne en rond dans ma petite chambre. Celle que j'ai partagée des années avec mon mari ; exiguë, encombrée, pleine de photos que je n'ai pas encore eu le courage d'enlever. Sur l'une d'elles, je suis avec Étienne. Un peu raide. Coincée, dirait mon fils. Sur une autre, avec mes enfants : Amélie est aussi grande que moi. Je me demande d'où elle tient ses longs cheveux blond clair et ses yeux bleus. Depuis qu'elle a quinze ans, elle a adopté un style vestimentaire chic et décontracté et ne fait jamais de fautes de goût. Enfin, c'est ce que dit son frère. Pour ma part, je n'ai pas d'avis sur les vêtements des gens, me contentant de m'habiller pour ne pas être toute nue. Marius, lui, est un adepte du jean-tee-shirt, quelle que soit la météo. Il ressemble comme deux gouttes d'eau à son père, c'est-à-dire grand, très mince, brun aux yeux verts.

Si j'ai bien raté mon mariage, j'ai réussi mes enfants, ça, c'est indéniable.

Je peste depuis vingt minutes, à étaler le peu de vêtements que j'ai sur mon lit. Cela fait un mois que j'ai reçu mon cadeau, et je n'ai pas encore réussi à me faire à cette idée. Tout en faisant ma valise, je maudis Étienne, qui me force la main. Qu'est-ce que je vais aller faire en thalasso ? Je n'en ai pas la moindre envie. Si ce n'était l'enthousiasme de mes enfants, je refuserais l'invitation. Mais je ne peux pas faire ça à Amélie et Marius, qui avaient l'air si contents. Et puis, je déteste faire les valises : quoi mettre dedans. Pour sept jours. Sept interminables jours. Un maillot de bain, pour commencer, parce que, si j'ai bien compris, je vais barboter pour des soins en piscine ; une robe de chambre (mais je crois qu'ils prêtent les peignoirs), un pyjama, deux pantalons, deux pulls, trois chemisiers, trois tee-shirts, une parka (on est à la fin de l'été et, de toute façon, il pleut tout le temps, en Bretagne), mes chaussures de sport, mes mocassins, des sous-vêtements et puis voilà. Je ne vais pas faire de zèle. De toute façon, ma garde-robe est tellement pauvre que mon choix n'est finalement pas très compliqué. Je vais peut-être acheter un pyjama qui se tienne un peu plus que le dépenaillé que j'ai. On ne sait jamais.

Tout en me préparant, en proie à des petites poussées d'angoisse, je touche le bois de ma commode et mon front trois fois de suite : *bois-front, bois-front, bois-front.* C'est mon truc à moi pour conjurer un éventuel mauvais sort qui ferait qu'en mon absence, une météorite tomberait sur mon ordinateur et anéantirait mon travail, mes enfants seraient enlevés par des djihadistes, ou qu'un séisme engloutirait Crumble…

J'ai plein de *petites* manies, comme celle-là, des sortes de superstitions : par exemple, je compte toujours les marches quand je grimpe un escalier (mais pas quand je descends) ; j'évite de poser mes pieds sur les rainures des carreaux au sol ; je dois toujours regarder trois fois si la télévision est bien éteinte… J'en passe, ça me stresse rien que de l'évoquer, mais toutes les joyeusetés de cet acabit me font vivre dans une espèce de magie à la fois rassurante et handicapante.

Les psys diagnostiqueraient sûrement des TOC…

Le lendemain, quand vient le moment de partir pour Saint-Malo, la manipulation *bois-front, bois-front, bois-front* prend des proportions dramatiques. Tout est sujet à angoisse. Je projette ma magie partout dans la maison tout en me moquant de moi-même puisque, bien sûr, être superstitieux porte malheur.

En refermant la porte de ma maison sur Crumble que je viens de quitter pour toujours (rapport au séisme), je ne peux retenir mes larmes.

— Attends, je lui fais un dernier bisou, dis-je à Marius qui est venu pour m'emmener à la gare.

— Mais tu lui en as déjà fait plein.

— Oui, mais quand même...

— Maman... Je vais m'en occuper, le soigner, le sortir, lui faire des câlins, des bisous... T'inquiète. Allez, viens, tu vas rater ton train.

Si seulement...

— D'accord, mon chéri, j'arrive.

— Ça va aller ? Tu as l'air tristounette.

Discrètement, je retouche du bois sur une branche d'arbuste pour conjurer le mauvais sort. Comme toujours, je me sens un peu mieux après et me force à prendre un ton enthousiaste.

— Mais non, je suis contente. Ça va être super. C'est juste que je n'ai plus trop l'habitude de partir de la maison et...

— Maman, c'est un peu pour ça qu'on t'a fait ce cadeau. Tu n'as pas l'air de t'amuser beaucoup, dans ton quotidien... C'est pas bon pour toi.

Alors, là, si un gosse de vingt-trois ans est capable de savoir ce qui est bon pour une femme de quarante-neuf ans...

— Tu as raison, je suis enthousiaste ! Je ne le montre

pas, parce que je pense à Crumble, mais si, si, je suis très enthousiaste !

Le voyage en train promet d'être monotone.

Déjà, ça commence très fort, dans la gare, quand j'entends derrière moi qu'on me siffle. Intriguée, je me retourne et tombe nez à nez avec trois jeunes hommes hilares, qui stoppent net en me voyant de face.

— Oh ! pardon, madame, on n'avait pas vu que vous n'étiez pas… que vous étiez si…

Ouais ! De dos, je ne fais pas mon âge, c'est sûr…

— Que j'étais si vieille, c'est ça ?

Les gamins, qui ont l'âge de mon fils, rougissent jusqu'aux cheveux, puis partent en courant et en riant…

J'imagine que ce genre d'humiliation fait partie du packaging « cinquante ans ». Il va falloir que je m'y fasse.

En plus, je déteste le TGV, il a une façon de remuer qui me donne la nausée. Je n'arrive même pas à lire. Assise contre la fenêtre, je regarde défiler le paysage, pestant intérieurement : il n'y a pas de bois dans le TGV pour que je me fasse ma provision de *bois-front*. Sur le siège d'à côté, mon voisin dort déjà à poings fermés. Au premier coup d'œil, je devine que c'est un goujat, son bras occupe tout l'accoudoir, et il ronfle. C'est le pompon ! Je n'ai même pas un bout d'accoudoir pour moi et suis obligée de maintenir mon bras sans le poser. Il me vient soudain une horrible idée. Je sors de mon sac ma petite trousse de crayons. (C'est pour faire mes mots fléchés. Notez que les jeunes n'ont jamais ça dans leur sac.) Je prends un crayon à papier bien taillé et pif ! Subrepticement, je lui enfonce la pointe dans le gras du bras (oui, je sais, je suis ignoble).

— Aïe ! C'est quoi qui m'a piqué ?

Il crie si fort que je sursaute, faisant tomber mon sac par terre.

— Ça va ? Que se passe-t-il ? Vous vous êtes fait mal ?

Mon hypocrisie me fait ricaner intérieurement. J'ai un peu honte aussi.

L'homme remonte sa manche et se frotte le bras. J'en profite pour poser le mien sur l'accoudoir, bien décidée à n'en plus bouger tout en faisant mine de regarder où il a mal.

— Non, non, je ne vois rien. Tout va bien. Vous avez dû faire un cauchemar.

La mine renfrognée, il se retourne vers l'allée centrale et se rendort. Tant mieux, j'ai l'accoudoir pour moi toute seule. Cela dit, il faut tout de même que je ramasse mon sac. Ce n'est pas gagné, vu l'espace qu'il y a entre mon siège et celui devant moi. Je commence à me contorsionner tout en gardant ma main droite sur l'accoudoir pour que l'autre ne me le pique pas à nouveau, et je plonge la tête vers le sol. Heureusement que je n'ai pas fait de brushing, parce que je me râpe le cuir chevelu sur le revêtement rugueux du fauteuil de devant. Manque de bol, le contenu de mon sac s'est éparpillé par terre. Quelle galère ! Ah ! vraiment, ça commence bien, ce séjour ! Je me courbe, me désarticule, me penche encore, plus bas, plus bas, obligée de mauvaise grâce de lâcher l'accoudoir pour ramasser à deux mains mon bazar, la respiration à moitié bloquée.

— Vous avez un problème ?

— Hein ?

— Ça va ? Vous avez un problème ? Je peux vous aider ?

— Qui me parle ?

— Euh... Je suis le passager de devant. Vous m'avez tellement secoué que je me suis demandé ce qui se passait.

J'essaie de me relever, mais là, malheur : impossible de me déplier ! Comme mon voisin de devant me demande à nouveau si je vais bien, je me mets à gémir.

— 'uis 'oincée !

— Pardon ?

— Au ‘ecours ! ‘uis ‘oincée !

— Vous êtes coincée ?

— Oui !

— Ben, c’est bizarre. Comment vous avez fait ?

— ‘uis ‘oincée, vous dis ! Aidez-moi !

J’ai beau me tortiller dans tous les sens, je n’arrive pas à me redresser. Comme l’autre d’à côté dort, je ne peux même pas me déplacer latéralement. C’est pourtant la seule solution que j’entrevois pour me sortir de là.

— Bougez pas, j’arrive !

Ben ça, pour pas bouger, c’est sûr : je ne vais pas bouger !

— Monsieur, monsieur ! Réveillez-vous ! Il faudrait que vous sortiez de votre place pour que j’aide la dame à côté de vous !

— Oh ! Mais qu’est-ce qu’il y a encore ?…

— Regardez, la pauvre est coincée, il faut que vous sortiez de votre place pour qu’on la décoince.

S’ils pouvaient arrêter de palabrer pendant que je suis pliée en deux à m’étouffer entre les fauteuils, ça m’arrangerait.

Mon voisin se lève en pestant, tandis que mon sauveur m’attrape le bras et me tire.

— C’est pas simple, me dit-il tandis que je me déplace en crabe vers lui, millimètre par millimètre.

— ‘on, mais ‘irez ‘us ‘ort...

— Pardon ?

— Tirez-moi plus fort !

Il m’empoigne fermement par la taille, tente de m’extraire et me dégage enfin. Je m’affale comme un vieux flan dans l’allée centrale, tandis que mon sauveur tombe sur les genoux d’une petite grand-mère assise dans l’autre rangée.

— Oh ! Pardon, madame.

— Tout va bien ! Le principal est que vous ayez sauvé la p'tite dame.

La *p'tite dame* se relève tant bien que mal, percluse de douleur, rouge de honte, le vêtement en pagaille et le cheveu... J'en parle même pas.

— Ça va ? me dit mon libérateur.

— Dites, j'vais pouvoir me rasseoir, un jour, quand vous aurez fini de vous amuser ?

Je me retourne vers mon voisin :

— Ah ! pardon, désolée d'avoir failli mourir asphyxiée. Et merci pour votre aide ! Vous pouvez vous rasseoir, c'est bon.

Je ne sais pas ce qui me retient de lui claquer le beignet. Le fait qu'il fasse un mètre quatre-vingts, peut-être.

Je me tourne enfin vers celui qui m'a sauvé la vie. C'est un bel homme qui doit avoir la quarantaine, un début de barbe poivre et sel, des yeux verts malicieux et un magnifique sourire.

— Je vous offre un verre à la voiture-restaurant pour vous remettre ?

— Ce serait plutôt à moi de vous inviter. Sans vous, je mourais étouffée en sandwich entre deux tranches de siège.

Ses yeux se plissent quand il éclate de rire, puis il me prend le bras pour m'emmener.

— Attendez ! Mes affaires…

Je me penche sur mon voisin qui soupire.

— Bon, ben, désolée, il faut que je ramasse ce qui est tombé et que je reprenne mon sac à main. Après, vous serez tranquille. Vous pourrez même prendre l'accoudoir pour vous tout seul.

— J'vous les ramasse, vos affaires, sinon ça va encore créer une catastrophe.

Quand tout est rangé, je pose sur mon siège un de mes

petits bagages, pour qu'on ne me pique pas ma place, puis je pars sans me retourner en suivant mon gentleman.

— Emmanuel, pour vous servir, madame, me dit-il en s'asseyant, toujours souriant.

— Moi, c'est Bérénice. Merci encore à vous. Non, mais quelle histoire !...

— Oui. Je voyage souvent, je n'avais jamais vu ça.

— Ça ne m'était jamais arrivé non plus, remarquez.

Son sourire s'élargit davantage.

— Allez, n'en parlons plus. Qu'est-ce que vous buvez ? Moi, j'ai envie d'une bière fraîche, ça vous tente ?

Boire une bière ? Je n'ai jamais bu de bière, moi, spécialiste du thé, de l'eau du robinet et, dans les grandes occasions, de Perrier citron.

— Allons-y pour une bière, lui dis-je avec entrain, comme si j'avais bu ça toute ma vie.

Il nous rapporte deux bouteilles, avec des mini-saucissons et des chips.

— Ben, c'est la fête aujourd'hui !

Il éclate de rire :

— Un événement pareil, ça ne se loupe pas.

J'aurais préféré que cela ne m'arrive pas à moi, mais je serais passée à côté de cette charmante rencontre. Finalement, c'est plutôt un mal pour un bien.

— Qu'est-ce que vous allez faire à Saint-Malo ?

— Mes enf... Enfin, je vais me... Comment dire ?... J'ai gagné une semaine de thalasso au Grand Hôtel.

— Ouah ! Quelle chance ! Vous allez voir, c'est extraordinaire ! J'y suis allé l'an dernier, j'en suis sorti revigoré comme jamais.

— Ah bon, c'est pas un truc pour les vieux croûtons ?

— Mais pas du tout ! Le public va de la jeune femme enceinte aux mamies et papis, c'est vrai, mais entre les deux, vous avez beaucoup de personnes de tous âges, même des adolescents. La preuve, vous y allez, et vous n'êtes pas une vieille croûtonne.

Ouais, enfin, j'ai eu quarante-neuf ans il y a un mois, ne l'oublions pas. Mais je préfère ne pas le dire à Emmanuel pour entretenir un peu l'illusion : si ça se trouve, je fais plus jeune que mon âge...

Concernant mon séjour, ce n'est pas l'idée que je me faisais de la cure, mais c'est plutôt une bonne nouvelle.

— Et vous, qu'allez-vous faire à Saint-Malo ?

— C'est beaucoup moins drôle que vous : j'y vais pour mon travail.

— Sans indiscrétion, c'est quoi, votre travail ?

— Je suis ingénieur en biologie marine, spécialisé dans la maîtrise des pollutions et nuisances.

Ouah ! Le genre de métier que j'aurais adoré faire. Quand j'étais jeune, j'étais attirée par les sciences, mais c'étaient les maths qui n'étaient pas très attirées par moi. Ce qui a un peu bloqué mon élan dans la poursuite d'études scientifiques. En contrepartie, j'étais vraiment douée pour les langues et le dessin. On ne peut pas tout savoir faire.

— Vous êtes installé à Saint-Malo ?

— Pas vraiment : en fait, je sillonne la planète pour effectuer des prélèvements le long des côtes et les analyser. J'ai un chantier important à Saint-Malo. Mais assez parlé de moi : on trinque ?

Nous levons nos verres de bière et les cognons l'un contre l'autre, faisant pétiller la mousse. La belle couleur ambrée de mon verre me fait envie. L'amertume me monte tout de suite aux narines. Je me retiens de faire une grimace, mais j'aime ça. En fait, la bière, c'est drôlement bon !

Quand je repose mon verre, Emmanuel me lance un regard amusé :

— Euh... Vous avez de la moustache, là...

Délicatement, il passe sa main sur ma lèvre supérieure. Heureusement que je suis assise, car mes jambes flageolent sous le coup, et j'ai une terrible décharge d'adrénaline.

Les effets de la bière, sûrement.

- AMBIANCE : chabada bada, chabada bada...
- AVENTURE : le crime du TGV Express avec un crayon à mots fléchés.
- ZOOLOGIE : assise à côté d'un ours.
- SENSATIONS : que ceux qui ont déjà été coincés entre deux sièges de TGV lèvent la main (c'est bien ce que je pensais : personne !).
- RENCONTRE : le prince charmant.
- À FAIRE : me renseigner sur les magnitudes de séisme en région parisienne.
- CITATION : *Une pinte de bière est un mets de roi.* (William Shakespeare)
- À ÉCOUTER : Jonasz - *Voyageuse*.

3

L'arrivée à Saint-Malo est à la fois drôle et triste. Drôle parce qu'on doit se mettre à plusieurs pour réveiller mon horrible voisin qui dort à poings fermés : il faut que je récupère mon sac de voyage, et il est hors de question que je le fasse en passant par-dessus lui. Pendant que je lui crie dans les oreilles « Nous sommes arrivés, monsieur, MONSIEUR ! Nous sommes arrivés ! », la petite mamie de la rangée d'à côté lui donne des coups répétés de parapluie sur l'épaule : j'ai du mal à réprimer une grosse envie de rire. Elle aussi.

— Mais c'est qu'il est coriace, l'animal ! me dit-elle en pouffant. Qu'est-ce qui lui prend à dormir comme ça ? Il est entré en hibernation ou quoi ?

Je me penche vers elle en murmurant :

— Vu l'ours grognon que c'est, ça ne m'étonnerait pas.

Elle part d'un petit rire pointu charmant, plissant ses yeux noisette qui me semblent refléter une intelligence vive.

— En conjuguant nos efforts, on va bien y parvenir.

En effet, à force de cris et de coups, l'homme finit par ouvrir un œil, se lève en bougonnant et se sauve vers la sortie en nous regardant comme si nous étions deux folles.

Malgré cet épisode amusant, je suis triste de quitter Emmanuel. Nous avons passé tout le voyage dans la voiture-restaurant, lui et moi, à parler de choses et d'autres, à rire, à déguster d'étranges sandwiches raplapla, à boire de la bière. Je crois même que ça m'a un peu tourné la tête, mais quel bon moment j'ai passé ! La dernière fois que j'ai été aussi bien avec un homme, ce doit être quand j'ai rencontré mon mari. À vingt-cinq ans. Il y a plus de vingt ans, donc... C'est pour dire.

— Tiens, je te donne ma carte. Je reste quelques jours à Saint-Malo avant de repartir pour une autre mission. J'ai beaucoup de travail, mais nous pourrons nous voir... si tu es d'accord.

Évidemment que je suis d'accord.

— Oui, avec plaisir. Ça me sortira de ma cure avec les vieux croûtons.

— Tu as tort de penser ça, je t'assure, tu vas voir, c'est génial, la thalasso.

Je ne demande qu'à le croire. Sur le quai, il empoigne énergiquement sa valise et m'explique :

— Je dois partir, car j'ai une importante réunion dans une demi-heure. Un taxi m'attend à la sortie de la gare, pas le temps de traîner. Tu as mon portable sur ma carte, tu m'appelles, hein ?

— Promis, je t'appelle.

En le regardant s'éloigner, sous un léger crachin tombé d'un ciel bien gris, je me dis que je déteste les quais de gare.

— Ne vous inquiétez pas, ma petite, vous le reverrez, c'est sûr.

Je me retourne sur la grand-mère au parapluie, qui me regarde avec un large sourire.

— Oui, sûrement, enfin, on verra bien...

— J'ai vu comme il vous regarde. Vous lui plaisez, c'est sûr.

— Oh ! vous savez, les hommes, moi, je ne suis pas vraiment spécialiste... Je ne suis pas sûre de les intéresser.

— Comment ça ? Mais détrompez-vous ! Vous êtes si jolie... pleine de charme ! Croyez-moi. Ça ne trompe pas une vieille comme moi !

— Mais vous n'êtes pas si vieille, voyons...

— Quatre-vingt-trois ans, c'est pas non plus de la première jeunesse.

Haute comme trois pommes, toute fine, ma petite grand-mère a les cheveux gris soigneusement bouclés. Ils brillent comme si elle y avait mis de la gomina, produit capillaire d'un autre temps. Sa tenue est aussi soignée que sa coiffure : un tailleur gris dont la veste cintrée tombe impeccablement sur une jupe droite à mi-mollet. Elle trottine plus qu'elle ne marche, chaussée de salomés à petits talons. Son visage a peu de rides et je ne sais pas si ses joues rosées sont dues à la nature ou à la poudre de riz. Je suis étonnée qu'elle ait quatre-vingt-trois ans.

— Eh bien, croyez-moi, lui dis-je sincèrement, vous ne les faites pas.

Elle me gratifie d'une moue coquette et m'invite à s'approcher d'elle.

— C'est gentil, ma petite. Vous voulez partager un petit coin de parapluie avec moi ? Où allez-vous dans Saint-Malo ?

— Au Grand Hôtel des Thermes. Mes enfants m'ont offert une semaine de thalasso...

— Quelle coïncidence, moi aussi, j'y vais ! En fait, j'y vais tous les ans depuis trente-quatre ans. C'est mon petit moment rien qu'à moi, mon plaisir, ma semaine de douceur...

Trente-quatre ans. Mais elle a dû commencer drôlement jeune ! Comme si elle avait lu dans mes pensées, elle continue :

— La première fois que je suis venue ici, j'avais quarante-neuf ans. Une année avant mes cinquante ans. J'avais envie de faire quelque chose pour moi, moi toute seule, pour m'aider à passer le cap, pour me retrouver avant d'entamer mon deuxième demi-siècle... Enfin, voilà. Depuis, je n'en ai pas loupé un seul. Tous les ans.

Je la regarde, interloquée. La vie est amusante, parfois, le hasard aussi d'ailleurs, qui vous fait rencontrer une personne ayant vécu exactement la même chose que vous, comme cette charmante petite grand-mère.

— Moi, c'est Madeleine Perrault, et vous ?

— Bérénice Bayard. Je suis ravie de faire votre connaissance.

— On y va ?

Bras dessus, bras dessous, nous remontons tranquillement le quai, sous le parapluie assommeur d'ours qui nous protège à peine du crachin breton, à rire comme deux *vieilles* connaissances.

L'arrivée au Grand Hôtel des Thermes me coupe le souffle, car je ne m'attendais pas à un tel luxe. Je ne sais pas combien mon cadeau a coûté, mais franchement, ça ne doit pas être donné, ici. À l'accueil, une jeune femme affable me dit :

— Ah ! Vous êtes madame Bayard. Je vous prie de bien vouloir attendre quelques instants, si cela ne vous dérange pas.

Elle disparaît dans une pièce derrière son comptoir. Madeleine m'attrape doucement le bras :

— Dites-moi, Bérénice – je peux vous appeler Bérénice ? –, ça vous dit que nous dînions ensemble ? Je suis d'un naturel à me lier très vite aux gens qui me plaisent. Ça ne vous dérange pas, j'espère ?

Elle est marrante, cette petite Madeleine, franche et directe.

— Si ça veut dire que je fais partie des personnes qui vous plaisent, bien sûr que cela ne me dérange pas. Sinon, oui, je veux bien que nous dînions ensemble. Avec plaisir.

— Alors, c'est d'accord. J'aimerais aller m'installer. Nous avons une bonne heure avant le repas. Si vous voulez bien, appelez-moi sur mon portable pour me donner votre numéro de chambre et me dire quand vous êtes prête. Je passerai vous prendre. Ça ira ?

Je lui fais un signe de tête pour approuver tandis qu'elle me donne une jolie carte de visite avec son numéro de mobile. Je la regarde s'éloigner avec ses petits pas rapides et décidés. Il émane d'elle à la fois du calme et une forte énergie. Je souris : je me suis fait une sacrée copine.

La réceptionniste revient, accompagnée d'une grande femme blonde, jeune, belle et élégante.

— Ah ! Bérénice. Je suis contente de faire votre connaissance. Je suis Armelle, la compagne d'Étienne.

La compagne d'Étienne. Quel Étienne ? Mon ex-mari ? Mon ex-mari de cinquante balais à la tête grisonnante vit avec cette sirène ? Je n'en reviens pas. Plus différente de moi, ce n'est pas possible : elle est aussi blonde que je suis brune, ses yeux, aussi foncés que les miens sont clairs, sa poitrine, aussi plate que la mienne est ronde, en tailleur-jupe-talons hauts alors que je porte la plupart du temps un pantalon confortable (vous savez, ceux qui ressemblent aux pantalons Karting de nos grands-mères) et des mocassins plats. Et puis elle est jeune, terriblement jeune, alors que moi, je… Bon…

Mais qu'est-ce qui a pris à Étienne de s'acoquiner avec cette gamine ?

Cela dit, à bien la regarder, je trouve qu'elle est emmanchée d'un long cou. Elle a beau le dissimuler avec un carré de soie, j'ai rarement vu un cou pareil : éventuellement chez une girafe, mais jamais chez une femme.

— Bonjour, madame...

Ça me coupe un peu la chique. Moi qui n'ai pourtant pas ma langue dans ma poche, je ne sais pas trop quoi lui répondre.

— Appelez-moi Armelle, je vous en prie, nous avons tout de même un lien commun assez fort.

Tu parles.

— Oui, bonjour, Armelle. C'est... c'est beau ici.

Elle va finir par croire que la première femme d'Étienne était une demeurée si je continue avec ces réparties percutantes.

— Oui, vous allez voir ! Étienne s'inquiétait pour vous. Nous avons pensé que cela vous ferait du bien, ce petit séjour.

Ils ont pensé pour moi... Comme c'est gentil !... J'ai l'impression d'être sous curatelle, d'un coup. Ignorant ma grimace interloquée, elle reprend :

— Et Amélie et Marius y tenaient tellement.

— Ah ! Vous connaissez mes enfants ?

— Forcément. Ce sont aussi les enfants d'Étienne, non ? fait-elle avec un rire en cascade (limite grotesque).

J'ai envie de lui balancer que ça reste à prouver, mais bon, je serais de mauvaise foi, puisqu'à partir du moment où j'ai été mariée à lui, je n'ai pas connu d'autres hommes... Ce n'est pas comme à l'adolescence, où je m'étais laissée aller à davantage de fantaisies avec les garçons. Ou pendant mes études où j'avais un amoureux avec qui j'ai vécu une liaison sulfureuse.

Mais le mariage, pour moi, c'était sacré, et je suis restée une épouse fidèle. Oui, je sais, de nos jours, ça paraît ringard, mais c'est comme ça. Cela dit, au début, je ne m'en suis pas plainte, car c'était un mari drôle et un bon amant.

Me sortant de mes souvenirs, je regarde mon interlocutrice : même si l'amour s'est émoussé avec Étienne ces dernières années et que le sexe a complètement disparu de notre relation, ça me fait bizarre de me dire que maintenant, c'est cette girafe qu'il chevauche.

— Laissez les bagages, ça a l'air lourd, pour vous. Quelqu'un vous les montera.

— Trop aimable. C'est vrai que deux pantalons et un pyjama, pour mes muscles atrophiés en fin de vie, c'est dur à porter.

— Je vous amène à votre chambre, nous pourrons discuter en route.

— Ah bon, pourquoi ? C'est à plusieurs kilomètres ?

— Huhuhu ! Que vous êtes drôle ! Étienne m'avait prévenue... Mais non, voyons, façon de parler. Nous allons prendre l'ascenseur et longer un couloir, rien de bien méchant, ne vous inquiétez pas. En plus, vous verrez, dans quelques jours, vous ferez tout cela au pas de course tellement vous aurez fait le plein d'énergie dans notre centre.

C'est ça. La vieille bique va reprendre du poil de la bête pendant sa cure thermale et te battre à la course, fillette. Et, tiens, y aurait pas une option boxe française en prime dans le programme ? Ça me plairait bien de t'allonger KO sur ta moquette de luxe.

Je la suis, les yeux rivés sur ses bas nylon qui lui font une jambe au galbe d'enfer, me demandant comment je pourrais lui faire un croche-patte.

Mais nous arrivons indemne jusqu'à une porte qu'elle ouvre, m'invitant à entrer dans une pièce claire :

— Voilàààà ! On vous a réservé une très belle chambre avec vue sur la mer. Ça faisait tellement plaisir à Amélie et Marius.

Elle m'énerve à ramener mes gosses chaque fois qu'elle a besoin d'un alibi.

— Vous trouverez sur votre bureau votre programme personnalisé pour la semaine. Vous verrez, je suis sûre que ça va vous plaire. Mais vous devez être fatiguée. Je vais vous laisser vous reposer de votre voyage. On se voit plus tard ?

— Merci beaucoup, c'est très gentil. En effet, je vais essayer de me remettre des trois heures de voyage en train... Quand on n'est plus de la première jeunesse, on se fatigue vite.

Je lui claque la porte au nez. Non, mais elle se prend pour qui, celle-là ? Ça ne lui suffit pas de m'avoir piqué mon mari ? Ça n'a pas traîné, d'ailleurs : un mois après notre séparation, ils étaient déjà ensemble. Étienne ne s'est pas fait prier longtemps pour se retrouver une femme. Même si notre divorce s'est fait d'un commun accord, même si j'ai gardé avec mon ex des rapports cordiaux mais distants, ça ne me branche pas plus que ça de la voir étaler ses atouts et surtout sa jeunesse devant moi.

Essayant de balayer les souvenirs des débuts heureux de mon mariage qui remontent en cascade, je repense à ce qui en a fait la fin : notre vie, à Étienne et à moi, est vite devenue prévisible, tranquille. Rassurante, mais terriblement ennuyeuse. On ne se voyait plus, on faisait l'un pour l'autre partie des meubles, on menait une vie monotone, parallèle, et on se rencontrait rarement. Nous aurions pu passer le reste de notre vie comme ça, mais je pense qu'en approchant de cinquante ans, Étienne a pris peur. Une belle crise de la cinquantaine.

Le plus triste de l'histoire, c'est que je ne suis pas sûre qu'il se soit aperçu que moi aussi, j'avais sombré très profondément. Étienne, gentil et sérieux, est quelqu'un de très conventionnel. Paternaliste, aussi. Il a dû croire que ma passivité était ma façon d'être une épouse modèle. Ça ressemblait pourtant bien plus aux symptômes d'une bonne dépression.

L'idée me vient d'appeler Emmanuel, mais ça fait à peine une heure que nous nous sommes quittés. Je n'ai pas envie d'avoir l'air de lui courir après.

Je défais ma valise, range mes quelques vêtements dans les placards, puis ouvre la porte-fenêtre pour me rendre sur la terrasse : face à la mer, avec une vue splendide, je respire à pleins poumons le vivifiant air marin. Je ferme un instant les yeux. C'est très agréable.

— On est bien, là, hein ?

D'où vient cette voix aigrelette ?

— Coucou, je suis votre voisin. Sur la terrasse d'à côté. Coucou !

Une main potelée et un bout de tête en forme d'œuf dépassent de la cloison entre nos deux terrasses.

— J'ai entendu du bruit ; alors, je me suis dit : André – André c'est moi – t'as un nouveau voisin ! Et quel bonheur, c'est même une voisine !

— Ah ben, oui, je suis une voisine. Vous m'excusez, *voisin*, mais je profitais un peu du bruit de la mer...

— Ah ça, elle fait un de ces boucans, la mer ! Et quand elle est haute, c'est d'un chiant !

— Oui, enfin, on est là en connaissance de cause : si on vient au bord de la mer, il faut s'attendre à la voir et à l'entendre un minimum, non ? Vous m'excuserez, je dois rentrer. Un coup de fil urgent à passer. Au revoir.

Avant qu'il n'ait le temps de me raconter une nouvelle ânerie, je rentre m'enfermer dans ma chambre. Eh bien ! Je suis gâtée avec le voisinage. J'espère seulement qu'il ne va empiéter ni sur ma terrasse ni sur ma tranquillité.

J'appelle Madeleine pour lui donner mon numéro de chambre, puis je m'assois sur le lit et regarde autour de moi : la pièce est spacieuse et confortable, peinte dans un rose pâle très apaisant, avec un bureau, une chaise, un fauteuil recouvert du même tissu que le dessus-de-lit, une télévision grand écran. C'est tout de même le grand luxe et une bonne invitation à la sérénité.

J'attrape mon portable pour appeler Marius.

— Allô, mon chéri ? Je suis bien arrivée à Saint-Malo.

— Ah ! Alors, comment tu trouves ?

— Écoute, je n'ai pas encore eu le temps de faire le tour, mais ça a l'air super, ici. Les gens sont charmants : j'ai déjà rencontré un ours, une girafe et une tête d'œuf...

— Mais qu'est-ce que tu racontes, maman ?

— Rien, rien, mon grand, des bêtises. Non, je suis très contente. Et... sinon... comment va Crumble ?

— Il survivra à ton absence, il va très bien. Ça ne fait jamais que cinq heures que tu es partie, je te signale. On allait sortir faire un petit tour.

— OK, fais attention à lui, hein ? Fais-lui des câlins de ma part. Je t'embrasse et embrasse Amélie et Antoine pour moi quand tu les verras. Je vous rappellerai pour vous en dire plus quand j'aurai commencé les soins.

— Et pour avoir des nouvelles de Crumble...

— Accessoirement, oui...

— Allez, maman, profite. Bisous.

— Bisous, mon chéri.

De ce point de vue là, je suis vraiment gâtée : mes deux enfants, s'ils n'ont pas été faciles-faciles à l'adolescence, surtout Marius qui avait décidé de ne plus rien fiche au collège et a failli passer un bac « jeux vidéo », sont particulièrement gentils et aimants. Je les ai toujours soutenus et aidés dans leurs études, et nous avons été récompensés. Amélie est kinésithérapeute, comme son père. Marius commence tout juste comme développeur multimédia (ne me demandez pas ce que c'est, je n'ai pas encore compris).

Je me plonge (c'est le cas de le dire) dans mon programme alléchant, même si l'intitulé de certains soins me laisse dubitative. La dominante est de me ressourcer, retrouver vitalité, forme et tonus avec des soins relaxants, régénérants et décontracturants. On me propose des modelages sous affusions (au début, j'avais lu « infusion » : je me voyais macérer dans un gigantesque mug en compagnie d'un sachet de tilleul géant), des enveloppements d'algues, des séances de piscine de jets lombaires (désincrustage au Kärcher ?) et des bains jets aux algues, des drainages marins, des douches sous-marines ou des grandes douches, qui me laissent à penser que je vais passer beaucoup de temps sous l'eau.

Je lis la brochure avec attention : il existe d'autres programmes. Je suis reconnaissante à mes enfants et à mon ex de ne pas m'avoir fait l'affront de choisir « Mer et anti-âge ». Cela dit, ils n'avaient pas vraiment intérêt…

— C'est l'heure de dîner, Bérénice. Vous venez ?

J'ai dû m'assoupir un instant, car en ouvrant les yeux, je me rends compte que le ciel s'est assombri. La nuit va bientôt tomber. Finalement, je dois le reconnaître avec mauvaise humeur, la girafe avait raison : j'avais besoin d'un petit somme pour me remettre. La voix de Madeleine, derrière la porte, se fait inquiète :

— Bérénice, tout va bien ?

— J'arrive, Madeleine, j'arrive…

Me voilà partie pour la première soirée dans ce temple de la remise en forme.

- AMBIANCE : souvenir, souvenir.
- AVENTURE : rencontre avec la faune locale, une girafe, un crâne d'œuf…
- ÉMOTIONS : perdue loin de tout (de Crumble surtout).
- À VOIR : un documentaire sur les mœurs sexuelles des girafes (et peut-être des œufs, aussi).
- CITATION : *Le coup du lapin, ça doit être terrible chez la girafe.* (Philippe Geluck)
- À ÉCOUTER : Jonasz - *On allait au bord de la mer…*

4

— Votre robe est très belle, Madeleine. Je suis désolée, je ne me suis pas habillée particulièrement...

— Mais vous êtes très bien comme ça. Ce pantalon bleu marine vous va à ravir. Moi, je suis une petite vieille, je ne me vois pas me mettre en pantalon... et puis j'aime m'habiller. C'est de mon époque. Mais cela ne me gêne pas du tout que les autres ne soient pas comme moi. Tenez, cette table est libre, on y va ?

Nous nous installons à une table ronde pour huit personnes. Il est encore tôt, nous sommes parmi les premières. Madeleine s'assoit avec un grand sourire :

— Vous allez voir, je mange comme un ogre.

— Vous avez bien raison. Moi, je ne suis pas très gastronome, je ne cuisine pas, je m'achète des plats tout faits, quelques légumes faciles à cuisiner parce que c'est important d'en manger pour la santé. Voilà...

— Ouh ! Mais quel dommage ! Il y a tellement de bonnes choses à manger dans la cuisine française. Léon, mon mari, était chef cuisinier dans un grand restaurant parisien ; alors, j'ai pris l'habitude de ne manger que de bons petits plats. C'est un vrai bonheur, vous savez.

— J'imagine, oui, mais je n'ai ni le savoir-faire ni le temps.

— Je comprends. Ici, vous allez voir, on mange très bien.

Il faut en profiter. Alors, ma petite Bérénice, dites-moi : vous faites quoi dans la vie ?

— Je suis traductrice indépendante. Je traduis toutes sortes de documents pour des entreprises internationales, des collectivités territoriales, certains services de l'État, des associations.

— Mais quel beau métier ! Vous devez en rencontrer, des gens intéressants !

— Euh... non, à vrai dire, jamais. Je travaille chez moi, sur mon ordinateur, tout se passe par mails. En fait, je ne rencontre jamais les personnes qui me commandent les traductions.

— Oh ben, c'est triste, alors. Comme je vous plains ! Je me souviens que, quand j'avais votre âge, un de mes plus grands plaisirs était de prendre le métro pour aller dans l'atelier de couture où j'étais première main. Nous travaillions en équipe et, même s'il y avait des chicaneries parfois, qu'est-ce que j'aimais ces bains de foule dans le métro et l'ambiance de notre atelier.

— Vous étiez première main chez un couturier ? C'est génial, ça !

— J'aimais mon métier, oui...

— Je peux m'asseoir à votre table, mes p'tites dames ?

Zut ! Tête d'œuf ! Je ne sais pas pourquoi, je ne le sens pas, celui-là. J'ai la désagréable sensation qu'il va gâcher notre premier dîner.

— Moi, c'est André, mais appelez-moi Dédé, c'est plus sympa !

— Bonjour, Dédé, moi, c'est Madeleine.

— La mamie de service !

D'une grande délicatesse, le Dédé. Je vois du coin de l'œil Madeleine esquisser un sourire.

— Excusez-nous, André, mais nous étions en train de parler.

— Oui, oui, je connais ça. Les femmes, toutes des bavardes ! Ne vous gênez pas pour moi, je prendrai la conversation en route, j'ai l'habitude.

Quel mal élevé ! Madeleine se racle un peu la gorge, tandis que la salle se remplit de plus en plus et que le niveau sonore augmente. Trois jeunes adolescentes un peu rondelettes se joignent à notre table, une jeune femme en béquille et un homme élégant.

— Eh ben, voilà ! s'exclame Dédé tout guilleret. Nous sommes au complet. Une belle équipe, que nous formons là ! On lève nos verres d'eau ?

Pour montrer l'exemple, il se verse de l'eau avec un geste qui se veut grandiose, en projette partout autour, sert toute la tablée, puis cogne joyeusement son verre contre celui des autres.

— À votre santé, mes amis !

Les adolescentes pouffent, mais lui répondent gaiement. Nous entamons notre repas dans une bonne ambiance, même si elle est un tantinet lourdingue.

C'est vrai que les plats sont bons. Je constate avec plaisir que ma voisine, si gourmande, n'en laisse pas une miette. Même moi, plutôt adepte du jambon-nouilles, saucisse-purée ou raviolis en boîte, je me régale. Quand j'étais mariée, Étienne et les enfants se moquaient de ma cuisine. Ça n'a jamais été mon truc. Finalement, c'est Étienne qui s'y est mis. Pas un grand chef étoilé, mais inventif et gourmand. Ce qui était toujours mieux que moi.

À la fin du repas, nous avons lié connaissance avec tout le monde : Jacques, pilote de ligne, la soixantaine épanouie, qui fait un stage de golf et quelques soins-détente ; les trois jeunes adolescentes investies à fond dans un séjour « équilibre » pour perdre du poids et renouer avec leur corps ; Anne, une sportive de haut niveau, venue faire sa rééducation, et notre ami Dédé. En peu de temps, nous savons tout sur lui : riche quincaillier, qui a hérité de la boutique florissante de ses parents, marié, sans enfants, tout juste quarante ans même s'il en fait beaucoup plus (enfin, selon moi qui suis un peu perturbée avec l'âge des gens en ce moment). Dédé a plein de théories aussi étranges que saugrenues. Par exemple, la raison de sa présence en thalasso : marié depuis peu avec une jeune femme russe qu'il a connue sur un site de rencontres, il se désespère d'avoir un enfant.

— Vous comprenez, il me faut une descendance pour reprendre la quincaillerie quand je serai à la retraite.

Sans aucune pudeur, il nous explique qu'ils essaient depuis deux ans d'avoir un petit et que, comme ça ne marche pas, il a pensé qu'il était surmené et qu'une bonne remise en forme changerait tout.

— Je suis là pour quinze jours. Forfait remise en forme et anti-âge. Je n'ai pas lésiné !

— Mais… et votre épouse ? s'inquiète Madeleine.

— Il faut bien que quelqu'un tienne le magasin en mon absence, tout de même ! Et franchement, à vingt-huit ans, ma femme n'a pas besoin de remise en forme. Je l'ai laissée avec maman pour la surveiller. Une jeunesse pareille, de nos jours, on ne sait jamais ! Faudrait pas qu'elle me fasse cocu, en plus !

Madeleine profite qu'André est parti aux toilettes (« Faut que j'aille faire dégorger le poireau », nous a-t-il annoncé élégamment) pour me donner un coup de coude et me dire discrètement :

— Je n'aimerais pas être la femme de Dédé.

— Moi non plus !

Anne, qui nous a entendues, nous adresse un sourire complice.

— Il est sacrément lourd, ouais !

Je suis d'accord avec Anne. Mon problème à moi, en

plus, c'est qu'il est mon voisin de chambre et que je n'aimerais pas qu'il m'envahisse.

— Mais et vous, Bérénice, vous ne nous avez pas beaucoup parlé de vous ! me lance soudain Jacques en posant son menton sur son poing et en me regardant intensément.

Son regard me dérange un peu, mais j'enchaîne en me tournant vers Anne :

— Oh moi... Je n'ai pas une vie trépidante comme vous. J'ai un petit quotidien tranquille, entre mes enfants, mon chien et mon travail de traductrice. Rien de piquant, croyez-moi, mais je pense que j'y trouve mon compte.

— Vous pensez... reprend Jacques.

— Oui, je... Oui, j'y trouve mon compte, quoi...

— Non, vous avez dit que vous *pensiez* que vous y trouviez votre compte...

— Façon de parler.

— Sûrement, oui.

Le coup d'œil étrange que Jacques me lance me met mal à l'aise, comme s'il cherchait à percer quelque chose. Il n'y a rien à découvrir, en moi. J'ai tout dit : mes enfants, mon chien, mes traductions. Mes enfants, mon chien, mes traductions... Dit comme ça, c'est vrai que ça ne fait pas terrible. J'éprouve soudain de la gêne vis-à-vis de mes compagnons : sans avoir une vie de star, ils ont tous des choses à raconter, Jacques sur ses voyages autour du monde et ses avions, Anne sur ses entraînements d'athlétisme, ses records, ses compétitions, André sur sa quincaillerie, sa jolie petite femme et ses théories abracadabrantes, Madeleine sur son passé de couturière, sa vie avec son défunt mari aux multiples talents culinaires... Même les adolescentes dévoilent quelques bribes de leurs petits secrets de jeunes filles.

Quand la fin du repas arrive, Dédé nous fait promettre de nous retrouver tous le lendemain soir, même table, mêmes places, même bonne humeur. Personne n'ose lui dire non : s'il n'est pas d'une grande finesse, il ne semble pas bien méchant non plus.

Avec le sentiment d'être une coquille vide sans intérêt, je retourne à ma chambre en passant par l'escalier (trente-deux marches en tout). L'idée d'appeler Emmanuel m'effleure encore, mais je n'ose vraiment pas. Dans le train, la situation coulait de source, et ça m'a paru naturel d'être avec lui, mais maintenant qu'il a rejoint sa vie de tous les jours et son travail, rien ne me dit qu'il a encore très envie de me voir.

En me glissant dans mon lit, après avoir enfilé mon beau pyjama tout neuf, j'ai comme la sensation qu'il me manque quelque chose.

Mais quoi ?

- AMBIANCE : un tantinet lourde, mais conviviale.
- AVENTURE : rencontre avec la team : Madeleine, Dédé, Jacques, Anne et compagnie
- TOC : trente-deux marches.
- CITATION : *Mieux vaut être cocu que quincaillier, ça fait moins de bruit quand on déménage.* (Inconnu)
- À ÉCOUTER : Jonasz - *Du blues, du blues, du blues*...

5

Allongée à plat ventre sur une table de massage, je sursaute au moment où la douche au-dessus de moi m'envoie une pluie d'eau de mer chaude. Une femme toute petite s'affaire autour de moi en m'expliquant ce qu'il va m'arriver :

— Voilà. Je commence le massage du corps entier avec des huiles essentielles, en même temps que l'eau vous arrive en pulvérisation régulière. Ce soin détoxifie l'organisme en douceur, draine et stimule la circulation sanguine, dénoue les tensions, ce qui ne va pas être du luxe avec vous, vu comme vous êtes tendue.

— Ah bon, vous trouvez ?

Chaque fois que j'ouvre la bouche pour parler, de l'eau de mer me rentre dedans. L'eau de mer chaude, ce n'est pas très bon, surtout après le café.

— Laissez-vous aller, ça ne pourra vous faire que du bien.

J'enchaîne les soins, traînant mes claquettes bleues à picots dans les couloirs remplis de gens qui, comme moi, déambulent dans leur grand peignoir blanc immaculé.

— Tiens ! Jacques, comment allez-vous ?

— Bien, merci. Je suis en route pour la piscine tonique. Et vous ?

— Moi, c'est bain bouillonnant à jets et aux algues.

— Macérez bien alors. On se voit ce soir ?

— Oui, oui, pour le dîner.

Chacun de repartir vers de nouvelles aventures en claquant ses savates sur le sol carrelé (et moi évitant de marcher sur les rainures).

Après les affusions, le bain à jets me paraît vraiment... ramollissant. Allongée dans ma baignoire d'eau de mer très chaude, l'hydrothérapeute (je ne connaissais pas cette spécialité), m'envoie quelques giclées d'huiles essentielles et trois ou quatre poignées d'algues. Ça me donne l'impression d'être un saumon en train de mijoter au four, ce qui n'est pas vraiment une situation stimulante, mais quand je lui en fais part, le spécialiste me dit :

— Non, non, bien au contraire, vous allez voir, ça va vous détendre tout en vous rechargeant en énergie.

Je ne demande qu'à le croire et me laisse aller, bringuebalée par les jets suffisamment puissants pour me décoller de la baignoire.

S'ensuivent deux autres soins que je ne détaillerai pas. Il suffit de savoir qu'ils se déroulent tous dans ou sous l'eau, vous aurez tout compris.

Vers seize heures, je retourne dans ma chambre, sur les rotules. Je ne pensais pas qu'infuser dans l'eau de mer me fatiguerait autant, mais en même temps, je me sens plutôt calme.

— Vous venez boire un thé avec moi ? me fait Madeleine au téléphone, avec une voix pleine d'entrain, alors que ça fait vingt minutes que je suis sur mon lit à lutter contre le sommeil.

— D'accord. Vous me laissez cinq minutes ?

— On se retrouve en bas, alors.

Un quart d'heure plus tard, j'arrive en me traînant dans le salon de thé, où je retrouve une Madeleine pimpante, dans une superbe robe rose poudré, un châle vert pâle et un très joli chapeau.

— Vous êtes... belle, lui dis-je avec sincérité.

— Je fais presque tous mes vêtements moi-même. C'est si agréable de ne pas perdre la main. Ça me permet d'avoir des habits originaux que je ne verrai sur personne d'autre.

Je souris. Être aussi coquette à son âge, c'est fabuleux.

Comme si nous nous connaissions depuis toujours, nous prenons notre thé en nous racontant notre première journée. Elle éclate de rire quand je lui dis que j'ai eu toute l'après-midi l'impression d'être un poisson papillote. Au même moment, un serveur de l'hôtel s'approche de moi :

— Madame Bayard, quelqu'un vous demande à l'accueil, vous voulez bien me suivre ?

Étonnée, je me lève et arrive à la réception où m'attend... Emmanuel.

— Ouah ! T'as l'air détendue, ça fait plaisir à regarder.

C'est sûr, mes cheveux sont encore mouillés, je me suis habillée à la hâte avec mon pantalon et un tee-shirt. J'ai l'impression que mes yeux ont réduit suite aux différentes plongées sous-marines de la journée.

— Je ne m'attendais pas à te voir...

Il a un mouvement de recul.

— Oh pardon ! Je te dérange ? Comme je n'avais pas ton téléphone, j'ai pensé... Je me suis dit que je pourrais passer te faire un petit coucou...

— Non, non, ce n'est pas ce que je voulais dire. Je ne pensais pas que tu viendrais me voir ici. Mais ça me fait très plaisir. De toute façon, j'allais t'appeler, mais j'attendais d'être un peu installée et d'avoir fait ma première journée pour avoir des choses intéressantes à te raconter.

Emmanuel se détend et esquisse ce magnifique sourire qui commence à titiller un peu mon petit cœur.

— Je ne sais pas ce que tu fais ce soir, mais j'ai réussi à me libérer. Si tu es libre, je t'invite à dîner. Ça te tente ?

Ne pas céder trop vite, ne pas se la jouer facile, prendre le temps de la réflexion, faire lanterner intelligemment... Je me repasse en vrac tous les excellents conseils des magazines féminins que je lisais avant.

— Je suis d'accord. À quelle heure ?

Bon, ben, c'est tout de suite vu, question temps de réflexion ! Un quart de seconde, c'est correct, non ?

— Je te prends à vingt heures ? Tu aimes les fruits de mer ?

— Vu que j'ai joué les langoustes toute la journée, je vais avoir l'impression d'être cannibale, mais oui, j'aime ça. Y a même longtemps que je n'en ai pas mangé.

— Au fait, tu me donnes ton numéro de portable ? Ce sera plus simple, au cas où...

Sortant mon vieux mobile, je m'empêtre à essayer de l'allumer pour lui donner mon numéro que je ne connais pas par cœur. Ce téléphone, je l'utilise uniquement pour mon travail et mes enfants.

— Ben, dis donc, c'est pas le tout dernier modèle que tu as.

Un peu vexée, je tente de me justifier :

— Non, je... En fait, je ne suis pas très au point avec les nouvelles technologies. Un peu à l'ancienne, si tu préfères. Moi, un téléphone, c'est fait pour téléphoner. Je ne comprends rien aux autres fonctions, et ça ne m'intéresse pas beaucoup.

Je prends une mine penaude.

— Je sais, je ne suis pas très moderne.

— C'est pas grave, ce n'est pas vraiment ce qui définit une personne, un téléphone, non ?

Je le regarde attentivement. Quel charmeur ! Je fonds devant son beau et vrai sourire qui me réchauffe le cœur.

Impossible d'allumer le téléphone – j'ai encore dû oublier de le recharger. De peur de lui faire perdre son temps, j'essaie de me souvenir de mon numéro. Je m'y reprends à trois fois, m'empêtre dans les chiffres, rougis, recommence, me trompe encore, finis par lui donner un numéro qui ne sonne pas vraiment comme d'habitude.

— T'es sûre ?

— Non, pas du tout.

— T'inquiète, recharge ton mobile avant ce soir et on fera l'échange au resto. D'ac ?

Tout semble toujours tellement facile avec lui.

— D'accord, je vais le recharger tout de suite.

— Je passe te prendre à vingt heures. À tout à l'heure.

Je retourne à ma chambre en grimpant les marches quatre à quatre, branche mon portable pour ne pas oublier, puis redescends. Je rejoins Madeleine qui, je le vois bien, est rongée par la curiosité. Ses yeux ont quelques nouvelles rides et pétillent d'impatience. Je décide de la faire lanterner pour la taquiner.

— Bon ! Nous en étions où de notre conversation ? On parlait vêtement, je crois ?

— Oui, C'est bien ça. En vous attendant, j'ai redemandé des petits gâteaux, ils sont délicieux. Mais vous n'avez pas été trop longue ; alors, je n'ai pas eu le temps de tout manger... Il vous en reste...

— Madeleine... vous voulez que je vous dise ?

Instantanément, elle se penche vers moi en soulevant un coin de son chapeau pour mieux entendre. Elle me donne envie de rire.

— Si vous voulez, Bérénice... Alors ?

— Vous n'imaginerez jamais qui était à la réception.

— Le beau jeune homme du train, peut-être ?

— Comment vous l'avez deviné ?

Elle prend un air penaud :

— Pour tout vous dire, j'ai eu une petite envie pressante en vous attendant et, en me rendant aux toilettes, je vous ai vu tous les deux...

— Alors, vous savez tout.

— Comment ça ? Non ! Je n'ai pas entendu ce que vous vous êtes dit. Mais vu votre sourire, ça ne devait pas être de mauvaises nouvelles.

— Si vous voulez tout savoir, il m'a invitée à dîner ce soir. On va se faire un plateau de fruits de mer quelque part en ville.

— Mais que c'est gentil ! J'en suis ravie pour vous. Je me doutais bien que ce devait être quelque chose comme ça. Il est sympathique, ce petit jeune homme, et j'ai l'impression que vous lui plaisez bien.

— Petit jeune homme... petit jeune homme... Il n'a pas quinze ans, non plus !

— Ah ! mais pour moi, tout le monde est jeune. Vous la première. Avec votre visage si frais, votre teint rose, vos grands yeux verts, votre dynamisme, votre sourire...

Jamais un homme ne m'avait parlé comme ça. Il faut que ce soit une respectueuse dame de plus de quatre-vingts ans qui me fasse l'article de moi-même. Franchement, là, après l'invitation d'Emmanuel, ça me requinque encore plus.

Tandis qu'elle me ressert une tasse de thé, elle me demande :

— Alors, vous allez vous habiller comment ?

— Comment ? Ben, comme ça. Je n'ai rien de spécial à me mettre. J'ai rien prévu pour sortir, puisque je pensais passer ma semaine avec des… Enfin, tranquille, quoi.

— Vous voulez sortir sans vous habiller un minimum ?

— Moi, ça ne me gêne pas, j'aime mes pantalons classiques, je trouve que ça passe partout.

— Peut-être, peut-être... Ça passe tellement partout qu'on finit par ne plus les voir. Vous avez une tunique pour aller avec ? Un truc un peu décolleté ? Des jolies chaussures à talons ? Du maquillage ?

Rien de tout ça. Je ne me maquille plus depuis des années, je suis plus adepte des tee-shirts ou des gros pulls que des chemisiers sexy, je ne porte jamais de talons, car ce n'est pas très pratique pour promener le chien... bref, je sens que je déçois terriblement la pauvre Madeleine qui me regarde comme si je venais de la planète Mars.

— Vous avez raison, Madeleine. J'ai conscience de ne pas être très élégante. Mon côté passe-partout me convient parce qu'il me rassure. Vous voyez ?

— Très bien ! Ça vous dirait de changer ? Un tout petit peu ? Avec les conseils d'une spécialiste, bien sûr !

Elle a une façon d'être persuasive, tout en douceur, qui me charme. Je me surprends à lui répondre :

— Je ne dis pas non, si vous ne me conseillez pas des vêtements trop extravagants, évidemment.

— Ce n'est pas mon genre. Allez ! Ma petite Bérénice, on a deux heures pour vous trouver de quoi vous rendre irrésistible. On y va ?

Devant son enthousiasme et sa gentillesse, je ne peux pas refuser, et nous voilà parties en ville pour me trouver un joli haut, des chaussures et du maquillage.

— Vous êtes sûre que vous ne voulez pas une robe ?

— Non, non, on va vraiment y aller progressivement. Vous savez, je n'aime pas trop les changements d'habitudes. Faut y aller mollo avec moi. Là, je vous assure, je fais un gros effort, et c'est bien parce que c'est vous, Madeleine...

— Oui, enfin, il faudrait surtout que ce soit pour Emmanuel, non ?

— Oui, vous avez raison.

— J'ai toujours raison.

Madeleine ricane dans son coin tandis que j'enfile un chemisier dans la cabine d'essayage. Je sors le lui montrer.

— Mais qu'est-ce que ça vous va bien ! Ouvrez-moi encore un ou deux boutons, pour ne pas avoir l'air d'être étranglée par le col et mettre en valeur votre belle poitrine... Ça sera parfait.

Comme je n'aime pas trop traîner dans les boutiques, le premier que j'essaie est le bon. J'achète ensuite un mascara, un rouge à lèvres (bois de rose, pas trop flashy, malgré Madeleine qui me dit qu'un rouge vif serait parfait avec mes yeux), et une paire de chaussures avec un petit talon compensé, pas trop haut.

— Pour commencer, me dit Madeleine.

— Parce que vous comptez me faire acheter des talons aiguilles à la fin du séjour ?

— Eh bien, pourquoi pas ? Non... Je vous taquine...

— De toute façon, je n'arriverai jamais à marcher avec des engins de torture pareils. Je pense que la seule fois où j'ai mis des talons un peu hauts, c'était pour mon mariage. J'ai passé la moitié de mon vin d'honneur à aller me tremper les pieds dans une bassine d'eau avec du bicarbonate de soude pour adoucir mes dessous de pieds.

— C'est pas de chance, dites donc ! Mais celles-là sont très bien. Allez, zou ! On rentre à l'hôtel, il faut commencer à vous préparer. La prochaine fois qu'Emmanuel vous invite, on vous trouve un joli petit manteau un peu plus sexy que ce vieux paletot informe.

— Mais je l'aime, moi, ma parka…

— Eh bien, elle, elle ne vous aime pas tellement ! C'est pas un manteau, c'est un sac. Ce n'est pas très flatteur, comme coupe.

— Vous avez décidé de me saper le moral ?

Madeleine met les mains sur ses hanches et me lance un regard qu'elle veut outré.

— Non, bien au contraire ! Vous m'avez demandé de faire de vous une femme élégante... Je m'attelle à ma mission, même si ça doit parfois être un peu... perturbant pour vous.

Je ris intérieurement : je n'ai jamais demandé à Madeleine de faire de moi une femme élégante. Mais elle est si convaincante que je pourrais presque le croire.

— Vous savez, reprend-elle en prenant l'air sérieux, ce n'est pas loin d'être le cas. Vous avez une élégance naturelle, un potentiel... redoutable ! Simplement, vous ne savez pas l'exploiter ! Combien de jeunes femmes comme vous j'ai vu passer la porte de notre atelier et se métamorphoser en quelques minutes, rien qu'avec une nouvelle tenue et quelques conseils... Se redresser, sourire, prendre soin de soi, mettre ses atouts en avant, camoufler ses petits défauts, s'aimer...

— C'est gentil, mais j'ai bien conscience que mes défauts vont être difficiles à cacher, à commencer par ceux de mon âge.

— Vous avez quel âge, si ce n'est pas indiscret ?

— Quarante-neuf ans.

— L'âge que j'avais la fois où je suis venue ici faire ma première thalasso. Mais c'est terriblement jeune, quarante-neuf ans ! Vous avez toute la vie devant vous. Et plein, plein, plein de choses à faire, de gens à rencontrer, d'expériences à tenter…

— Mais moi, je me sens vieille. Comme... Je ne sais pas... une machine usée qui ne sert plus, remisée dans un coin parce qu'on ne peut pas la jeter, mais qu'on ne regarde plus.

— Ouh là là ! Qu'est-ce que c'est que ce discours déprimant ?

— Je n'y avais pas pensé avant, mais c'est sorti comme

ça : ne vous détrompez pas, j'aime la vie, mes enfants, mon chien, mais je crois que je ne m'aime pas beaucoup.

— Bon, je peux vous parler franchement ? Alors, non, vous n'êtes pas vieille : de nos jours, cinquante ans, c'est un bel âge, où tout est encore possible ! Vous n'êtes pas vieille, mais votre façon de vous tenir, de vous habiller, de ne pas mettre vos atouts en valeur, eh bien, oui, vous faites un peu – excusez-moi, hein ? – vieillotte.

Et bing ! Prends-toi ça dans la caboche ! C'est d'autant plus dur à encaisser que Madeleine a tout à fait raison. Je ne me néglige pas, non, c'est sûr, mais je ne m'arrange pas non plus.

— En fait, je ne vois pas pourquoi je ferais des efforts de présentation pour rien ni personne. Le seul qui me regarde avec amour, c'est Crumble, mon chien. Mais lui, je pourrais être à poil avec une plume dans les fesses, il serait toujours fou de moi. C'est sûrement pour ça que je l'aime tant, mon Crumble.

Madeleine se fend d'un petit sourire en coin.

— Déjà, commencez par vous plaire à vous-même, c'est fondamental. Avoir une belle image de soi, ça sert à traverser la vie avec un sourire, un beau port de tête, aisance et élégance. Ça attire la sympathie et le respect. Votre chien, rassurez-moi, ce n'est pas lui que vous avez l'intention d'épouser, tout de même.

— Il n'est pas question que je me remarie du tout, voyons, Madeleine.

— Façon de parler. Je voulais dire, trouver un homme.

— Pour quoi faire ?

— Pour quoi faire ? Mais vous vous entendez ? Un homme, pour partager, pour rire, pour faire l'amour... pour vivre, quoi ! Si vous saviez comme le mien me manque !...

— Oh ! Oui, c'est vrai, je suis désolée... Il y a longtemps qu'il... ?

— Je suis veuve depuis dix ans. Il était plus âgé que moi... Et il me manque toujours. Comme nous n'avons pas eu d'enfants, nous étions un couple très fusionnel, vous voyez ? Bon, bon, bon ! Mais nous ne sommes pas là pour parler de moi. Allez ! Montez vite vous préparer. Je vous attends ici pour une dernière vérification.

- AMBIANCE : climat chaud et humide, s'améliorant nettement en fin de journée.
- AVENTURE : dans la peau d'une langouste.
- AVENTURE 2 : dans la peau d'une (presque) Barbie.
- À FAIRE : relire *Le Bouclier arverne* (quand Astérix et Obélix font une cure thermale avec Abraracourcix).
- À ÉCOUTER : Jonasz - *Super Nana*.

6

Plantée au milieu du hall de l'hôtel, je me tiens toute droite, un peu coincée, mes bras croisés devant moi pour maintenir ma parka fermée et qu'on ne voie pas trop mon nouveau décolleté. De loin, Madeleine me fait signe de décroiser mes bras et de me détendre. Je tente un sourire, mais ça ne doit pas être terrible, car je vois mon amie se porter la main au front d'un air désespéré. Elle m'a fait rajouter un peu plus de rouge à lèvres, déboutonner mon chemisier et lâcher mes cheveux que je maintiens toujours avec une queue de cheval. Je commence à me tortiller dans mes chaussures neuves qui me serrent un peu, quand Emmanuel arrive. Madeleine lève le pouce en l'air et disparaît d'un coup. Quel numéro, celle-là !

— Tu es ravissante.

— Oh ! c'est rien, merci.

Lui, très classe malgré sa décontraction, me prend le bras, et nous sortons de l'hôtel. Je me sens toute bizarre. Dans le train, ce n'était pas pareil, c'étaient les circonstances qui nous avaient réunis. Mais là, il m'a invitée, je me suis pomponnée... Il y a une véritable intention derrière tout ça. Ce qui ne manque pas de me faire frémir : je ne suis pas sortie avec un homme depuis mon divorce. Et avant, on ne peut pas vraiment dire que je sortais avec Étienne. J'ai presque oublié comment on fait.

Au restaurant, nous sommes assis à une petite table un peu excentrée, près de la baie vitrée, face à un paysage époustouflant : l'océan et quelques îles prennent la couleur du soleil couchant tandis que le ciel, rose marbré d'un orange doux, donne à l'eau une teinte profonde.

— Tu vas bien ? Je te sens tendue.

— Non, non, c'est parfait, c'est très beau ici.

— Content que ça te plaise. Alors, cette première journée ? Tu t'es fait des amis à l'hôtel ?

— Oui, dès le premier soir, j'ai sympathisé avec les personnes qui dînaient à la même table que moi, et tu te rappelles la petite grand-mère sur laquelle tu étais tombé dans le train ? Eh bien, on est devenues super copines.

— Ouah ! C'est cool, ça. Et des amies de ton âge, tu as trouvé ?

Sa question résonne en moi un peu différemment de ce qu'elle veut dire. Depuis mon mariage, j'ai perdu de vue toutes mes amies. Par la suite, nous avons vu de temps à autre quelques couples avec qui Étienne et moi avions sympathisé, mais dont je n'ai plus de nouvelles depuis mon divorce. Je suis très seule, finalement, repliée sur moi-même et sur ma vie monotone. Cela dit, il faut croire que ça me convient, puisque je n'ai fait aucun effort pour me lier avec qui que ce soit.

Je trouve une excuse pour me justifier :

— Ça ne fait qu'une journée que je suis arrivée. Laisse-moi le temps de m'installer.

— Tu as raison ! Bon, un plateau de fruits de mer, ça te tente ?

— Oui, oui. Comme je te disais, ça fait... Pfiouuu... Des années que je n'ai pas mangé de fruits de mer. Voire des siècles.

Emmanuel éclate de rire et commande un plateau de fruits de mer pour deux et du vin blanc. Quand le serveur arrive avec un énorme plateau, j'en salive à l'avance : il y a longtemps que je ne m'étais pas fait un tel plaisir.

— On attaque, me dit Emmanuel en me servant un grand verre de blanc.

— On attaque !

Je constate qu'il est très gourmand, et, s'il continue à bavarder tranquillement, se ressert sans cesse dans le plateau. Petit à petit, comme si je reprenais goût aux bonnes choses de la vie, je fais se succéder dans mon assiette les bigorneaux, les bulots, les palourdes, les huîtres, les tourteaux, les langoustines, les crevettes... Tout ça avec force vinaigre à l'échalote et mayonnaise.

— Tu fais plaisir à voir quand tu manges. J'apprécie les femmes qui ont bon appétit. En général, j'apprécie les personnes qui aiment profiter de la vie...

— Ah oui, hi, hi, hi !...

Alors, qu'est-ce que je fais ? Je lui dis direct que je suis une anorexique de la vie, à grignoter chichement mes légumes crus et mes plats tout faits, à ne profiter de rien de ce qui est bon, à ne jamais voyager, tester des nouveautés, rencontrer des gens ou bien... ?

— Pas toi ? Tu ne trouves pas que c'est merveilleux, toute cette richesse que nous avons autour de nous, la nourriture, les voyages, les arts, la nature, les rencontres, l'amour ? Il y a quelque chose de tellement sensuel dans tout ça, tu ne penses pas ?

Aïe, aïe, aïe ! Je ne peux tout de même pas me griller en lui avouant quelle femme insipide je suis. Je décide de mentir... un peu... beaucoup :

— Oui, j'adore la grande cuisine, les bons petits plats, les fromages, les desserts... Que c'est agréable, toutes ces bonnes choses !

Emmanuel penche soudain la tête en regardant entre mes seins. Ça me surprend : je veux bien jouer le jeu de la femme gourmande, mais de là à passer tout de suite à la casserole, y a des limites...

— Excuse-moi, mais qu'est-ce que tu as sur ton décolleté, il ne me semble pas que tu avais ça tout à l'heure ?

Je touche la peau de mon cou. Elle est toute granuleuse.

— C'est bizarre, oui. Ça me démange drôlement d'un coup.

— Ça va ?

— Ben, je ne sais pas trop, j'ai super chaud, ça me pique la gorge, j'ai la bouche sèche... C'est peut-être le vin blanc...

En un instant, je me mets à transpirer, je me sens bizarre, et mon corps tout entier me démange. Je vois Emmanuel se lever d'un bond et m'attraper par le bras.

— Panique surtout pas, respire tranquillement, je t'emmène aux urgences, l'hôpital est tout près.

Pour ce qui est de ne pas paniquer, c'est réussi. Je me demande ce qui peut bien susciter une telle réaction de sa part, quand je découvre mon visage dans le petit miroir du pare-soleil de la voiture. Ce que je vois finit de m'achever : je ressemble à un homard obèse. Les traits défigurés, la peau marbrée de rouge, l'œil tombant, le cou boursouflé, j'arrive aux urgences, où je n'ai même pas le temps d'attendre que je suis déjà entre les mains d'un médecin qui me fait une piqûre énorme. Instantanément soulagée, avec l'impression de me dégonfler comme une baudruche, je le regarde, stupéfaite et incrédule : est-ce bien à moi qu'il vient d'arriver ce truc étrange ? J'étais tranquillement en train de manger un bigorneau, quand je me suis transformée en baleine à bosses.

— Vous avez fait une réaction allergique aux fruits de mer, madame.

— Aux fruits de mer ? Mais ce n'est pas la première fois que j'en mange. Je n'ai jamais réagi comme ça.

— Ça arrive très souvent : ça se déclenche d'un coup, même s'il n'y a jamais eu de signe auparavant. Il va falloir vous faire à l'idée que vous ne pourrez plus jamais en manger. C'est triste, mais c'est une question quasi vitale. Heureusement, votre mari a agi très vite en vous amenant tout de suite ici, mais ne tentez pas le diable une deuxième fois.

Je regarde Emmanuel qui sourit doucement. Je m'apprête à dire que ce n'est pas mon mari, mais il me fait un petit signe que ce n'est pas grave. En effet, ce n'est pas ce qu'il y a de plus important dans l'immédiat.

— Je peux rentrer chez moi ?

— Je vous garde en observation quelques heures, mais si cela évolue favorablement, vous pourrez rentrer dormir chez vous.

— Quelques heures ? C'est pas de chance, quand même… Je ne peux pas partir plus tôt ? Je me sens bien, je vous assure…

— Non, non, non ! Vous restez un peu avec nous. Je ne vous laisserai pas sortir sans être sûr que tout va vraiment bien. Nous attendons les résultats de la prise de sang, en plus. Je vais vous faire une ordonnance, vous commencerez le traitement demain matin. Pour ce soir, vous avez eu votre dose. Bien sûr, vous ne restez pas seule cette nuit.

C'est bien ma veine. Je ne vais pas demander à Madeleine ou, pire, à André de venir dormir avec moi dans ma chambre d'hôtel.

— Ne vous inquiétez pas, je m'occupe d'elle, intervient Emmanuel en me prenant par la main.

Je lui souris. Il reprend :

— En attendant, je retourne au restaurant pour payer, puis je reviens. D'accord ?

Cinq heures plus tard, je sors enfin. Il est deux heures du matin, et l'air frais me réveille tout à fait. Tout est allé tellement vite que je ne réalise pas encore ce qui m'est arrivé.

— Est-ce que je ressemble toujours à Ribéry ?

Emmanuel éclate de rire.

— Quelques traces, encore, par-ci, par-là, mais non, tu es en train de retrouver ton joli visage.

— J'ai envie de marcher un peu le long de la plage avant d'aller dormir, ça me ferait du bien. Ça ne te dérange pas de m'accompagner ? Pas longtemps, juste pour prendre l'air… Je n'aime pas l'atmosphère confinée des hôpitaux.

— Je te comprends, pareil pour moi. On va aller faire quelques pas.

— Merci, Emmanuel, d'être resté avec moi. Tu n'étais pas obligé et…

— Non, c'est vrai. Mais j'aime bien être avec toi : tu te coinces entre les sièges des trains, tu te couvres de boutons quand tu manges un bigorneau… La vie n'est pas ordinaire à tes côtés…

C'est bien la première fois qu'on me dit une chose pareille. Je me sens soudain bien, avec cet homme adorable, qui s'occupe de tout et surtout de moi.

- AMBIANCE : médicale.
- AVENTURE : fruits de mer, vin blanc et romantisme - boutons,bubons, et allergie - hosto, piqûre et Ribéry !
- Film À (RE)VOIR : *Elephant Man*.
- CITATION : *Celui qui ne voit rien d'étrange n'a jamais regardé un homard en face.* (Villiers de L'Isle-Adam)
- À ÉCOUTER : Jonasz - *C'est la nuit*

7

— Tu es seule dans ta chambre d'hôtel, j'imagine.

Nous marchons tranquillement dans le sable. Une grande et belle lune ronde éclaire la plage.

— Oui, je n'avais pas prévu de voyager avec un garde-malade.

— Écoute, ce que je te propose, c'est de venir finir la nuit à mon hôtel. Il y a deux lits jumeaux. Nous aurons chacun le nôtre. Tu seras tranquille, et moi, je pourrai veiller sur toi, comme l'a demandé le médecin.

— Ah ? Alors, c'est ça… Tu as l'habitude d'empoisonner toutes tes conquêtes avant de les emmener dormir avec toi ?

— Eh bien... Non, enfin... Pourquoi tu dis ça ?

Je m'aperçois que je l'ai vexé et me reprends vite. Ce n'est pas la première fois que je constate qu'il est susceptible.

— Non, pardon, c'était une blague...

— Je sais. Mais je viens de m'apercevoir que tu ne connaissais rien de moi. Tu es en droit de te poser des questions...

— C'est vrai, on n'a pas eu beaucoup de temps non plus, au restaurant, avant que je ne me transforme...

Il rit. Je me fais la réflexion qu'il est vraiment terriblement beau, avec ses yeux en amande qui se plissent et sa petite fossette sur le menton.

— Viens, on va s'asseoir sur ce banc, je vais tout te raconter.

Je le suis en gloussant comme une petite fille.

— Bon. Tu me dis tout, d'accord ?

— Le jeu de la vérité ! Tu me poses les questions que tu veux, je te réponds le plus sincèrement possible.

— OK. Alors, bon, pour commencer, vous avez quel âge, monsieur ?

— Quarante et un ans.

Mince, je suis en train de sortir avec un jeunot. Si jamais nous avions une aventure, tous les deux, je passerais direct de ménagère à cougar (quel horrible terme, au passage !). Mais ne nous emballons pas. Je continue mon interrogatoire :

— Sportif ?

— Je n'ai pas trop le temps d'en faire, mais j'ai longtemps pratiqué la voile. Je fais aussi de l'escalade en haute montagne dès que j'en ai l'occasion ; je suis fan de rafting et, surtout, j'adore la plongée. J'ai l'occasion d'en faire souvent dans les pays où je travaille. Tu n'imagines pas les paysages sous-marins splendides que j'ai découverts. Sinon, comme tout le monde, un peu de vélo, de jogging et de tennis.

Comme tout le monde... Bien sûr ! Je suis assommée par ce que je viens d'entendre. C'est vrai qu'il a l'air bien musclé sous ses vêtements. Mais de là à imaginer qu'il pratiquait toutes ces activités. Je préfère changer de sujet.

— Ton film préféré ?

— Récemment, c'est plutôt un documentaire : j'ai vu *Demain*, de Cyril Dion. C'est génial ! Tu l'as vu ? Sinon, j'aime les vieux films, tous les vieux films, tous les genres, de Fellini à Sergio Leone en passant par Gérard Oury...

— Eh bien, on peut dire que tu as des goûts variés ! Et la musique ?

— C'est un peu pareil, j'aime tout... avec une préférence pour le rock, bien sûr.

Je me tais. Moi aussi, j'ai aimé le rock, puis un peu plus tard des groupes comme Genesis et Supertramp. Mais depuis trente ans, je n'ai pas dû écouter d'autres CD que ceux de Michel Jonasz qu'Étienne m'offrait à mes anniversaires, persuadé qu'il était que je n'avais pas d'autres envies musicales que ça. Pour couronner le tout, je n'ai pas la moindre idée de ce qui se fait aujourd'hui.

Je décide de passer aux choses un peu plus sérieuses :

— Es-tu ou as-tu été marié ?

— Deux épouses, deux divorces. Elles ne supportaient pas que je sois tout le temps parti au bout du monde.

— Des enfants ?

— Oui, une fille de douze ans qui est chez ma première femme. Je la vois dès que possible, quand je rentre de voyage. D'ailleurs, quand toi et moi nous sommes rencontrés dans le train, je venais de passer trois jours avec elle à Paris.

— Une passion ?

— J'ai droit qu'à une réponse ? J'en ai plein, des passions…

— La plus importante ?

— Je dirais... Entre la cuisine, la bière, les voyages, la photographie... La musique !

— La musique ?

— Oui ! Dans mon jeune temps, j'ai fait partie d'un groupe de rock, je jouais de la batterie. Après quelque temps passé sans nous voir, on a reformé notre groupe récemment, pour rire, qu'on a appelé les Black Quadra. On s'éclate vraiment quand on joue ensemble. Et tu sais quoi, on joue même assez régulièrement dans des bars, à Paris, de chouettes endroits insolites où ils acceptent notre bande de bras cassés !

J'ai l'impression d'avoir devant moi un grand adolescent. Ses yeux pétillent de bonheur, son sourire est éclatant, ça fait plaisir à voir. Il me regarde soudain en reprenant son sérieux.

— Plus d'autres questions ? Alors, c'est à toi, maintenant, de répondre aux miennes.

D'un coup, je me sens mal. Moi, je n'ai rien à dire. Enfin, rien qui ne vaille tout ce qu'il vient de me dévoiler. Mon sport ? De l'aquagym de mémère avec les retraitées du village. Ma passion ? Aller faire faire sa crotte à Crumble trois fois par jour. Mes expériences culinaires ? Hénaff et Buitoni... Je dois absolument détourner son attention :

— Je... Je suis un peu fatiguée. Nous pourrions peut-être rentrer. J'ai tout de même été secouée, l'air de rien.

En même temps, je me fais un petit coup de superstition en touchant le bois du banc plusieurs fois de suite et en prononçant une formule magique : *Qu'il change de sujet de conversation, pitié, faites qu'il change de sujet.*

— Bon. Comme tu veux.

Ouf ! La magie a marché !

Emmanuel se lève et me prend le bras tendrement.

Un vent léger souffle. Passer du chaud au froid au chaud, après avoir macéré, boursouflé, boutonné, je me mets à trembler.

— Ça va ?

— Oui, oui. C'est juste que la soirée a été éprouvante pour moi... Je voulais te remercier, Emmanuel, vraiment, tu as été un amour...

Il s'arrête et se tourne vers moi. Lentement, il penche la tête et approche sa bouche de la mienne. Au moment où nos lèvres se touchent, je ressens une décharge d'adrénaline dans tout mon corps : depuis combien de temps n'avais-je pas été embrassée par un homme de cette façon ? Je ferme les yeux, me laissant porter par une merveilleuse sensation de bien-être. Le baiser est interminable, mais pas autant que je le voudrais. Emmanuel relève la tête et m'enserre le visage dans ses mains :

— Vous me plaisez, jolie Bérénice... Je vous emmène dans ma garçonnière ?

Sans nous dire un mot, nous marchons tous les deux, main dans la main, jusqu'à sa voiture. J'ai l'impression d'avoir vingt ans. En route vers son hôtel, nous ne sommes pas tellement plus bavards. Ce n'est qu'en arrivant au pied d'un vieil immeuble du centre de Saint-Malo qu'il me dit en souriant :

— Je t'offre une bonne petite tisane spéciale allergies-aux-fruits-de-mer. Tout le reste de la nuit, tu me diras tout sur toi, d'accord ? Telle que je te vois, pleine de vitalité, d'énergie, j'imagine comme tu dois remplir ta vie de belles choses !

Oh non ! Qu'est-ce qu'il croit ? La panique monte d'un coup : ce n'est pas possible. Je vais forcément le décevoir. Les belles choses dans ma vie ? Mais il n'y en a pas. Rien ! Elle est morne et triste, ma vie ! Rien d'exceptionnel ne m'arrive jamais. Je n'ai rien de rien à lui dévoiler !

La peur et la honte me rendent soudain agressive :

— Non, mais là, en fait, j'ai envie de rentrer dans ma chambre.

— Quoi, maintenant ? Mais...

— Oui, oui, désolée, mais oui ! Maintenant. Je me sens épuisée, vidée... Je ne serai pas d'une très bonne compagnie si je reste... pas très vaillante non plus.

— Non, mais je t'ai dit que j'irais dans l'autre lit, ne t'inquiète pas, je peux comprendre qu'après cette journée, tu aies envie de dormir... Je serai juste à côté de toi, pour veiller sur toi, rien de plus.

— Non, ça ira bien. Je suis fatiguée, mais je me sens bien. Je préfère passer la nuit dans mon lit. De toute façon, à l'hôtel, il y a toujours du monde.

Emmanuel a l'air terriblement déçu, mais je ne peux plus faire marche arrière. Je suis dépassée par ma propre colère. J'essaie de me faire plus douce. Trop tard.

— Excuse-moi, je pense que ce sera mieux.

— Oui, c'est bon, je te ramène...

Dans la voiture, pas un mot, mais ce n'est pas comme à l'aller où notre silence était plein de tendresse. Je ne trouve pas les mots pour m'expliquer, je m'en veux, j'ai tout gâché.

— Bonne nuit, et merci encore.

— Je t'en prie. Bonne nuit aussi.

Il claque la portière et démarre immédiatement. Toute seule devant la grande porte de l'hôtel, j'ai soudain envie de pleurer.

- AMBIANCE : orageuse.
- CONSTAT (DÉSESPÉRÉ) : Ma vie est morne et triste - J'suis nulle - Et en plus, j'suis pas intéressante... :'(
- LIVRE À LIRE OU RELIRE : *Madame Bovary*, la handicapée de l'amour (ça devrait me remonter le moral).
- CITATION : *Là où règnent force intérieure et confiance en soi disparaissent méfiance, peur et doute.* (Dalaï-lama)
- À ÉCOUTER : Jonasz - *J'veux pas que tu t'en ailles.*

8

La nuit a été courte, mais, assommée par le cocktail donné par le médecin, j'ai dormi comme un bébé. Je me regarde dans la glace de la salle de bain et constate avec effroi que j'ai gardé malgré tout quelques stigmates de *ma nuit dans la peau de Ribéry* (ça ferait un bon titre de film, ça). J'ai les yeux pochés. Pour le coup, je fais vraiment mon âge… Voire un peu plus. Finalement, ce n'est pas plus mal que je n'aie pas passé la nuit avec Emmanuel : il aurait pu avoir très peur en me voyant, au réveil.

Dans la salle de restaurant, personne. Et pour cause, je m'aperçois que j'ai une demi-heure de retard par rapport à mon programme. Quand j'arrive sur les chapeaux de roues dans le centre de thalasso, je file directement dans la salle où Madeleine et moi avons choisi, en plus du programme, de faire une séance de training autogène de Schultz. Sous ce nom barbare, outre que pour moi, Schulz, c'est le créateur de Snoopy, se cache une méthode de relaxation par autodécontraction. Une forme d'autohypnose, quoi. Madeleine m'en a vanté les mérites – elle le pratique depuis des années – et je me suis laissé tenter.

— Au quotidien, m'a-t-elle expliqué, quand vous avez un petit stress ou quelque chose à surmonter, je trouve que la méthode peut être d'une grande utilité. Ça élimine les tensions de façon très efficace.

L'homme qui anime la séance est sympathique, avec une voix douce, et plutôt beau gosse. (Tiens ? Je me mets à regarder les hommes, moi, maintenant ?)

— Avant de commencer la relaxation totale, nous explique-t-il, j'aimerais que vous pensiez à une phrase qui résume votre motivation de la journée. *J'ai envie de…* ou *Je souhaite faire…* ou *Je vais réussir à...* Vous voyez ? Seulement des pensées positives, bien sûr. De cette façon, cette phrase sera imprimée profondément dans votre subconscient.

Je cherche une phrase et finis par trouver ce que je veux que mon subconscient retienne.

La plongée en onde alpha peut commencer. La voix se fait lointaine. Je lutte, car il ne faut pas que je m'endorme, même si j'en ai une furieuse envie. Au bout de quelques instants, l'animateur murmure comme s'il s'adressait directement à notre subconscient :

— C'est le moment de faire appel à votre formule d'autopersuasion : répétez-la en boucle, tranquillement, comme une litanie… Allez-y calmement, lentement…

Bérénice, tu es une fille géniale ! Oui, tu es une fille géniale ! Si, si ! Mais bon sang, puisque je te dis que t'es une fille géniale...

En tout cas, ça marche sûrement mieux que de toucher du bois, compter les marches d'escalier ou croiser les doigts !

Quand je ressors de là, je suis un peu tourneboulée. J'ai marché à fond dans la technique, que je trouve formidable. Il faudra que je trouve des cours par chez moi pour continuer, je suis emballée : le training autogène de Snoopy, c'est mon truc.

Madeleine, avec qui je n'ai pas encore pu parler de mon extraordinaire soirée, me fait un petit clin d'œil :

— On n'a pas le temps maintenant, mais j'espère bien que vous allez me raconter comment s'est passée votre soirée, Bérénice.

— Oui, oui, promis. Vous n'allez pas en croire vos oreilles, je n'ai jamais vécu une expérience pareille.

— Ah ? Mais c'est super !

— Attendez d'en savoir plus. Vous n'allez pas être déçue. Pour l'instant, je file à l'enveloppement d'algues.

— D'accord. J'ai hâte de savoir alors. Ça vous dit, un petit thé vers les cinq heures ?

— Oui, avec plaisir. Tant que ce n'est pas un thé aux fruits de mer.

Madeleine me regarde avec curiosité, mais je n'en dis pas plus.

— Allez, à tout à l'heure. Je file.

J'arrive dans la salle sombre où je vais devoir subir le fameux enveloppement d'algues. Je ne sais pas trop de quoi il retourne, mais rien que le nom me fait sourire. Pour commencer, on m'enduit des pieds à la tête d'une boue verte collante et chaude, puis on m'entoure d'un film plastique bien serré, de ceux que j'utilise en cuisine pour garder les aliments au réfrigérateur ; enfin, on m'enroule dans une couverture chauffante. Je n'ai pas froid. Je dois rester emmaillotée de la sorte pendant vingt minutes, telle une feuille de vigne farcie ou un rouleau de printemps. Comme je dois prendre mon mal en patience, je me prépare à me détendre, quand mon téléphone sonne dans la poche de mon peignoir posé sur une chaise : je reconnais la sonnerie, c'est Marius. Je ne l'ai pas appelé hier, je n'ai pas pris de nouvelles de Crumble non plus. Mince, Crumble ! Il est arrivé quelque chose à Crumble ! Plaquée dans mon film plastique, je parviens tout de même à croiser les doigts en priant qu'un séisme ou une météorite n'aient pas eu raison de mon chien. Je sens la panique qui monte, qui monte, tout en me disant de rester objective : il n'y a aucune raison que Crumble ait un problème... Oui, mais si... mais non... mais si... mais... Je dois me calmer, profiter du moment présent, engluée dans ma plâtrée d'algues, mes bras collés au corps. Je ne peux même pas me gratter le nez qui me démange horriblement. Je sens que le stress monte, quand soudain me vient à l'esprit la séance de relaxation précédente. Voilà une première application pratique qui ne demande qu'à se mettre en place : Ne pense à rien – Crumble – non, on a dit rien. Laisse filer les idées parasites – Crumb... – laisse filer... tu te sens calme, très calme, des idées se présentent à toi – Crum... – tu les laisses filer... tu... tu...

— Madame, madame ! Réveillez-vous ! MADAME !

— Aaaahhh !

— Excusez-moi d'avoir un peu crié, mais vous dormiez profondément.

— Oh ! Désolée, je...

— Non, ne vous excusez pas. C'est que vous avez réussi à vous détendre.

C'est le moins qu'on puisse dire. J'ai l'impression que je viens de me faire une deuxième nuit.

— Allez prendre une bonne douche pour vous débarrasser des algues.

Bonne idée, car je ne compte pas rester comme ça toute la journée. Le pire, c'est que, malgré la douche, la pâte verte colle tellement bien au corps que je suis obligée de me récurer comme une casserole qui aurait attaché. La douche finit de me réveiller tout à fait, et je repars vers le soin suivant avec la pêche.

— Mais au fait, Crumble !

J'attrape mon téléphone et appelle Marius. Le bourricot, il ne répond pas. Reprise par un début de panique (oui, je sais, il m'en faut peu), j'essaie Amélie.

— Oui, maman. Ça va ? Tu n'es pas en plein soin ?

— Si, si, je fais juste une petite pause entre la relaxation Snoopy et la feuille de vigne.

— Maman ? Tu vas bien ?

— Oui, ma chérie, ne t'inquiète pas. Je blague. Ça se passe très bien (à part les allergies aux fruits de mer). Je passe de soin en soin, je côtoie pas mal l'eau de mer et le varech, ça me fait un bien fou. Et toi ?

Ma fille me raconte en quelques mots ses deux dernières journées, et je l'écoute avec toute la patience dont une mère est capable, même quand le sujet ne la passionne pas. Après un délai qui me semble honorable pour parler d'autre chose, je lui demande :

— Tu as des nouvelles de ton frère ?

— Oui, régulièrement, pourquoi ?

— Je n'arrive pas à le joindre aujourd'hui.

— Ah ? Moi, je l'ai eu ce matin, il allait très bien.

— Bon, ben, c'est le principal. Et... Crumble ?

— Mamaaaan ! Crumble va très bien. Arrête de te faire du souci pour ce chien, voyons. Pense un peu à toi.

— Je sais, ma chérie, mais je n'y peux rien. Crumble fait partie de moi, en fait. Alors, c'est normal que...

— OK, OK ! Je dirai à Marius de t'appeler quand il rentre pour te donner des nouvelles fraîches. Mais ne te fais pas de soucis. S'il y avait un problème, je serais au courant. Alors, tout va bien.

— Ouf ! Bon, je dois y aller. Bises, mon cœur, et à Antoine aussi.

Rassurée, je raccroche quand je vois Armelle venir à ma rencontre.

— Je vous cherchais, Bérénice, pour prendre quelques nouvelles. Je rentre à la maison ce soir et je voulais savoir si vous aviez un petit message à passer à Étienne...

— Comme c'est gentil ! Écoutez, non, rien de spécial. Eh bien… embrassez-le de ma part.

— Avec plaisir. Il va être drôlement content.

Comme si mon ex-mari n'attendait que mes bises virtuelles pour être content. Je vous jure, celle-là…

— Mais c'est effrayant, ce que vous me racontez là ! Une allergie aux fruits de mer ? Ma pauvre petite, comme ça a dû être difficile ! Alors, vous n'avez plus le droit de manger des produits de la mer ?

— Il vaut mieux éviter. Le poisson, oui, mais pas les crustacés.

— Oh ! Quel malheur ! Mais quel malheur !

— Allez, Madeleine, je m'en remettrai...

— Et après, vous avez dormi chez lui ?

— Ben non, je... je ne me sentais pas très bien, j'ai préféré rentrer à l'hôtel.

— Ici ?

— Oui.

— Toute seule ?

— Oui.

— Bon, en même temps, on dit toujours qu'il est bien de ne pas céder dès le premier soir...

— Oui, peut-être... je ne sais pas. Je pense qu'il était déçu que je le laisse. Et j'ai l'impression qu'il est un peu… susceptible.

— Mais ne vous en faites pas, ma chère, il est bien de garder une petite part de mystère.

— C'est bien ça, le problème, Madeleine.

— Que voulez-vous dire ?

— Je veux dire que je suis sans mystère, rien à dire, rien à cacher non plus. Vous savez, ma vie est ennuyeuse et...

— Ne dites pas ça, jamais la vie n'est ennuyeuse…

— La mienne, si. Je ne fais rien pour la rendre intéressante.

— Mais cela ne tient qu'à vous, alors.

— Oui, oui, sûrement, mais je n'y arrive pas, je... je suis nulle...

Les larmes me montent aux yeux, un grand vide étreint mon cœur. Madeleine se lève d'un bond et m'enserre dans ses bras.

— Mais voyons, Bérénice. Vous êtes pleine de qualités : je vous l'ai déjà dit, vous êtes drôle, gentille, ouverte aux autres, généreuse, jolie comme un cœur...

— C'est gentil, mais même si j'ai vraiment ces qualités, elles ne m'aident pas à me créer un quotidien moins ennuyeux que le mien. Vous savez, en fait, je me suis laissée aller trop longtemps, vous comprenez ? Et je ne trouve plus la force de changer les choses.

— Mais déjà vous êtes là, ce qui est un bon début, non ? Je crois que ce qu'il vous manque, c'est un petit déclencheur.

— D'accord, mais quoi ?

— C'est à vous de le trouver. Alors, vous devriez y réfléchir sérieusement.

Je regarde Madeleine, son doux visage, ses rides et ses mimiques qui la rendent tellement expressive, ses fins cheveux blancs sagement peignés avec une mise en pli d'un autre temps, ses yeux vifs qui laissent entrevoir quelle gourmande de la vie elle a été. Je m'attendris de sa gentillesse et me dis que j'ai envie de la croire et de trouver la voie vers autre chose que mon quotidien morose.

- AMBIANCE : poisseuse.
- DÉCOUVERTE : le training autogène de Schultz.
- AVENTURE : quand ton nez te démange et que tu ne peux pas le gratter...
- SENSATIONS : je me suis transmutée en feuille de vigne.
- LIVRE À LIRE OU RELIRE : *Les Peanuts*.
- CITATION : *Lorsque nous ne pouvons trouver la tranquillité en nous, il est inutile de la chercher ailleurs.* (La Rochefoucauld)
- À ÉCOUTER : Michel Jonasz - *J'ai swingué toute la nuit*.

9

Le repas du soir se passe plutôt bien. Nous sommes toujours la même équipe autour de la table, à part les adolescentes qui ont trouvé des camarades un peu plus de leur âge (la chance !). Personne d'autre ne se joint à nous.

— On dit qu'ils vont arriver, qu'ils les servent en attendant, et ça nous fera du rabe ! s'exclame André avec bonne humeur à la perspective de pouvoir manger comme quatre… parce qu'ici, continue-t-il, on peut dire qu'ils ne servent que des portions congrutes.

— Vous voulez dire « congrues », lui fait très gentiment remarquer Madeleine.

André ne répond même pas et continue :

— Vous avez vu vos trombines ? Vous avez vraiment l'air fourbus, mes pauvres.

En effet, chacun, discrètement pour les uns et moins pour les autres, bâille, se frotte les yeux, s'étire…

À la fin du repas, personne ne demande son reste et file dans sa chambre, moi en tête. Je n'ai qu'une envie : me plonger dans un bon polar d'Henning Mankell que je me suis apporté. Les livres, ce sont les compagnons de mes soirées, mes petits mondes à moi, ma façon de sortir de chez moi sans en sortir. Mais des forces supérieures en ont décidé autrement, puisqu'à peine suis-je installée que l'on frappe. Je vais ouvrir la porte en me traînant.

— Ah ! Jacques, que faites-vous là ? Et pourquoi cette bouteille de champagne ?

En plus de la bouteille et deux flûtes, ce qui me saute aux yeux, c'est qu'il s'est changé et porte une veste orange vif.

— Il n'est pas tard. J'ai pensé qu'on pourrait se faire un petit plaisir rien que vous et moi.

Je n'ai jamais su dire non, ou alors si timidement que personne ne s'en rend compte.

— Je m'apprêtais à lire un livre, je suis un peu fatiguée…

— Je ne reste pas longtemps, c'est promis : je ne l'ai pas dit aux autres, car je veux rester discret sur ce sujet, mais c'est mon anniversaire ce soir. Soixante ans, ce serait triste de ne pas les fêter en agréable compagnie.

Je suis donc une agréable compagnie. Au passage, comment refuser à une personne seule de fêter son anniversaire ? Surtout un chiffre rond comme soixante. Je suis un peu prise au piège, mais je me fais violence : il a dit « pas longtemps » ; je pourrai me remettre à mon roman après.

— C'est d'accord, Jacques. Un petit verre pour votre anniversaire avant d'aller se coucher, ça ne pourra pas faire de mal. Mais juste le temps de trinquer, promis ? J'ai été souffrante la nuit dernière et je suis vraiment fatiguée.

— Souffrante ? Vous allez mieux ?

— Oui, oui, une crise d'allergie, rien de méchant.

Jacques entre, et, pour qu'il comprenne qu'il ne faut pas trop s'éterniser, je laisse la porte de ma chambre entrouverte. Il me sert du champagne et nous trinquons tous les deux à son anniversaire. Ne sachant pas trop quoi lui dire, je ricane un peu bêtement quand il s'approche de moi, reprend mon verre vide qu'il pose avec le sien sur ma table de nuit. Soudain, sans que j'aie rien vu venir, il me pousse sur le lit en se jetant sur moi. Je n'ai pas le temps de crier que sa bouche est contre la mienne et qu'avec une vitesse fulgurante, il a baissé son pantalon. Devant mes yeux, la veste orange me brouille la vue. Alors que je tente de m'extirper, on frappe assez fort à la porte. Jacques se redresse et nous nous tournons tous les deux vers l'entrée qui s'ouvre sur… Emmanuel. Pendant un court instant de stupéfaction, il nous regarde sans comprendre, puis fait demi-tour. Désespérée, je trouve la force de repousser Jacques en lui hurlant de me laisser tranquille, mais, le temps que j'arrive dans le couloir de l'hôtel, Emmanuel a disparu et je ne me vois pas lui courir après en pyjama débraillé.

— Mais vous êtes malade ou quoi ?

Je suis dans une colère noire et toise Jacques avec agressivité.

— C'est quoi, ces pratiques ?

— Mais… mais… J'ai cru… André m'a dit que vous n'arrêtiez pas de parler de moi et que… j'avais toutes mes chances et…

— André, André ! Mais qu'est-ce qu'il en sait ! C'est n'importe quoi ! Ne me refaites jamais ça, vous m'entendez ! Fichez le camp de chez moi ! Sinon, je crie au viol !

— Oh ! Ne le prenez pas comme ça ! Après tout, j'ai juste tenté ma chance !

— Et me demander mon avis avant, ça ne vous est pas venu à l'esprit, par hasard ?

— Je pensais… Non, avec ce que m'a dit André, je…

— Non, mais André n'est pas mon mac. De quoi il se mêle, celui-là… Au revoir, Jacques, et bonne nuit !

Je suis anéantie, humiliée, blessée. D'une part que des hommes imaginent des trucs et se croient tout permis, mais aussi qu'à cause de cela, Emmanuel soit justement tombé au mauvais moment. J'en pleurerais. Je cherche mon portable pour le rappeler, mais je m'aperçois que, dans la bataille, il est tombé par terre et que j'ai marché dessus : écrabouillé ! Plus de portable ! Plus de contacts ! La lose totale !

L'idée me vient de lui courir après : je m'habille en vitesse, file à la réception. Mais il n'y a plus personne. Je leur demande alors si quelqu'un n'aurait pas cherché à me joindre dans la soirée.

— Si ! Votre mari m'a dit qu'il voulait vous faire une petite surprise, car il avait quelque chose à se faire pardonner, et je l'ai autorisé à monter directement dans votre chambre. Je n'ai pas mal fait, j'espère.

— Non, non, bien au contraire.

Emmanuel cherche à renouer avec moi après l'épisode raté d'hier et me trouve vautrée avec un autre homme. Quand je disais que j'avais de la chance en amour, moi…

Je retourne dans ma chambre, déprimée. Même plus envie de lire. Je m'endors et passe une nuit terrible entrecoupée de cauchemars où je suis assaillie par des meutes de loups, tandis que le berger me tourne le dos.

Le lendemain, je me traîne de soin en soin en évitant soigneusement de croiser Jacques et André. Évidemment, ça a changé le profil de nos dîners, puisque, dès le soir suivant, je débauche Madeleine pour changer de table et nous installer à l'autre bout du restaurant. Quand je lui explique pourquoi, elle me propose presque d'aller faire la peau à Jacques.

— Non, mais les hommes se prennent pour qui ?

C'est impensable, ça. Je vais aller lui dire deux mots, à celui-là.

— Non, non, Madeleine ! Merci de votre soutien, mais je ne veux plus en entendre parler. J'ai réglé le problème, c'est bon. En revanche, c'est pour Emmanuel que je me fais du souci.

— Vous ne l'avez pas appelé pour vous expliquer ?

— Ben… en fait, j'ai cassé mon téléphone.

— Appelez-le de l'hôtel.

— Je ne peux pas, je ne connais pas son numéro par cœur...

— Ah oui, en effet, c'est pas pratique. Et vous ne vous souvenez pas de l'endroit où il est logé ?

— Je n'en ai plus aucune idée. On est bien allés à son hôtel, l'autre soir, mais il faisait nuit, je venais de me taper l'allergie de la mort et j'étais préoccupée par mes pensées… Alors, non, je n'ai pas la moindre idée de l'endroit où ça peut être.

— Mais enfin, on va le retrouver. C'est quoi, son nom de famille ?

— Eh bien, la meilleure, c'est que je ne sais plus non plus. Et je n'arrive plus à remettre la main sur la carte de visite qu'il m'avait donnée à la sortie du train.

— Alors, là, ma petite fille, on n'est pas dans la merde.

— Ouais, comme vous dites.

Anne, qui nous a rejointes, prend la conversation en route :

— Je ne sais pas ce qui s'est passé, mais notre table de joyeux lurons a explosé, on dirait. Jacques ne veut plus voir André, qui ne comprend pas ce qui nous arrive et parle de catastrophe nucléaire et de bombe atomique qui serait tombée sur notre table pour anéantir notre amitié.

— Toujours le souci de la mesure, cet homme-là, fait Madeleine en souriant.

Anne éclate de rire, et nous nous retrouvons toutes les trois à avoir un fou rire, d'autant qu'à l'autre bout de la salle, André a investi une nouvelle tablée et fait de grands gestes avec les bras, probablement pour leur expliquer sa quincaillerie et tout le tralala.

— Encore une table qui va être durement éprouvée, me fait Madeleine, décidément en joie.

— J'ai cru comprendre que Jacques t'avait fait des avances un peu... lourdes, me fait Anne en tâchant de reprendre son sérieux.

— Ouais, j'ai pas compris ce qui me tombait dessus. Il a débarqué dans ma chambre, comme ça... Je le prenais pour quelqu'un de sérieux... et il m'a dit que c'était André qui l'avait incité... Enfin, je n'ai pas tout compris...

— Oui, j'ai surpris quelques bribes de leur conversation. A priori, Jacques reproche à André de lui avoir raconté des bobards. Si je comprends bien, André a réussi à le convaincre que tu étais très attirée par lui et que, comme tu paraissais timide, il fallait que Jacques prenne les devants sans hésiter.

— Non, mais d'où il sort ça, l'André !

— D'une forte tendance à se refaire le film de la vie à sa façon, répond Madeleine qui a les larmes aux yeux tant elle rit.

— Il est malade, ce bonhomme.

Si la situation avec Emmanuel ne me déprimait pas autant, j'aurais trouvé ça vraiment comique. Madeleine reprend, avec sa philosophie habituelle :

— Bon, allez, oublions ça pour le moment. Il n'y a jamais de problèmes, que des solutions ! On trouvera bien comment résoudre ce qui vous arrive. En attendant, moi, j'ai bien envie de fêter notre nouvelle table par un bon verre de ce petit vin rouge. Ça vous tente ?

- AMBIANCE : atomique - déroute des joyeux lurons.
- AVENTURE : expérience sexuelle inédite avec un sexagénaire hardi.
- NOSTALGIE : les téléphones d'antan ne se cassaient pas quand on marchait dessus (vu leur taille, c'est plutôt la cheville qui trinquait).
- À FAIRE : revêtir une ceinture de chasteté, jeter la clé.
- FILM À VOIR : *Et la tendresse, bordel...*
- CITATION : *Les cons, ça ose tout. C'est même à ça qu'on les reconnaît.* (Audiard) (Et là, moi, je suis tombée sur une association...)
- À ÉCOUTER : Jonasz - *L'Homme orange...*

10

Le reste du séjour est finalement tranquille, malgré le pincement au cœur que je ne peux m'empêcher d'avoir concernant Emmanuel.

Madeleine, Anne et moi décidons de sortir tous les soirs pour me changer les idées. Toutes les deux, elles aiment ça. Moi, au début, je les suis un peu contrainte, car j'ai plutôt envie d'aller me pieuter avec mon bouquin. Mais petit à petit, j'y prends goût, parce que Madeleine a le chic pour transformer les plus petites choses en belles aventures. Pour elle, tout est intéressant, drôle ou passionnant, et nous passons de bons moments ensemble : restaurant (sans fruits de mer), cinéma, longue balade sur la plage à manger des pommes d'amour, qui sont un des péchés mignons de Madeleine, et même casino. C'est d'ailleurs un des derniers soirs où elle nous annonce :

— Y a une table de poker. Je vais faire un essai.

— Madeleine, vous n'y pensez pas ? Ce n'est pas un jeu pour une femme respectable.

— Vous rigolez, Bérénice ? Le poker, j'en faisais des parties acharnées avec mon mari et des amis, et je peux vous assurer que ça jouait gros.

Elle finit par trouver une table où les joueurs l'accueillent avec un sourire condescendant. Sauf qu'elle mise comme une pro, bluffe tout le monde avec son air angélique et gagne avec un aplomb incroyable.

C'est ça, Madeleine.

Sept jours, ça passe vite. D'emballements d'algues en bains bouillonnants, de jets d'eau de mer en massages sous-marins, de pokers en pommes d'amour se profile la fin de mon séjour. La veille du départ, l'hôtel a organisé une soirée. Madeleine, Anne et moi, sur notre trente-et-un (Madeleine a même essayé de me faire acheter des talons hauts, mais j'ai tenu bon), assistons pour commencer à un spectacle de magie.

— Vous ne trouvez pas que le magicien a l'air d'être le frère jumeau d'André ?

— Ben oui, t'as raison, Anne. La ressemblance est même frappante.

Une petite flamme que l'on commence à bien connaître s'allume dans les yeux de Madeleine :

— C'est logique, regardez son matériel : c'est sûr qu'il doit s'approvisionner en corde, boîtes, scies et autres chaînes dans la quincaillerie de son… frère.

Nous commençons à ricaner. Du coup, le spectacle prend une tournure bien plus amusante que prévu, car chaque détail est sujet à plaisanterie.

Après cette *excellente* prestation vient un groupe de musique un peu vieillot, qui nous joue des airs un peu vieillots, nous incitant à venir danser (des danses vieillottes) sur la piste. Je frissonne quand je vois Jacques se lever, mais il va finalement inviter une grande et belle blonde qu'il serre d'un peu trop près pour être honnête.

— T'as vu ? Il a trouvé un autre gibier, le Jacques, me fait Anne en me poussant du coude.

— Ben, dites donc, regardez comme il lui malaxe le postérieur.

— Madeleine, vous êtes jalouse ! À quand remonte la dernière fois où on vous a pétri les fesses comme ça ?

Madeleine lance un petit gloussement. Elle reprend d'un air faussement offusqué :

— Léon était très doué pour les préliminaires, mais on ne faisait pas ça en public, voyons !

— Eh bien, les temps ont changé. Maintenant, les préliminaires, ça se fait devant tout le monde. Ça doit être plus excitant.

Je ne me connaissais pas ces théories sur le sexe, mais de savoir qu'elles vont faire rire mes deux compagnes m'aide à me lâcher un peu.

Finalement, aucune de nous ne va danser : nous passons la soirée à observer tout le monde, Jacques et sa blonde, André qui invite – toujours sans succès – toutes les femmes (sauf nous) de la thalasso, quelques couples qui se trémoussent en cadence sur des airs d'un autre temps, que même Madeleine n'a jamais entendus. C'est pour dire. Bien que ce soit notre dernière soirée ensemble, nous nous amusons comme des petites folles. Surtout le moment où André, qui a probablement un peu abusé du champagne, va prendre le micro du chanteur. L'air pénétré, il entame a capella une chanson que personne ne reconnaît (peut-être même pas lui-même !), sous l'œil horrifié des musiciens du groupe qui ne pensaient probablement pas qu'il était possible de chanter aussi mal.

Je ne l'aurais jamais cru quelques semaines auparavant : c'est avec une tristesse infinie que je m'apprête à quitter la thalasso, Anne et surtout Madeleine avec qui j'ai passé tous mes temps libres (enfin, ceux où je n'étais pas en train de macérer). Si je suis contente de rentrer chez moi, de revoir mes enfants et mon chien, j'ai un drôle de pincement au cœur.

Le pire, dans toute cette histoire, c'est que je n'ai pas pu retrouver Emmanuel et que, rentrée chez moi, dans les Yvelines, ce sera encore plus compliqué. Je ne suis pas sûre de lui avoir donné le bon numéro de téléphone, mais s'il avait vraiment voulu me voir, il serait venu à l'hôtel, non ? Comme il ne l'a pas fait, finalement, je me fais déjà à l'idée que je ne le reverrai jamais. J'ai vécu une aventure sans lendemain avec lui, où, comme une toute jeune adolescente, je n'ai fait que l'embrasser sur la bouche et puis voilà. Enfin, je dis ça pour me consoler, parce qu'en fait, je suis profondément triste. Il semblerait bien que je me sois attachée à lui un tout petit peu... Voire un *tout petit peu plus...*

Madeleine habite en région parisienne, comme moi, et, du coup, nous pourrons nous revoir facilement. Cette idée me réconforte.

— Vous me le promettez, hein ? Arrivée chez vous, vous n'allez pas reprendre vos habitudes d'ermite et vous me ferez le plaisir de sortir davantage.

Je le lui promets, et même si je n'ai pas l'intention de devenir un pilier des boîtes de nuit, une chose est sûre, c'est que j'irai lui rendre visite.

— Oui, oui, Madeleine, je vous le promets ! Et tiens, je vous inviterai même chez moi pour rencontrer Crumble.

— Je m'en fais une grande joie.

Quand à Montparnasse je la serre dans mes bras pour lui dire au revoir, je ne peux m'empêcher de pleurer. Madeleine, toujours impeccable, souriante et optimiste, me rappelle à l'ordre :

— Ne pleurez pas, Bérénice ! De toute façon, on se voit bientôt, non ? On pourrait même inviter Anne, un de ces quatre, qu'en pensez-vous ? La Normandie, ce n'est pas si loin.

Anne est repartie dans son Perche natal, terminer sa

convalescence dans une vieille ferme que sa compagne et elle ont transformée en gîte.

— Oui, c'est une idée, pourquoi pas ? dis-je en reniflant.

Ce qui signifie quelques petits changements dans mes habitudes de mémère, qu'il va falloir que je pérennise.

Mais j'ai vraiment l'impression que Madeleine, c'est ma marraine, ma bonne fée, et qu'elle m'a transformée.

Une semaine, c'est peu et beaucoup à la fois. En tout cas, pour quelqu'un comme moi, c'est beaucoup, beaucoup, beaucoup ! Comparé à mon quotidien, j'ai l'impression d'avoir vécu plusieurs vies en sept jours. Du coup, le retour à la maison a un goût amer. Malgré Crumble qui me fait une fête du tonnerre, je me sens soudain seule et désœuvrée. Vieille aussi. Et déprimée.

Les jours qui suivent mon retour, je me traîne comme une âme en peine, je me lève tard, m'habille parce qu'il le faut et promène mon chien sans entrain.

En forêt, le pauvre pépère, qui était habitué à jouer avec moi, me regarde sans comprendre.

— Ben oui, mon chien, tu m'as manqué, tu sais, mais moi, je crois que j'ai aussi manqué quelque chose.

— Wif ! me répond-il en levant son arrière-train et en remuant la queue, croyant que je vais lui lancer un bâton.

— Là-bas, j'ai rencontré des personnes qui m'ont donné envie de quelque chose, mais je ne sais pas encore bien quoi : André qui ne doute jamais de rien, Jacques qui a un toupet phénoménal, Anne qui est une battante, Madeleine qui croque la vie… Ils avaient tous quelque chose à raconter, ils ont vécu des tonnes de vies, peut-être ringardes, peut-être éreintantes, peut-être vieillottes, mais c'est toujours mieux que rien… Et puis, il y a eu Emmanuel…

Pour me changer les idées et ne plus penser à lui, je me concentre sur le moment présent et lance un bâton à mon chien qui fait un démarrage au quart de tour dans la gadoue. Il pleuviote, et le chemin en forêt est boueux. Je n'ai pas pris la peine de mettre des bottes, et mes mocassins dérapent. Soudain, je me tords la cheville, pars en crabe sans pouvoir me retenir vers le petit fossé. Sans plus rien contrôler, je m'étale dans les ronces comme une vieille savate. Comme un malheur n'arrive jamais seul, pour couronner le tout, Crumble revient avec son bâton, ne maîtrise pas son arrêt et me percute de plein fouet.

Mon premier réflexe est de pester, puis j'éclate de rire à imaginer la scène : dans le fossé, pleine de terre partout, Crumble avachi sur moi, pensant que je veux jouer, me donnant des petits coups répétés avec son bâton. J'ai toutes les peines du monde à me sortir de là, d'autant que mon chien, avec ses trente kilos, ne m'aide pas forcément, et que le fou rire me fait perdre toutes mes forces. Quand enfin je suis sortie de mon bain de boue, version sylvestre des enveloppements d'algues, je regarde autour de moi :

— T'as vu, mon chien, il y a une mare là-bas ?

À quelques mètres dans le sous-bois, une petite étendue d'eau nous invite à aller nous nettoyer un minimum avant de remonter dans la voiture.

C'est le début de l'automne, la forêt est particulièrement belle, avec ses couleurs rousses et ses odeurs de terre mouillée et de champignons. Tout autour de la mare, je remarque des traces de cerfs. Moi qui ne sors jamais du chemin, c'est la première fois que j'en vois d'aussi près.

— Regarde, Crumble, ils vont tous dans cette direction, on va voir ?

Bien sûr, Crumble ne me contredit pas, surtout si cela veut dire de rallonger un peu sa promenade. Pour plus de prudence, je l'attache et nous progressons dans les bois de plus en plus denses. Après avoir marché dix bonnes minutes, quelle n'est pas ma surprise de tomber sur une harde de biches que malheureusement Crumble fait fuir en aboyant. Mais quel spectacle de les voir détaler, légères et gracieuses !

— Bon, mon pépère, il faut retrouver le chemin du retour, maintenant. Ça te dit, une bonne douche et un thé bien chaud ?

Des fois, je parle à mon chien comme si c'était un homme… Mais le principal, c'est qu'il entende mon ton enjoué et content, non ? Pour lui, ça revient à la même chose que si je lui disais qu'on allait rentrer se taper une pleine gamelle de pâtée avant de se vautrer dans le panier.

Les choses ne sont pas aussi simples qu'elles en ont l'air. Comme nous avons beaucoup tourné, je ne sais plus trop quelle direction prendre pour retrouver le chemin. Crumble en serait capable, mais pour l'instant, il est plus intéressé par la piste des biches que par le retour à la maison, malgré le thé, la pâtée et le feu de cheminée promis.

Au bout d'une demi-heure à tourner et retourner, alors que je commence à m'inquiéter sérieusement, je tombe sur une clairière éclairée par un magnifique rayon de soleil d'automne, traversé par un ru où l'eau s'écoule en sifflotant. Je repère un gros buisson recouvert de mûres, dont la couleur sombre et le ventre dodu me font envie.

— Crumble, mon chien, tu aimes les mûres ?

Il me regarde, sans comprendre, cueillir quelques fruits et continue à fureter à droite et à gauche. Au sol, de l'herbe et de la mousse tendres m'invitent à m'asseoir. Je m'adosse à un gros chêne près du buisson de mûres, face à cet endroit idyllique. Des libellules font du surplace au-dessus de l'eau, les oiseaux, que j'avais fait fuir à mon arrivée, se posent à nouveau sur les branches, et leurs chants reprennent de plus belle. Le soleil me chauffe doucement.

Si je n'avais pas été perdue, je n'aurais jamais trouvé cet endroit. Si je n'avais pas décidé de suivre les biches, je n'aurais jamais trouvé cet endroit. Si on ne prend pas quelques risques, si on ne fait pas quelques pas de travers, si on ne sort pas de sa zone de confort, jamais on ne découvrira de belles clairières, des ruisseaux chantants et des poignées de mûres délicieuses. Je n'ai plus envie de suivre les chemins tout tracés, je veux que cesse ma vie ennuyeuse, je veux changer, bouger, contempler, frémir, avoir envie, avoir peur…

Au bout de quelques instants d'un bien-être que je ne pensais pas ressentir avec une chose aussi simple qu'un coin de nature, je me dis qu'il est quand même temps de retrouver mon chemin pour rentrer à la maison.

— Viens, Crumble, on y va !

Sans trop savoir comment, je finis par retrouver mon chemin qui n'était finalement pas si loin que cela.

Après avoir bien saligoté la voiture que je laverai un autre jour, je me retrouve à la maison. Les jambes coupées, pleine de gadoue, griffée sur les joues et les avant-bras, un gros bleu sur la jambe, là où mon chien m'a percutée comme une quille, j'ai dans le cœur une nouvelle sensation de liberté que je ne me connaissais pas. Crumble a réussi à se débarrasser de la terre dans l'eau de la mare, mais moi, je suis vraiment dans un sale état. Alors, je pénètre tout habillée sous la douche pour retirer la boue qui est collée sur mes vêtements, et je ne peux retenir un fou rire. À travers la salle de bain, je crie à mon chien qui est en train de manger :

— Eh ! Crumble ! On peut dire qu'on s'est fait une belle balade, hein ? Ça change du train-train habituel !

On devrait faire ça plus souvent, qu'est-ce que t'en dis ? Évidemment, je serais surprise si tu me répondais… Y a trop de silence dans cette maison ! Je devrais mettre un peu de musique !

Oh ! et puis merde ! Tiens, j'appelle Madeleine pour qu'on se fasse une sortie.

- AMBIANCE : boueuse et sylvestre.
- AVENTURE : intrigue à cerf-land.
- SENSATION NOUVELLE : douche tout habillée…
- RÉSOLUTIONS : changer, changer, changer, changer, changer, changer… (technique d'autopersuasion)
- POÉSIE À LIRE OU RELIRE : *Liberté*, de Paul Eluard
- CITATION : *Si tu es capable de commencer, tout va bien. Le carburant viendra en son temps.* (Hemingway) (Alors, je vais investir dans une station-service…)
- À ÉCOUTER : Jonasz - *Changez tout*… (pour une vie qui vaille le coup…)

11

Comme j'ai une importante traduction à terminer pour la fin de la semaine, nous avons prévu, Madeleine et moi, de nous voir samedi. Je lui ai raconté au téléphone ma petite mésaventure en forêt. Après avoir bien ri de mes déboires boueux, elle m'a répondu de son air philosophe :

— Eh oui ! Les chemins de traverse, Bérénice ! C'est le premier pas vers l'aventure.

Je veux bien la croire et, tandis que je me fais un thé brûlant entre deux traductions, je réfléchis à ma situation : des signes qui pourraient paraître insignifiants à d'autres, de minuscules et banales mésaventures, des réflexions et des idées nouvelles, ce sont d'infimes changements, les prémices de quelque chose de nouveau. Il y a une envie, là, tout près, qui ne demande qu'à exploser. Une envie de bouger, de découvrir, de vivre. Sans trop comprendre pourquoi, j'éprouve l'irrésistible besoin de revoir des vieilles photos, comme si me pencher sur mon passé allait déterminer mon avenir. À moins que cela ne soit le contraire, et que ce ne soit la façon qu'a trouvée mon subconscient pour me rappeler à l'ordre : plan-plan tu es, plan-plan tu resteras !

Je me plonge dans le carton que m'a donné ma mère, où sont toutes mes photos d'enfance et d'adolescence. Depuis combien d'années ne les ai-je pas regardées ?

Sur une première photo, j'ai cinq ans et porte une jolie robe blanche à rayures bleues. Je me souviens, elle « tournait », et c'était ma grande fierté. Aux pieds, des babies marines et des socquettes blanches. Une bouche rouge cerise, une barrette dorée pour retenir une mèche, le sourire d'une enfant heureuse et fière d'être une jolie fillette.

Là, j'ai huit ans, je brandis un magnifique camion jaune aux pare-chocs chromés qui brillent comme de l'argent : je voulais être chauffeur routier, à l'époque. Eh oui, ce n'était pas banal, et mes copines ne me comprenaient pas, elles qui voulaient être maîtresses d'école ou vétérinaires. Je souris en regardant la photo de ma collection de magnifiques camions qui ont dû me transporter dans des univers lointains bien plus d'une fois.

Sur une autre, j'ai quinze ans. Les cheveux longs de chaque côté de mon visage, comme des oreilles de cocker, du khôl qui charbonne mes yeux, un chemisier à fleurs et pantalon à pattes d'éléphant. Dans les mains, le premier 33 tours de Maxime Le Forestier. Quinze ans, des rêves plein la tête, mais un désir de rébellion surtout, alors que me reviennent les paroles de *Comme un arbre dans la ville* que je chantais à tue-tête en fermant les yeux, ultra-convaincue, prête à bouffer du CRS, à lancer du pavé, à retirer les grilles des arbres urbains, à renverser ce monde capitaliste et pourri.

Sur celle-ci, j'ai dix-sept ans. Je me souviens : c'est une copine de lycée qui l'a prise pendant le cours d'arts plastiques. Je porte une grande blouse blanche, pleine de taches de peinture, un pinceau dans une main, un crayon à papier dans l'autre. À l'époque, la peinture, c'était ma passion. Je crois même que j'étais douée. Ma prof de lycée m'avait prise à part pour me donner plus de conseils qu'aux autres. J'avais une belle production, qui, d'ailleurs, n'a jamais dû sortir du bahut ! Je n'ai plus touché à un pinceau après cette période.

Sur celle-là, je dois avoir une vingtaine d'années, en vacances avec des copines, dans une boîte de nuit, dansant comme une folle en robe d'été un peu courte sur les Rita Mitsouko.

Que s'est-il passé ? Où est la gamine coquette, aventurière, rebelle, artiste, déjantée ? Existe-t-il encore en moi, quelque part, des morceaux de tout cela ? Est-ce que mon quotidien a été si asservissant qu'il a écrasé ce que j'étais ? Sans regarder les autres photos, je referme le carton et sors de mon bureau. Énervée, je n'ai pas envie de me remettre au travail. J'ai gardé dans ma main les cinq photos que je pose sur la table de la cuisine : j'ai envie de les déchirer, de les barbouiller de feutre, de les gommer. Rien n'a marché comme je le voulais ; ce n'est pas comme ça que je voyais ma vie. Pas comme ça ! Je tombe assise sur le carrelage froid et me mets à pleurer, pleurer comme jamais. Ou plutôt, si, comme une petite fille déçue par toutes ces désillusions. Au milieu de mes cris de rage, une voix cherche un passage, la voix de Madeleine : *À quarante-neuf ans, une année avant mes cinquante ans, j'ai eu envie... de... faire quelque chose pour moi, moi toute seule...*

Me sortant de ma torpeur, la sonnette de la porte retentit. Avec la tête de déterrée que j'ai, je n'ai pas envie d'ouvrir.

— Maman, c'est Marius. J'ai vu ta voiture, je sais que tu es là.

Marius. Mince. Je fonce à la salle de bain me passer de l'eau sur le visage en lui criant :

— Oui, mon chéri, donne-moi une minute !

Quand je lui ouvre, j'ai repris mon visage de mère de famille respectable.

— Ben, t'en as mis du temps. Je viens te voir pour ton histoire de téléphone portable. J'ai rien compris. Qu'est-ce qui s'est passé ?

— En fait, j'ai marché dessus sans le faire exprès. Il est complètement cassé, mais je me demandais s'il n'y avait pas un moyen de récupérer les contacts qui sont dedans.

— Enfin, maman, tu ne pourrais pas faire attention à ton mobile ? L'autre fois, il est tombé dans les toilettes ; la fois d'avant, tu avais explosé la vitre. Je ne compte plus ceux que tu as perdus, et là, il est carrément en miettes. Bon, mais oui, c'est possible si tu n'as pas écrabouillé la carte SIM. On va le savoir tout de suite.

La carte SIM… Je n'avais pas pensé à ce truc. Tandis que mon fils tente d'ouvrir mon portable qui a une drôle de forme, je me rapproche d'une de mes chaises et en touche discrètement le bois trois fois pour me porter chance : je dois absolument récupérer le numéro de téléphone d'Emmanuel.

— On dirait que t'as du bol ! La voilà, ta carte SIM, et en bon état, en plus.

Quel soulagement ! J'ai bien fait de toucher du bois !

— Bon, et maintenant, comment je fais pour voir mes contacts ?

— Ben, il te faut un nouveau téléphone ! T'en as un ?

— Non, j'attendais de voir avec toi.

— Ben, comment les gens t'appellent, alors ?

— Sur mon téléphone fixe, comme on faisait avant. C'est pas plus compliqué que ça !

— Et quand tu n'es pas à la maison ?

— Marius, j'ai vécu des années sans qu'on m'emmouscaille toutes les dix minutes en m'appelant quand je fais mes courses, que je suis en voiture ou en forêt, et j'ai survécu ! Donc, là, quinze jours sans mobile, ça m'a fait le plus grand bien, figure-toi !

— Ouais, bon !

Pour mon fils, je vois bien que je suis un dinosaure, mais il est mignon et me propose un de ses vieux mobiles pour me dépanner.

— C'est l'avant-dernier iPhone. Bon, c'est pas le plus récent, hein ? Ça t'ira quand même ?

— Je m'en contenterai, t'inquiète. Le principal est que je récupère mes contacts.

— Je te l'apporte ce soir.

— Je devrais tenir le choc jusque-là.

Je n'ai pas l'intention d'appeler Emmanuel tout de suite. Il faut d'abord que je réfléchisse à un plan. Pour l'instant, rien ne se présente à mon esprit, mais je ne désespère pas. Ce dont je suis convaincue, c'est qu'il serait dommage de ne pas le revoir au moins pour m'expliquer.

— Ah ! sinon, maman, j'ai pensé à une chose…

— Oui, mon cœur ?

— Voilà, je me suis dit que ce serait bien que tu t'ouvres un peu sur le monde, et je t'ai créé un profil Facebook. Tu vas voir, c'est génial, je vais te montrer. En quelques secondes, tu sauras tout !

Sans conviction, je sors mon ordinateur portable, et Marius m'explique très patiemment comment ça marche.

— Tu vois, t'as déjà un ami ! C'est cool !

— Mais enfin, c'est toi, Marius !

— Ben oui, mais c'est un bon début.

On peut dire ça. Mon fils est adorable, et j'accepte d'aller traîner de temps à autre sur Facebook, rien que pour lui faire plaisir.

Et puis, si ça se trouve, Emmanuel aussi a un profil ! Je ne sais pas comment rechercher quelqu'un dans cette jungle, mais si je n'essaie pas...

Je croise les doigts : avec un peu de chance, peut-être que les nouvelles technologies pourraient me sauver la vie.

Dès que Marius est parti, je tâche de me concentrer et de m'avancer le plus possible dans ma traduction, quand le téléphone fixe sonne.

— Bérénice, c'est Madeleine. Anne vient de m'appeler. Si ça nous tente, elle nous invite chez elle pour la fête du boudin. J'ai bien envie d'y aller, pas vous ?

— La fête du boudin, qu'est-ce que c'est que ce truc ?

— C'est une charcuterie cuite à base de sang et de gras de porc, me répond-elle en riant.

— Madeleine, je sais ce qu'est le boudin, mais *la fête* du boudin, c'est quoi ?

— Je n'en sais rien, mais c'est forcément amusant, non ?

Je conçois mal l'amusement, mais mon interlocutrice reprend :

— C'est surtout l'occasion de nous voir toutes les trois.

— J'ai… J'ai encore du boulot, une traduction, et…

— Ben, il vous reste deux jours, pour ça ! Mettez un petit coup de collier et youp ! Vendredi en fin d'après-midi, on part pour l'Orne. Alors ?

— Alors, alors, il faut que je réfléchisse et…

— Bérénice, ma petite fille, vous en avez envie ?

— Je… Oui, bien sûr !

— Alors, go, go, go ! On y va !

Malgré mon envie, mon inconscient fait toujours un peu de résistance, et quelques obstacles m'envahissent l'esprit, à commencer par Crumble.

— Pour Crumble, reprend mon amie comme si elle lisait dans mes pensées, je suis sûre que votre fils se fera un plaisir de vous le garder, ou alors on demande à Anne si vous pouvez l'emmener ! Forcément, la fête du boudin, ça devrait lui plaire, à votre chien !

D'un coup, tandis que je lutte contre mes vieux démons immobilistes, une vanne s'ouvre et je m'écrie dans le téléphone, au risque de péter le tympan de Madeleine :

— ALLEZ ! OUIII ! C'EST D'ACCORD ! C'est d'accord ! Oui, oui, oui ! Je me remets au travail tout de suite, je termine mon boulot et, vendredi après-midi, je passe vous prendre et on file ! OK ?

— Eh bien, on peut dire que ça vous met en joie, d'un coup !

Je suis tellement enthousiaste d'avoir dépassé mon immobilisme ordinaire que je suis tout essoufflée. Crumble, à mes pieds, me regarde avec des billes rondes, peu habitué à des débordements de ma part.

Dès que j'ai raccroché, j'appelle Marius, qui accepte avec plaisir de venir garder la maison et mon chien.

En me remettant au travail, j'ai un grand sourire dont je n'arrive pas à me défaire !

- AMBIANCE : dépressive, puis anticyclonique.
- AVENTURE : la machine à remonter le temps.
- Quelques qualificatifs à se réapproprier : coquette, aventurière, rebelle, artiste, déjantée.
- À FAIRE : stage nouvelles technologies pour tâcher d'y comprendre quelque chose.
- CITATION : *La nostalgie, c'est comme les coups de soleil : ça fait pas mal pendant, ça fait mal le soir.* (Pierre Desproges)
- À ÉCOUTER : Jonasz - *Où vont les rêves...*

12

Le gîte d'Anne est impressionnant : un vieux corps de ferme entièrement réaménagé par elle et sa compagne. C'est immense et, derrière la longère, un parc de six mille mètres carrés est aux trois quarts boisés. Je n'ai pas emmené Crumble (Crumble ! J'espère qu'il va bien ! Faut que j'appelle Marius), mais il aurait été heureux d'être là.

Madeleine et moi sommes accueillies comme des reines par Anne et Ingrid, qui vivent ensemble depuis plusieurs années. Madeleine étant un peu fatiguée du voyage, nous nous couchons tôt le vendredi soir. Du coup, le samedi, nous sommes réveillées aux aurores, et Anne, qui a terminé sa rééducation et doit reprendre l'entraînement, me propose un tour de vélo.

— Je te passe celui d'Ingrid. Je ne peux pas encore me remettre au jogging, mais le vélo, c'est parfait. Comme je n'ai pas encore récupéré toutes mes capacités, on y va mollo. Ça te permettra en plus de voir un peu la région. Ça te dit ?

Le vélo ! Non, mais je ne suis pas montée sur un truc pareil depuis des lustres. Du coup, ça me met en joie, comme une gamine.

— Ouais, je te suis, c'est génial, ça, refaire du vélo.

Et nous voilà parties toutes les deux sur les routes

normandes. D'emblée, bien qu'elle m'ait affirmé qu'elle était affaiblie par sa blessure, je constate qu'Anne démarre fort.

— Mollo, hein, tu as dit...

— Oui, oui, t'inquiète. Là, on se chauffe tout doux.

Pour ce qui est de chauffer tout doux, c'est réussi : le Perche, c'est super beau, mais c'est plein de montées et de descentes. Alors, les descentes, ça va (même si je freine un peu quand je prends trop de vitesse), mais les montées ! Je n'arrive pas à passer les vitesses et je souffle comme un bœuf à chaque coup de pédale. Ça me cuit derrière les cuisses et les mollets, et j'ai les bras tétanisés à force de tirer sur le guidon. Devant moi, Anne, en danseuse au-dessus de sa selle, n'a vraiment pas l'air de quelqu'un qui se chauffe tout doux...

Arrivée en haut d'une côte particulièrement ardue, alors qu'elle m'attend depuis cinq minutes (au moins), je m'arrête, en nage.

— Je suis désolée, Anne, je te retarde. Je devrais peut-être faire demi-tour et te laisser aller à ton rythme.

— Ben, dis donc, tu manques d'entraînement, toi ! J'y vais pourtant mollo...

— Ouais, mais ton mollo à toi, c'est pas mon mollo à moi... Moi, je n'ai pas dû faire de sport depuis... ces cinquante dernières années...

Elle éclate de rire.

— C'est pas vrai ! Tu n'as jamais fait de sport ?

— Si, c'est une blague, j'en ai même fait pas mal quand j'étais jeune. Mais aujourd'hui, à part promener mon chien en forêt et un peu d'aquagym de troisième âge...

— Tu devrais t'y remettre, tu sais ? C'est quand même bon pour la santé...

— Oh ben, j'en doute pas un seul instant, je vais noter

ça dans mes objectifs. En attendant, je ne te retarde pas et je rentre me vautrer sur votre super canapé.

Et tandis qu'Anne repart avec une énergie digne d'un maillot jaune du Tour de France, je pédale tranquillement jusqu'à la maison, mettant pied à terre dans les montées les plus terribles, puisqu'il n'y a plus personne pour me faire culpabiliser.

— Ah ! Vous voilà, Bérénice ! Ça y est, ce petit tour de vélo ?

— Bonjour, Madeleine, c'était très sympa. Je me suis fait toutes les côtes de la région en apnée totale.

Elle part de son charmant rire pointu que j'aime tant et m'invite à m'asseoir à la table du petit-déjeuner pleine à craquer de bonnes choses : thé, café, brioches, pains, beurre normand, confitures maison, fruits frais, fromage blanc… Je me sers un grand bol de café fumant, puis j'attaque une énorme tartine de beurre à la gelée de coings.

— Vous faites plaisir à voir, Bérénice, je vous trouve bien gourmande ce matin !

— Madeleine, il faut que je vous avoue quelque chose. Vous savez, j'ai comme un truc qui bataille en moi ! Une Bérénice qui aime son confort, son train-train quotidien, ses balades avec son chien, ses repas fadasses, ses vêtements quelconques, sa petite vie tranquille, quoi. Et puis, il y en a une autre qui a pointé son nez il n'y a pas très longtemps et qui a envie de tout autre chose. Et c'est la bagarre permanente entre les deux…

— Je le sais, ma petite fille, je le sais !

— Et vous en pensez quoi ?

— J'en pense que c'est une très bonne chose ! Qu'en fait, c'est la Bérénice nouvelle qui est la vraie Bérénice, celle qui a envie de bouger, d'aimer, de risquer, de vivre !

Je le vois au fond de vos yeux, vous êtes faite pour la gourmandise, pour l'amour, pour la vie !

Elle a le chic pour me donner envie de pleurer.

— Vous… vous croyez ?

— J'en suis sûre. Maintenant que vous avez mis le pied à l'étrier, il faut vous lancer… Vous lancer bien plus haut, bien plus loin. Vous ne le regretterez pas.

Ingrid arrive au même instant, avec des pains au chocolat dorés qu'elle me présente. J'en prends un, qui est encore tout chaud.

— Allez ! Trinquons à la gourmandise, alors !

Je cogne mon pain au chocolat contre celui de Madeleine, dont les yeux malins brillent de plaisir.

— Merci pour votre accueil, Ingrid ! C'est vraiment magnifique, ici ! Vous avez fait un travail superbe avec ce gîte. Vous avez beaucoup de monde ?

Ingrid s'assoit avec nous et se sert un café.

— En saison, c'est toujours plein. Ça marche vraiment bien. L'automne et l'hiver, c'est variable. Mais avant tout, c'est notre maison, et on est tellement bien ici.

Je promène mon regard sur la grande pièce où nous nous trouvons : une immense cheminée, des murs peints à la chaux, des rideaux de velours, des tapis et des tableaux savamment disposés, des meubles rustiques. Je me tourne vers Ingrid :

— Ah oui, je suis d'accord avec vous. La maison est chaleureuse, le cadre est idyllique…

— Moi, j'aime la Normandie, répond Madeleine, mais il me manquerait juste un petit peu de soleil.

— On compense avec le feu de cheminée, répond Ingrid en riant.

Au même moment, une bûche éclate et envoie dans la pièce des projectiles de bois incandescents. Nous

nous levons toutes les trois pour aller écraser au sol les cendres chaudes qui se sont éparpillées et menacent de brûler le tapis !

— Même les feux de bois participent aux conversations, ici, glousse Madeleine en donnant de grands coups de talon par terre comme si elle écrasait un insecte dangereux.

Nous passons un samedi tranquille. Si ce n'est que j'ai des courbatures partout. Anne nous fait découvrir sa région, et notamment la forêt domaniale avec ses chênes remarquables, immenses, dont certains n'ont pas loin de cinq cents ans.

— Regardez celui-là comme il est splendide ! On se donne la main pour voir si on peut faire le tour ? propose Madeleine.

À nous quatre, nous faisons à peine la moitié du tour du tronc. On a beau tirer sur nos bras comme des folles, impossible !

— L'autre, là, il a l'air moins gros pépère !

— Vous êtes déchaînée, Madeleine !

— J'ai toujours adoré les arbres ! Je ne sais pas... Ils me parlent, ils me rassurent, ils vivent vieux et, plus ils vieillissent, plus ils sont beaux, vous ne trouvez pas ?

J'en conviens, regardant avec plaisir cette petite bonne femme de quatre-vingts ans passés flatter amicalement les chênes de la main en riant aux éclats.

Un léger crachin commence à tomber, et j'attrape mon amie par le bras. Tandis que la pluie s'intensifie, Ingrid et Anne repartent vers la voiture. Je tire Madeleine qui serait bien restée sous la pluie, sous la protection des arbres centenaires.

Quand arrive le samedi soir, nous sommes rincées, dans tous les sens du terme. Madeleine s'est changée et nous a sorti une très belle robe couleur feuilles d'automne. Je suis sûre que c'est elle qui l'a faite.

— Que vous êtes coquette, Madeleine ! J'adore votre robe, elle est magnifique !

Elle sourit tendrement en se laissant tomber dans le fauteuil près de la cheminée. Anne et moi nous installons sur le canapé, tandis qu'Ingrid va chercher la tisane. Aucune de nous n'a envie de parler.

Nous restons ainsi, silencieuses, à regarder le feu dans la cheminée. La pluie tombe toujours au-dehors, et le vent qui souffle fait battre un volet contre le mur. Quand Ingrid revient avec les mugs remplis de tilleul brûlant, je me dis que j'aurais été bien idiote de louper un si agréable week-end.

La conversation tourne mollement autour de tout et de rien, quand soudain Madeleine me lance, l'air de rien :

— Bon ! Et pour Emmanuel ! Quand est-ce que vous allez vous décider ?

— Emmanuel ? fait Ingrid qui n'est pas au courant de l'histoire.

— Non, c'est rien, laissons tomber, dis-je en me raidissant un peu. C'est… c'est quelqu'un que j'ai rencontré dans le train, et… bon, non, rien.

— Non, pas rien, reprend Madeleine qui semble se réveiller. Si vous avez envie de retrouver cet homme, il faut y mettre du vôtre ! C'est à vous de faire un pas, maintenant, et d'aller le rechercher, c'est tout !

— Vous en avez de bonnes, vous : c'est tout ! C'est tout ! C'est pas si *tout* que ça !

— Vous pourriez m'expliquer un peu ? insiste Ingrid.

Ça me fait mal au cœur d'avoir à tout réexpliquer, mais en même temps, je ressens un plaisir indicible à parler de lui.

— En quelques mots, j'ai rencontré Emmanuel dans le train qui partait pour Saint-Malo, où j'allais faire une thalasso. Nous avons sympathisé, et il m'a invitée au restaurant, mais au lieu d'une petite soirée tranquille, on s'est retrouvés aux urgences parce que j'ai fait une allergie aux fruits de mer. Je l'ai un peu vexé en refusant de dormir chez lui et…

Même si elles connaissent l'histoire, Anne et Madeleine sont suspendues à mes lèvres. J'ai l'impression de débiter un mauvais roman de gare.

— Et ?...

— J'imagine qu'il a voulu me faire une surprise en arrivant sans prévenir dans ma chambre, au moment où un curiste était en train de me basculer contre mon gré sur mon lit…

Ingrid ouvre des yeux énormes en même temps qu'elle pousse un cri d'indignation :

— Quoi ?

— Ben oui. Il y a eu, semble-t-il, un quiproquo, et ce monsieur a cru que je… enfin… que j'étais consentante et… Bref ! Emmanuel est arrivé au pire moment. Je me débattais, mais dans le bazar il a dû croire que nous étions… Enfin… Tu comprends… Il a fait demi-tour et, le temps que je m'extirpe… Bref, après ça, je ne l'ai plus jamais revu…

— Mais c'est complètement idiot… Et pourquoi tu ne l'as pas appelé ?

— Ben, parce que, dans la panique, j'ai marché sur mon téléphone…

— Ah ouais, évidemment, c'est pas de bol !

— C’est vrai que c’est pas de bol…

— Ouais…

Je regarde, attendrie, mes trois amies qui prennent une tête de circonstance.

— Bon, mais faites pas cette tête, les filles, rien n’est perdu, parce que mon fils a réussi à récupérer la carte SIM de ma bouillie de téléphone et me l’a mise dans un autre. Du coup, je vais pouvoir rappeler Emmanuel et m’expliquer.

— Ben, qu’est-ce que t’attends ? me fait Anne avec sa réactivité habituelle.

— Je ne sais pas. Ça ne se fait pas comme ça. Faut que je trouve quoi dire, comment le lui dire… Faut…

— Mais si vous attendez cent sept ans, ma petite Bérénice, il va finir par passer à autre chose, votre Emmanuel.

Je dois admettre que Madeleine a raison. Mais si c’était si simple… Pour moi, faire ce genre de chose revient au même que de faire du trapèze volant : j’ai le vertige, je tremble, j’ai peur, et ça me coupe les jambes et la chique !

— Bon, leur fais-je pour les rassurer. Promis, je le ferai en rentrant chez moi. Là, j’ai envie de passer un week-end tranquille avec vous, pas de me prendre la tête.

— Vous avez bien raison, mais n’oubliez pas : dès lundi, en rentrant chez vous, vous l’appelez, promis ?

— Oui, Madeleine, promis ! Je serais vraiment cruche de passer à côté d’une chance pareille !

— Je ne vous le fais pas dire.

Madeleine me lance un grand sourire encourageant, et nous terminons la soirée dans le calme, à parler de la région, des compétitions d’Anne, des spécialités culinaires normandes, ce qui permet à Madeleine de nous décrire les fabuleuses recettes que son mari adorait lui cuisiner.

- AMBIANCE : normande.
- SPORT : m'y (re)mettre très sérieusement. Du vélo, par exemple (mais que sur du plat).
- CITATION 1 : *Les chanceux sont ceux qui arrivent à tout ; les malchanceux, ceux à qui tout arrive.* (Labiche)
- Citation 2 : *La vie nous donne toujours une seconde chance qui s'appelle demain.* (Paul Fort)
- À ÉCOUTER : Jonasz - *Doucement.*

13

Le lendemain, après le tour de vélo d'Anne que cette fois-ci je me retiens bien de suivre, nous partons pour la fameuse fête du Boudin. Je ne pensais pas qu'une foire au boudin puisse avoir une telle ampleur et attirer autant de monde : plus de cent cinquante exposants, des activités, des dégustations, des jeux, des concours… une incroyable fourmilière autour du gros boudin noir, avec des centaines de passionnés qui déambulent entre les stands. Je veux bien commencer à vivre quelques passions pour amorcer mon changement et pimenter ma vie, mais de là à me passionner pour le boudin, c'est une curieuse entrée en matière.

— On doit voir un ami photographe, me dit Anne. Si vous voulez, vous faites un petit tour et on se retrouve ici ?

— D'accord, fais-je en attrapant le bras de Madeleine et m'engageant entre les étals.

— Ça vous dit de faire le concours du plus gros mangeur de boudin ? s'exclame-t-elle, les yeux pétillants de gourmandise.

— Alors, moi, non, pas franchement. Déjà, je ne suis pas fana de viande. Ingurgiter du boudin à s'en faire péter la panse, non, merci !

— Qu'est-ce que j'entends, ma p'tite dame ? On n'aime pas le boudin ?

Je me retourne et tombe nez à nez avec un gros monsieur rougeaud, affublé d'un tablier blanc plein de taches.

— Attendez un peu que je vous fasse goûter ma spécialité ! Vous ne direz plus jamais que vous n'aimez pas le boudin ! Je suis charcutier membre de la Corporation des fins goûteurs de boudin et j'en connais un rayon sur le sujet !

Le bonhomme parle tellement fort que je suis obligée de reculer de quelques mètres. Madeleine me tire par la main :

— Venez, venez, Bérénice, on va goûter, tout de même !

— Oui, vous ne serez pas déçues, mes p'tites dames !

Nous suivons le gros monsieur vers son stand qui déborde de produits en tout genre : rillettes, rillons, pâtés, jambons et des kilomètres de boudin. Je ne sais pas pourquoi cela ne me fait pas particulièrement envie, mais Madeleine saute devant l'étalage comme une gamine. Le charcutier file derrière sa table et sort un plat de son four.

— Vous allez me goûter mon Parmentier de boudin aux deux pommes, crénom !

— Ah… C'est tentant, mais là… Je ne sais pas… On est obligées ? fais-je en tâchant d'être le plus poli possible.

— Ben, si vous êtes sur la fête du boudin, c'est pour goûter au boudin, nom d'un chien !

Ça se tient. Il reprend :

— Et à la fin de votre visite, j'espère que vous voterez pour moi !

— Comment ça ?

— Eh ben, le vote de la meilleure dégustation, pardi ! Je vous donne ma carte. Voilààà. C'est moi, ça, Gérard, de la Ferme du bonhomme.

— La Ferme du bonhomme ?

— Oui, c'est mon exploitation : la Ferme du bonhomme.

— Enchanté, monsieur Bonhomme, fait Madeleine qui commence à pouffer.

Je connais ses yeux rieurs : elle n'est pas loin du fou rire.

— Alors, je vous explique : vous allez goûter plusieurs plats sur les différents stands, chaque charcutier vous donnera sa carte, et vous glisserez celle du plat que vous avez préféré dans l'urne, là-bas, à l'accueil. Le charcutier qui aura le plus de votes remporte le boudin d'or. Alors, je compte sur vous pour glisser ma carte, hein ?

— On va devoir goûter des tas de recettes de boudin ? fais-je en me rappelant qu'il est dix heures du matin et que, franchement, là, je préférerais un pain au chocolat avec un café plutôt qu'une part de boudin noir.

— Le boudin d'or, répète Madeleine, perplexe.

— Alors, vous le goûtez, mon Parmentier ?

— Bon, allons-y alors...

Le bonhomme me tend carrément une assiette dans laquelle il sert une énorme plâtrée de boudin.

— Merci, merci, ça va aller, je crois ! Surtout si on doit en déguster d'autres...

— Une belle fille comme vous, voyons ! Ça a besoin de manger ! Allez ! Faites pas la mijaurée !

Madeleine a aussi droit à son assiette, et nous voilà toutes les deux, à picorer son plat qui n'est pas mauvais, mais je suis sûre qu'il serait bien meilleur s'il n'était pas servi à l'heure du petit-déjeuner. Au loin, j'aperçois Anne et Ingrid sur l'expo photo de leur ami, et je me dis que j'aurais dû les suivre. La photo, au moins, c'est sans danger.

— Vous savez quoi ? reprend le charcutier que rien n'arrête. Comme vous m'avez l'air gentille, j'ai bien envie de vous demander un tout petit service. En plus, ça serait super amusant pour vous.

Aïe ! Je ne sais pas pourquoi, mais sa remarque ne laisse présager rien de bon. Ni son œil de gastronome qui me détaille comme si j'étais un gros saucisson.

— On vous en prie, répond Madeleine, toujours prête à tout.

— Avant le repas de midi, au moment de l'apéro, y aura l'élection de miss Boudin. La jeune femme qui représentait ma charcuterie m'a laissé tomber au dernier moment parce qu'elle a la grippe, et je n'ai plus personne.

Il se tourne vers moi.

— Ça vous dirait de la remplacer au pied levé ? Vous seriez parfaite en miss.

Je ne suis pas sûre d'avoir bien compris.

— Pardon ? Miss quoi ?

— Vous feriez une très belle miss Boudin !

Miss Boudin ! C'est une blague ? Pourtant, non ! Le charcutier, lui, n'a pas du tout l'air de plaisanter.

— Mais quelle bonne idée, Bérénice ! ricane Madeleine. On peut bien rendre ce petit service à monsieur Bonhomme. Oui, oui, inscrivez notre Bérénice au concours, c'est une excellente idée ! Elle fera une parfaite miss Boudin de la Ferme du bonhomme ! Si j'avais trente ans de moins, je vous jure que je n'hésiterais pas.

— Enfin, Madeleine, vous êtes folle ! Je n'ai pas envie d'être miss Boudin, voyons !

— Mais pourquoi pas ? Pourquoi pas ?

— Mais parce que…

— Voilà, vous n'avez pas d'arguments ! me lance monsieur Bonhomme.

Avant que j'aie eu le temps de faire quoi que ce soit, il dépose sur ma tête une couronne en carton agrémentée de dessins de jolis boudins debout sur des petites papattes, comme s'ils dansaient la samba.

— Vous allez voir, c'est pas compliqué : vous devez juste vous promener avec la couronne sur la tête. Les gens notent le nombre qui est inscrit dessus – là, vous voyez ? – et téléphonent à une plate-forme pour enregistrer leur vote.

— C’est drôlement bien organisé, dites donc ! fais-je en m’efforçant de paraître intéressée.

— Ben oui, c’est pas parce qu’on est des cul-terreux qu’on n’est pas modernes !

J’ai l’impression de l’avoir vexé et, parce que je suis une gentille, je fais mine de bien vouloir garder la couronne sur ma tête. Je la retirerai dès qu’il aura le dos tourné.

Après avoir mangé notre assiette, qu’il a fallu vider entièrement sous l’œil inquisiteur de notre nouvel ami, nous le remercions et nous éloignons dignement vers de nouvelles aventures boudinesques. Alors que je porte la main à ma tête pour retirer ma couronne, Madeleine intervient :

— Il nous regarde, ne la retirez pas maintenant, ça va encore le vexer.

— Non, mais c’est quoi, ce délire, enfin ? Vous vous moquez de moi ? Je ne vais pas garder ça indéfiniment. Et c’est hors de question que je participe à miss Boudin.

— Dommage, on aurait bien rigolé, et peut-être gagné un an de boudin.

— Vous parlez d’un prix !

Au même moment, notre charcutier nous rattrape, tout rouge d’avoir couru trois mètres :

— Ah ! Au fait, je ne vous l’ai pas dit : le premier prix de miss Boudin est de trois mille euros pour moi, et cinq mille pour vous ! Ça motive, non ?

Les bras m’en tombent. Comment est-il possible de trouver une pareille somme pour célébrer la reine du boudin ! Éberluée, je lui demande :

— Mais qu’est-ce qu’on doit faire, pour ce prix-là ?

— Bah, rien ! Vous vous baladez tranquille. Comme je vous l’ai dit, les gens votent pour votre numéro, et, tout à l’heure, à l’apéritif, le speaker annonce la lauréate et on vous remet votre prix. C’est tout.

— Sincèrement, c'est drôlement bien payé, Bérénice ! Moi, à votre place, je n'hésiterais pas !

Être ridicule pendant deux petites heures pour gagner cinq mille euros, je dois avouer que c'est presque tentant. Cela dit, je ne crois pas une seule seconde avoir une chance de gagner, vu que les autres miss doivent toutes être de jolies jeunes filles dans la vingtaine. Mais en constatant que les gens regardent attentivement ma couronne, me détaillent et empoignent leur téléphone, je n'arrive plus à me décider à la retirer. Au cas où…

Les deux heures qui nous séparent de l'heure de l'apéritif passent vite, à regarder les expositions, discuter avec les éleveurs, déguster un nombre incalculable de plats à base de boudin, applaudir la danse du cochon (si !). J'ai sagement gardé ma couronne sur la tête, encouragée par Madeleine, Anne et Ingrid, qui pensent que c'est une chouette expérience à ajouter à son curriculum vitae. Moi qui n'ai pas grand-chose à y mettre, je pense que ça ferait vraiment une belle entrée en matière de mes compétences : *lauréate du concours de miss Boudin.*

Enfin, les enceintes crachent la voix d'un animateur (qui a animé la fête toute la matinée avec des blagues à deux balles, entre la musique et les grognements de cochon) qui nous propose de venir rejoindre l'assemblée, place de l'Hôtel de ville, pour la remise du prix de miss Boudin.

— Ton heure de gloire, se moque Anne.

— Bon, les filles, arrêtez ! Je le fais parce qu'on peut gagner cinq mille euros ! C'est tout !

— Ah ! Moi qui pensais que c'était par conviction !

— Y a quand même peu de chances que je gagne ! Vous avez vu toutes les demoiselles qui se promènent avec leur couronne de boudin sur la tête ? Des gamines toutes fraîches, toutes jeunes, toutes jolies !

— C'est pas une question d'âge. Tu fais très jeune, toi aussi ! Ah ! Taisez-vous, ils annoncent les résultats !

Même si je trouve ça ridicule, je me prends à stresser en attendant les résultats ! Non, mais c'est la première fois que je participe à un concours de miss (à quarante-neuf ans, faut le faire !), c'est pour du boudin et, en plus, je suis fébrile comme une midinette !

— Mesdames et messieurs, voici le moment que vous attendez tous ! L'élection annuelle de miss Boudin ! Vous avez tous joué le jeu, et de nombreux appels ont été enregistrés avec vos votes. Je suis maintenant en mesure de vous annoncer que notre grande gagnante est… est… miss Ségolène, qui représente la charcuterie Tardiveau, avec le numéro trente-quatre ! On peut l'applaudir !

— Bon, ben, c'est raté, les filles ! J'ai porté mon boudin dansant sur la tête pour rien !

— Mais ce n'est pas terminé, reprend l'animateur, car nous avons deux dauphines, bien sûr, et la première dauphine est miss Samantha, numéro treize, de la boucherie Bernet ! Quant à notre deuxième dauphine, il s'agit… il s'agit du numéro vingt-deux, miss Bérénice de la Ferme du bonhomme.

Je sursaute et pique un fard tandis que la voix reprend :

— Vous pouvez applaudir les lauréates, à qui je demande de monter sur le podium pour recevoir leur prix et nous faire une petite déclaration.

Légèrement abasourdie, je regarde mes amies.

— C'est pas moi ! C'est une autre Bérénice ! Allez, dites-moi que c'est pas moi…

— Mais si, Bérénice, le vingt-deux, c'est bien vous, répond Madeleine en prenant un air faussement sérieux.

Je cherche vainement un moyen de me cacher dans la

foule ou de m'éclipser, tout le monde ayant bien compris que c'était moi la dauphine. Le micro crachote et me rappelle :

— Allez, allez, ne soyez pas timide, miss Bérénice, on vous attend sur le podium qui accueille déjà Ségolène et Samantha, deux charmantes jeunes filles qui ont bien mérité leur titre !

Tête basse, je gravis les marches. Ségolène a entamé un discours que je n'entends même pas, tellement préoccupée que je suis par ce que je vais bien pouvoir dire. Moi qui ai souvent le sens de la répartie, là, je suis en panne, circuits grillés, le rouge aux joues : mais qu'est-ce que je suis venue faire dans cette galère !

— Bérénice, une candidate atypique, car c'est une miss qu'il serait plutôt convenu d'appeler une… ma'miss !

Et de partir d'un rire gras aussi fin que sa vanne à deux balles ! J'hésite entre étrangler cet arriéré de speaker avec un boudin ou prendre mes jambons à mon cou pour fuir cet événement surréaliste ! Mais c'est sans compter sur ma bonne éducation, et je me prête gentiment au jeu avec un sourire forcé.

— Un grand merdi… euh, merci… pour ce prix qui vraiment… me flatte… vraiment… et… voilà…

— Vous ne remerciez pas la charcuterie qui a eu le bon goût de vous sponsoriser, Bérénice ?

Le speaker prononce le mot « sponsoriser » à l'américaine, sûrement pour se donner un genre. Je m'exécute avec la grandiloquence adaptée à la situation :

— Oui, oui ! Merci à la Ferme de… du… (Merde ! Trou de mémoire.)

L'homme au micro me regarde, effaré. Je comprends bien que ceux qui font la loi, ici, ce sont les bouchers et les charcutiers ; il ne s'agit pas de commettre un impair. Il forme alors avec ses lèvres le mot qui me manque :

— Ah oui ! La Ferme du bonhomme ! Merci, très sincèrement de m'avoir fait confiance. (Tu parles ! Plus jamais on ne se laissera avoir, moi et mon incapacité à dire non.)

Dans la foule, j'aperçois mon sponsor et son tablier plein de taches, yeux pétillants, joues rougies, cheveux en pétard, qui me regarde d'un air gourmand comme si j'étais un joli petit cochon de lait prêt à passer à la casserole. Une certitude m'assaille : il ne va pas falloir traîner à la sortie de la remise des prix !

Finalement, à part la honte que je me suis payée – mais à mon âge, on passe sur beaucoup de choses –, je ne m'en suis pas si mal sortie, puisque j'ai reçu un joli chèque de trois cents euros. Cela me permet d'inviter mes amies au restaurant le soir même, et c'est avec une sacrée bonne humeur que nous partageons ce dernier repas du week-end, toutes les quatre. Pour ma part, je commande un filet de sole meunière avec une légère purée de céleri, histoire de compenser un peu les kilos de plats de boudin que je me suis tortorés dans la journée !

- AMBIANCE : lourde, voire indigeste.
- AVENTURE : un moment d'égarement sans doute.
- RÉSOLUTIONS : plus de viande pendant des années !
- SPORT : je mâche, tu mâches, nous mâchons (ne négligeons pas la musculation de la mâchoire)
- CITATION 1 : *Tout est beau. Il faut parler d'un cochon comme d'une fleur.* (Jules Renard)
- CITATION 2 : *Les chiens vous regardent tous avec vénération. Les chats vous toisent tous avec dédain. Il n'y a que les cochons qui vous considèrent comme leurs égaux.* (Winston Churchill) (Je ne suis donc pas si ridicule que cela.)
- À ÉCOUTER : Jonasz - *Le dîner s'achève* (et il était temps...).

14

Dans la voiture qui nous ramène en région parisienne, Madeleine somnole. Le week-end a été fatigant, même pour elle qui a toujours la pêche. Quand enfin nous arrivons à son domicile, je pose ma main sur son épaule pour la réveiller doucement :

— Vous voilà arrivée, Madeleine. Je vais porter votre valise jusque chez vous.

— Ah, je me suis assoupie. Ça a été vite, dites donc, ce voyage de retour, et je n'ai pas été d'une très bonne compagnie.

— Ne vous inquiétez pas, j'ai écouté Michel Jonasz en boucle et ça m'a maintenue éveillée.

Madeleine me sourit. Je descends et prends sa valise.

— Ah ! Votre fameux Michel Jonasz. J'ai dû l'entendre quelques fois à la radio. Mais je ne connais pas vraiment. On y va ?

— Vous devriez vous acheter une valise à roulettes ! C'est pas croyable comme elle est lourde !

— Mais vous savez bien que j'apporte toujours plusieurs toilettes, mes dernières créations de couture… Et tout ça…

Tout en posant ses sacs dans son salon, je la regarde s'affairer pour ouvrir ses volets. Elle reprend :

— Vous voulez un petit café avant de repartir ?

— Non, c'est gentil, mais je dois téléphoner à un client

pour un problème sur une de mes traductions. C'est un peu urgent.

— Ah ! Et au fait, à propos de téléphone…

— Oui, je sais, je vais appeler Emmanuel !

— Vous me le promettez, hein ? Ce serait tellement dommage ! Vous savez quoi ? Vous n'avez qu'à boire quelques verres d'alcool fort avant, ça vous donnera du courage !

— Oh ! Madeleine ! Et je lui parlerai comment, si je suis complètement saoule ? Bon, mais oui, promis, je vais l'appeler !

Je repars en riant, me disant que son idée n'est peut-être pas si bête que ça.

Malgré les encouragements de mon amie, il n'y a rien à faire. Je n'y arrive pas. Tout d'abord, je suis prise par mon contrat avec un nouveau client très exigeant, et je dois passer beaucoup de temps avec lui pour comprendre ce qu'il attend de moi.

Et puis, je n'arrive pas à me décider. J'ai peur qu'Emmanuel m'accueille mal, ne me laisse pas le temps de m'expliquer, me rembarre… Bref, ce n'est vraiment pas simple et, si j'en meurs d'envie, je meurs de trouille aussi.

La journée passe ainsi, entre concentration extrême sur mon travail et moment d'évasion où je me fais des décharges d'adrénaline monstrueuses.

En fin de soirée, mon téléphone sonne. Au début, je ne comprends pas qui me parle, ni ce qu'on me veut. Ce n'est que quand, pour la troisième fois, la femme au bout du fil me répète qu'elle est infirmière à l'hôpital Vermont et me demande si je suis bien la fille de Madeleine Perrault que je comprends ! Je réponds presque sans réfléchir :

— Oui, non, enfin, oui ! Que se passe-t-il ?

— Madame Perrault a fait une chute en fin d'après-midi. Elle s'est cogné violemment la tête et…

— Comment ça, « une chute » ? Comment va-t-elle ?

— Visiblement elle a dû renverser de l'huile par terre, elle a glissé et est tombée en se cognant sur le coin de sa table. D'après nos premiers examens, elle s'est fait un hématome cérébral sous-dural et s'est cassé le poignet. Elle a plusieurs moments d'inconscience, revient parfois à elle, assez brièvement. Pour le moment, son pronostic vital ne semble pas engagé, mais à son âge…

Je suis sous le choc. Madeleine, un accident. Madeleine qui est la force même, la joie de vivre… Ma marraine, ma bonne fée… Je n'arrive pas à y croire !

— Et… Et comment m'avez-vous trouvée ?

— Elle a demandé « Bérénice » à plusieurs reprises, entre deux moments d'inconscience. Vous êtes la seule Bérénice de son carnet d'adresses.

— Eh bien, c'est super gentil de votre part de m'avoir appelée. J'arrive tout de suite…

— Ce n'est pas la peine, elle est en soins intensifs où on va lui faire de nombreux examens. Vous ne pourrez pas la voir. Mais venez dès demain matin.

Je raccroche, abasourdie. La nuit qui suit, je ne parviens pas à dormir et me retourne dans tous les sens. Elle a demandé à me prévenir, moi. Je sais qu'elle n'a jamais eu d'enfants, mais elle n'a pas d'autres personnes de sa famille ? Il n'y a que moi ? Cette idée est très perturbante, et quand enfin je m'endors sur le coup de cinq heures du matin, des rêves bizarres m'assaillent. Le peu que je dors n'est pas du tout réparateur.

Je suis à l'ouverture des visites de l'hôpital avec le cœur qui bat à tout rompre : pourvu que son état n'ait pas empiré et qu'elle tienne le choc.

Dans sa chambre en soins intensifs, j'ai l'impression

qu'elle est encore plus petite que d'habitude. Sa peau est terriblement pâle. Je lui prends la main, qui est froide. Si les appareils ne montraient pas des constantes à peu près normales, on pourrait la croire morte. Ses paupières se mettent à trembler légèrement, et elle entrouvre les yeux.

— Ma Bérénice...

— Ne parlez pas, Madeleine, je suis là...

— Merci...

Et comme si ces quelques mots l'avaient épuisée, elle se rendort.

Je reste ainsi une bonne partie de la journée. Bien que je leur aie dit que je n'étais pas de la famille, mais qu'elle n'avait probablement que moi, un médecin vient m'expliquer la situation :

— Comme madame Perrault est sous anticoagulants pour une petite pathologie cardiaque, le choc à la tête a provoqué un hématome cérébral post-traumatique, a priori sans conséquence, mais vu son âge, nous la surveillons de près, car elle a des troubles de la conscience depuis qu'elle est tombée.

— Elle est dans le coma ?

— Non, pas tout à fait. Ce sont plutôt des troubles de la conscience passagers, et, si tout va bien, elle devrait récupérer ses fonctions supérieures dans quelques jours.

— Si tout va bien... mais si tout ne va pas bien ?

— Bon... Comme je vous le disais, à son âge, il faut être prudent. Mais le positif, c'est que, pour l'instant, elle répond bien aux premiers traitements que nous avons mis en place.

— C'est bon signe alors, non ?

— Disons que c'est un bon début. D'autre part, elle s'est vraiment abîmé le poignet, avec une double fracture. Il va falloir opérer rapidement. Elle devra ensuite faire de la rééducation dans un centre spécialisé dont je vous donnerai les coordonnées.

Je me retiens de pleurer et retourne auprès d'elle, guettant de façon obsessionnelle les machines qui prennent la tension, le rythme cardiaque et toutes les poches remplies de tout plein de produits.

En début d'après-midi, elle remue à nouveau un peu, ouvre ses yeux, me sourit et me dit d'une voix faible :

— Vous avez téléphoné à Emmanuel ?

Incroyable ! Cette femme est incroyable !

— Oui, non... enfin, je vais le faire rapidement...

— Vous m'avez promis... Il faut prendre soin de vous, Bérénice, c'est... important.

— Oui, oui, je vous le promets, Madeleine, mais en attendant, vous devez vous reposer pour guérir...

Elle pousse un long soupir, me regarde intensément et, un bref instant, je lis toute la malice et la force qu'elle a encore en elle. Puis elle se rendort. Je jette un œil inquiet aux machines, mais tout a l'air d'aller correctement. Il est temps pour moi de partir, je lâche sa main à regret, mais je ne peux plus faire grand-chose pour elle.

Le lendemain me voit plus déterminée que jamais : je dois absolument téléphoner à Emmanuel.

Dans un premier temps, j'appelle l'hôpital pour avoir des nouvelles de Madeleine. Son état est stationnaire, me dit-on, et ils ne savent pas si elle sera opérée aujourd'hui pour son poignet. Puis je pose le téléphone devant moi et le regarde bêtement. S'il pouvait faire le travail pour moi, tout seul, ça me simplifierait la tâche. Mais non, les téléphones, pour le moment, ont encore besoin de la décision des hommes pour agir ! En ce qui me concerne, ce n'est pas l'envie qui me manque, mais la peur qui me coupe les pattes.

La voix de Madeleine me revient en mémoire et me motive. Je me mets à fouiller frénétiquement dans les contacts de mon téléphone. Où ai-je classé son numéro de téléphone ? Je m'aperçois que je ne connais même pas le nom de famille d'Emmanuel. Je l'ai donc classé à son prénom. Mais à la lettre « E », rien. Comme je sais que je ne maîtrise pas encore bien tous ces trucs-là, je décide de regarder tous les noms enregistrés, un par un. Il n'y en a pas des tonnes, mais c'est long et pénible. Je recommence une deuxième fois au cas où il m'aurait échappé la première. À la fin de la liste, je dois me faire une raison : il n'y a pas d'Emmanuel dans mes contacts. Je n'ai pas enregistré Emmanuel dans mon téléphone. C'est la catastrophe.

Jamais je ne le retrouverai.

- AMBIANCE : angoissante.
- AVENTURE : ma bonne fée est si vulnérable...
- RÉSOLUTIONS : ne pas remettre à demain...
- CITATION : *Une fois que ma décision est prise, j'hésite longuement.* (Jules Renard) (Celle-là, c'est tout moi.)
- SPORT : est-ce que le « prendre-et-poser de téléphone » peut être considéré comme un sport ?
- À ÉCOUTER : Jonasz - *Les Lignes téléphoniques.*

Partie II

15

Je n'ai quasiment pas dormi de la nuit. Assaillie par des images de mon passé morne, j'ai ressassé sans arrêt toutes les galères de ces derniers temps. Au petit matin, j'ouvre ma fenêtre, puis m'assois dans mon lit. Une grande brassée d'air frais accompagnée des tout premiers chants d'oiseaux entre par la fenêtre. Je reste là, à regarder au-dehors les premières lueurs du jour pointer timidement leur nez. Des larmes de colère et de fatigue coulent sur mes joues, que je ne prends même pas la peine d'essuyer. Un coup de vent plus fort m'amène un minuscule rouge-gorge qui se perche sur le rebord de ma fenêtre et tourne la tête de tous côtés. Je retiens mon souffle quand il entame son chant joyeux. Puis, après avoir regardé ma chambre avec curiosité, il s'envole et disparaît. Moi qui suis superstitieuse et crois aux signes les plus anodins, je me laisse aller à une idée un peu irraisonnée : ce petit animal n'est-il pas un messager ? Un porteur de changement ?

Comme assaillie par une force nouvelle, une évidence se présente à mon esprit ; plus question de jouer les mémères ; plus question de laisser la force d'inertie du quotidien me le bouffer ; plus question de regarder passer ma vie comme une vache regarde passer les trains ! Je VEUX être dans le train !

Je me lève d'un coup et respire une bonne fois par la fenêtre avant de me rendre dans ma cuisine. Tandis que je me fais un café, mon esprit va à toute allure : je dois me lancer un challenge ! J'ai cinquante ans dans un an. Ce n'est pas la fin du monde, c'est sûr, mais pour aborder mon deuxième demi-siècle avec sérénité, je dois profiter de l'année qu'il me reste pour faire les choses dont j'ai envie et que je n'ai pas pu faire jusque-là. Afin aussi de remplir mon CV personnel d'autres choses que promeneuse professionnelle de chien, accessit d'honneur à l'aquagym ou deuxième dauphine du boudin percheron.

Je m'assois à ma table avec mon BuJo-qui-ne-me-quitte-plus et commence à lister. De façon compulsive, comme si une vanne venait de s'ouvrir et déversait tout ce qui s'est accumulé en quarante-neuf ans.

Je commence par créer une page pour mes lubies et travers (mais une page sera-t-elle suffisante ?) :

MES LUBIES ET TRAVERS

- Je sors rarement de chez moi...
- En fait, je ne sors jamais, finalement, sauf pour les obligations : faire les courses, aller à l'aquagym, à la poste, promener le chien...
- Le chien (puisqu'on en parle) : je suis maladivement attachée à Crumble. Report d'affection ?
- Je ne cuisine pas et mange n'importe comment, de préférence sans plaisir.
- Je ne m'habille qu'avec des vêtements pratiques : pantalon Karting, tee-shirt, pull, mocassins, sous-vêtements vieillots, et surtout pas de lingerie affriolante (pour qui ?).
- Je ne me maquille pour ainsi dire jamais.
- Je ne me coiffe pas (queue de cheval avec un vieil élastique).

- Je n'écoute pas de musique, sauf Michel Jonasz, et particulièrement ses chansons tristes.
- J'ai des troubles obsessionnels compulsifs : toucher du bois trois fois de suite, compter les marches de l'escalier, marcher entre les lignes des carrelages, couper mes courgettes en rondelles (jamais en longueur), tenter d'hypnotiser le feu rouge pour qu'il passe au vert avant que ma voiture ne soit arrêtée, compter jusqu'à dix, et, si personne n'a téléphoné dans ce laps de temps, la journée sera bonne (si !), etc., etc., etc.

16

Quand je relis ma liste qui est loin d'être complète, je suis abasourdie : c'est moi, tout ça ? Ces angoisses, ces manies, ces croyances, ces superstitions, ce quotidien lourd jalonné de mes aveuglements sur ce qu'est la vraie vie ?

En fait, je suis une morte-vivante !

J'étais une morte-vivante !

Sur la page suivante, je colle mes cinq photos, comme le point de départ de tout. C'est pendant l'enfance qu'on élabore des plans d'avenir, qu'on espère, qu'on rêve. Elles seront mon inspiration. La petite fille, la jeune fille, puis la jeune femme que j'y vois seront mes muses.

Je tourne la page et m'attaque à la deuxième liste. De quoi ai-je envie, là, tout de suite, que je n'ai pas pu faire avant ? Qu'est-ce qui me ferait vibrer et me réconcilier avec moi-même ?

Pour commencer, je me refais un café, ouvre ma fenêtre et laisse entrer la fraîcheur de l'automne, mais aussi les courants d'énergie de l'extérieur.

Puis je me mets à écrire frénétiquement tout ce qui me passe par la tête ! Sans ordre ! Sans préférence !

<u>MES OBJECTIFS</u>

- Sortir : ciné, dîner, resto, théâtre. (Jusque-là, c'est raisonnable.)
- Me mettre au sport. (Et me trouver un sport adapté mais énergique. Pas l'aquagym de troisième âge.)
- Partir en week-end (en évitant les fêtes du Boudin).
- Me faire couper les cheveux. (Oh yeah !... Seuls les *vieux* comprendront !)
- Me faire des ami-e-s,
- Virer mes fringues de mémère et me racheter des vêtements (un peu) modernes et féminins.
- Suivre des cours de peinture +++.
- Apprendre l'œnologie. (C'est sorti comme ça. Pourquoi ?)
- Tester au moins une fois un sport extrême. (Ouh là ! Qu'est-ce qui me prend ?)
- Partir à la recherche d'Emmanuel ! (Ouh là, bis !)
- Et de façon plus générale, me laisser aller, ne plus hésiter, tracer un trait définitif sur la vie commune avec Étienne qui m'habite toujours et m'ouvrir aux autres et à l'extérieur.

17

Voilà.

C'est fait.

Et ce n'est pas tout. J'ai d'autres idées, mais je suis tellement effrayée moi-même par ce que je viens d'écrire que je décide de mettre un frein à mon enthousiasme. Déjà, si j'arrive jusqu'au point numéro quatre, à savoir aller chez le coiffeur me faire couper les cheveux, j'aurai franchi un pas.

Cela dit, si j'écris ça et que je ne m'y tiens pas, cela n'aura aucun intérêt. Il faut que je me lance un défi, que je signe un contrat. Comme pour le boulot : un truc qui m'oblige. Même si c'est un contrat moral, je m'engage. J'ajoute donc à mon BuJo cette phrase un peu emphatique :

Je m'engage sur l'honneur à tenir
tous les engagements que je prends dans ce BuJo.
Signé :
Bérénice Bayard

— Bonjour, j'aimerais prendre rendez-vous, s'il vous plaît. Pour une coupe, oui. Une teinture ? Non, pas spécialement. À la fin de la semaine ? Je n'aurai peut-être plus envie, à la fin de la semaine. Vous n'avez pas une place pour aujourd'hui ? Une toute petite place ? Non ? Tant pis. Je rappellerai !

C'est aujourd'hui ou jamais ! Car je crains que ma motivation ne soit pas éternelle. J'appelle un autre coiffeur.

— Demain ? Et aujourd'hui ? Non ? Pas de place ? Je vous remercie !

Ça se rapproche ! Je vais peut-être en trouver un qui me prendra dans la minute.

— Ce soir ? Oui ! Pas de place plus tôt dans la journée ?... Non ?... D'accord, je prends ! Qu'est-ce qu'on fait ? Ben, coupe et couleur alors !

C'est parti ! Coupe ET couleur ! Si ! Je me lance ! Pourvu que je ne change pas d'avis entre-temps. Je fais un selfie pour prendre mon visage avec mes cheveux sagement plaqués de part et d'autre, mon éternelle queue de cheval et mes quelques cheveux gris. Hop ! Je l'imprime et la colle dans mon journal. Ce soir, je collerai à côté la photo de la nouvelle moi !

J'appelle l'hôpital pour prendre des nouvelles de Madeleine. Elle est toujours dans un état stationnaire, mais son bilan de santé est plutôt rassurant. Elle n'est pas encore prête à être opérée de son poignet, mais cela ne devrait pas tarder.

Après une bonne douche, je file dans la pièce attenante au garage qui me tient lieu de bazar. J'ai décidé d'en faire mon atelier de peinture ! Comment ça, « C'est un peu exagéré » ? Non, pas du tout ! Je me lance ou je ne me lance pas ! Je regarde Crumble et lui déclare, en passant la porte, bras écartés :

— Regarde, Crumble ! Cette pièce sera mon atelier de peinture ou ne sera pas !

Je sais : ma phrase est un peu grandiloquente, mais j'ai besoin de ça pour booster ma motivation. D'ailleurs, Crumble approuve en battant de la queue et en allant renifler tous les recoins poussiéreux de la pièce.

Je passe la journée à ranger, trier, jeter ! Chose nouvelle pour moi : je suis capable de jeter ! Voire, de jeter avec plaisir ! À la fin de l'après-midi, j'ai une dizaine de sacs-poubelle pleins à craquer, deux vieux meubles pourris pour la déchetterie, et ma pièce est vide, propre, lumineuse, prête à accueillir *l'atelier de Bérénice* ! D'ailleurs, ça me donne une idée. Dans la foulée, je file sur mon ordinateur rechercher une entreprise qui fabrique des plaques de maison, en trouve une illico qui fait de jolies plaques émaillées à l'ancienne et m'en commande une représentant deux pinceaux et l'inscription L'ATELIER DE BÉRÉNICE.

Voilà !

D'un coup, je me sens sereine, contente et libre.

Mais il est temps d'aller chez le coiffeur, et, malgré la bonne humeur que je conserve avec cette douce impression du travail accompli, j'ai un pincement au cœur à l'idée de changer la tête que j'ai depuis vingt ans.

À peine installée dans le fauteuil pour le shampooing, je me dis qu'il est trop tard pour faire demi-tour et me détends, d'autant plus que le siège sur lequel je suis assise est équipé d'un système de massage du dos qui me rend quasi décérébrée. Le coiffeur pourrait me faire une coupe iroquoise vert fluo, je ne m'en rendrais même pas compte. Le shampooing est aussi un vrai bonheur, puisque j'ai droit à un malaxage maison de mon cuir chevelu.

Je ne l'avais pas remarqué avant, mais j'ai atterri chez un coiffeur bio, qui fait des teintures végétales. Tant mieux, au moins, je ne risque pas de me choper une merde avec les produits chimiques qu'on trouve dans la plupart des colorations. Le problème, que je n'avais pas anticipé, c'est que, contrairement à une teinture chimique, le temps de pose d'une teinture végétale est de deux heures. Et qu'après, il y a la coupe, aussi. Comme il est déjà tard, je m'inquiète :

— Mais vous fermez à quelle heure ?

— À vingt et une heure. La plupart des femmes travaillant, nous avons décalé nos horaires.

— Ah ouais ! Vingt et une heure… Bon, je n'ai rien prévu à manger pour ce soir, mais ce n'est pas grave.

— Oui, le principal est que vous ressortiez toute jolie, avec une nouvelle coupe et une nouvelle couleur ! Une nouvelle femme, quoi !

La coiffeuse ne croit pas si bien dire. Bien qu'elle ait l'air d'insinuer que, tant que je ne serai pas passée entre ses mains expertes, je serai un vilain pou, je ne peux qu'acquiescer.

Me faire faire une teinture est assez nouveau, pour moi. Ça a dû m'arriver au début de mon mariage, quand j'avais voulu, dans un élan de folie incontrôlable, avoir quelques mèches plus claires. Là, comme c'est végétal, on me tartine une bouillie noirâtre qui sent l'herbe mouillée sur la tête, puis on me coiffe d'un casque qui diffuse de la chaleur et de l'humidité. Du coup, ça dégouline sur ma nuque, sur mes tempes, sur mon front, et je passe mon temps à essuyer les coulures avec mon bout de serviette. Au bout d'une demi-heure de macération (je devrais pourtant avoir l'habitude après la cure thermale…), la coiffeuse me rajoute une plâtrée vert foncé qui me fait penser à un livre que je lisais à Marius quand il était petit : *De la petite taupe qui voulait savoir qui lui avait fait sur la tête.* J'en suis là de mes réflexions scatologiques capillaires, quand je ressens un immense coup de pompe. La chaleur et la fatigue du grand ménage de la journée me font piquer du nez sous mon casque. Je lutte, je lutte, mais mes paupières sont tellement lourdes que je ne peux résister. Finalement, heureusement que le casque est là pour me rappeler à l'ordre : j'ai dû m'assoupir, car ma tête en tombant cogne le bord du casque où je m'explose l'arcade sourcilière. Je pousse un cri, réveillant les ~~mémères~~ clientes qui s'assoupissaient sous le leur. D'un petit signe de la main, je tente l'apaisement des troupes avec un sourire gêné à ces femmes agacées qui se reflètent à l'infini dans les miroirs, comme si elles étaient des centaines dans ce salon.

— Vous voulez peut-être un café, madame ? me demande fort à propos la coiffeuse.

— Ce n'est pas de refus, merci.

Je ne bois JAMAIS de café le soir, mais si je veux garder ma dignité jusqu'à la fin de la séance – malgré ma crotte sur la tête –, je peux faire une exception.

Quand vient enfin le moment de me rincer le cataplasme crânien, j'ose à peine me regarder dans la glace et croise les doigts (pas de bois aux environs) pour ressembler à autre chose qu'à une salade défraîchie.

Mais je me suis inquiétée pour rien. Quand je ressors, après deux grosses heures soporifiques, j'ai une superbe couleur auburn sur la tête et un ravissant carré court avec une frange.

Ça me change le visage, c'est incroyable ! La coiffeuse avait raison : l'impression d'être une nouvelle femme.

C'est exactement ce que je veux.

- AMBIANCE : chaude, humide et soporifique.
- BULLETIN DE SANTÉ DE MA BONNE FÉE : stationnaire.
- ÉTAT DES RECHERCHES D'EMMANUEL : je réfléchis à un plan d'action.
- SPORT : siège automassant (le sport est aussi question de vibration).
- CITATION : *Les bonnes résolutions sont des chèques tirés sur une banque où l'on n'a pas de compte courant.* (Oscar Wilde)
- À ÉCOUTER : Antoine - *Les Élucubrations. (Ma mère m'a dit Antoine fais-toi couper les cheveux...) (Oh Yeah !)*

18

Il est trop tard pour faire des courses. J'avise un petit restaurant de sushis à l'angle de la rue. Les sushis, je me suis toujours dit que j'allais goûter. C'est l'occasion ou jamais ! Avant, pour rien au monde vous ne m'auriez fait manger dans un restaurant toute seule ! Et puis là, la faim, la flemme de me préparer un repas, le petit je-ne-sais-quoi de nouveau qui me trotte dans la tête et le cœur depuis ce matin… Hop ! J'entre dans le restaurant, m'y installe et commande tous les makis et sushis de la carte après m'être assurée qu'il n'en existe pas aux crustacés, évidemment ! En attendant ma commande, je me prends en photo avec mon iPhone, comme Marius me l'a appris, le plus discrètement possible, (c'est un peu la honte de se prendre tout seul en photo dans un lieu public, non ?) pour compléter mon BuJo. J'ai aussi envie d'envoyer ma nouvelle tête à Madeleine et à Amélie. Pas simple. Le nez sur mon appareil à essayer d'y comprendre quelque chose, je sursaute quand j'entends une voix grave dans mon dos :

— Bonjour, Bérénice Bayard ! Eh ben, dis donc, ça fait un bail !

Je me retourne, fais face à un homme, la cinquantaine, cheveux gris, barbe drue, qui me dévisage avec un sourire amusé. J'ai choisi une place discrète et assez peu éclairée, et je distingue mal mon interlocuteur.

— Je… Je… Excusez-moi, on se connaît ? Je suis désolée, je ne vous remets pas !

— Ah, c'est agréable ! Allez ! Cherche un peu !

Je le regarde plus attentivement. En effet, ses yeux pétillants me disent bien quelque chose, mais pas suffisamment pour que je devine qui est cet homme.

— Je suis vraiment désolée, non ! Vous… vous êtes sûr que nous nous connaissons !

— Ah oui ! Ça, pour être sûr, je suis sûr ! Tu veux un indice ?

— Non. Enfin, si ! Dites toujours !

— École…

— …

— … supérieure

— … d'interprètes et de traducteurs !

— Oui ! Ça te revient ?

— Philippe Rey ! Oh ben, ça alors ! Mais ça fait… des années… J'en reviens pas ! Ça me fait plaisir de te voir ! Tu… Tu es avec quelqu'un ?

— Eh ben, t'es directe, toi !

Je rougis d'un coup. Qu'est-ce qui m'a pris de demander ça de but en blanc ? Je me rattrape rapidement :

— Mais non, je voulais dire : ce soir, au restaurant ! Tu dînes avec quelqu'un ?

— Non, comme toi ! Je dînais seul. Ça te dit qu'on dîne ensemble ?

— Évidemment, avec plaisir ! Assieds-toi !

Le serveur déménage les couverts de la table de Philippe à la mienne, et nous nous installons l'un en face de l'autre.

Philippe Rey ! Comment est-ce possible que je ne l'aie pas reconnu ? Il a été mon amoureux pendant mes trois années d'études. C'est vrai qu'ensuite, j'ai déménagé, rencontré Étienne peu de temps après, et la vie a fait que nous ne nous sommes plus jamais revus. Mais tout de même, partager sa vie d'étudiante pendant trois ans avec quelqu'un, ça ne s'oublie pas comme ça. Même si ça date un peu.

— Tu n'as pas changé ! Le même visage, la même coiffure qu'à vingt ans ! Je t'ai reconnue immédiatement.

Ah ? J'étais coiffée comme ça à vingt ans ? Moi qui croyais avoir complètement innové. Aurais-je inconsciemment fait un acte régressif ?

— Tu m'excuses, hein ? J'étais dans mes pensées et n'ai pas vraiment fait attention à toi. Mais maintenant, oui, évidemment. Ça fait un drôle d'effet de se revoir après tout ce temps. Qu'est-ce que tu deviens ?

— Après les études, outre le fait que j'ai mis un temps fou à me remettre quand tu m'as plaqué…

— Je ne t'ai pas plaqué…

Il sourit de plus belle.

— Question de point de vue… Bref, j'ai été interprète à l'ambassade de France au Laos – j'avais besoin de prendre l'air, et vivre dans un autre pays m'a été très salutaire –, puis je suis rentré et j'ai trouvé un poste d'interprète de conférences pour le Parlement européen.

— Ouaah ! C'est drôlement intéressant ! Tu continues toujours ?

— Oui, comme tu dis, c'était intéressant. Toujours par monts et par vaux, toujours sur la brèche, toujours en voyage. Je me donnais à fond, j'ai beaucoup appris, beaucoup donné, rencontré des tonnes de gens, eu des tonnes de maîtresses, pris des tonnes de cuites, fumé des tonnes de cigarettes… Et puis il y a un an, j'ai fait quelques examens suite à une fatigue excessive… Ça s'est terminé en double pontage…

Il s'arrête. Je ne m'attendais pas à ça. Je m'étais à peine aperçue que l'individu que j'ai devant moi n'est plus un jeune homme de vingt ans. Ses joues sont plus creuses, un peu plus de cernes sous les yeux et quelques rides autour de la bouche.

— Je… Je suis désolée. Ça a dû être difficile pour un hyperactif comme toi.

— Ça a été le révélateur. Une vie de bâton de chaise, c'est bien quand t'es très jeune, mais je n'ai pas su m'arrêter à temps. J'avais trop tiré sur la corde. Ça m'a fait réfléchir : tu te rappelles, moi, j'aimais tout maîtriser, et là, il y a quelque chose qui m'a échappé. Je me suis dit que je n'étais pas invincible. Alors, j'ai tout envoyé balader, j'ai changé radicalement. Ma vie n'a plus rien à voir avec avant.

Sa déclaration résonne en moi bien plus qu'il ne peut le croire : en matière de changement, moi qui suis en train d'amorcer un tournant à cent quatre-vingts degrés, son expérience m'intéresse vraiment.

— Ah oui ? C'est possible, ça ? Comment as-tu fait ?

Il me regarde en souriant :

— J'ai démissionné, acheté une fermette dans le coin, avec un terrain, des dépendances… et… j'élève quelques animaux, je cultive mon potager, je m'occupe de mon verger. Je vis, tout simplement. J'ai gagné suffisamment d'argent pour ne plus avoir de dettes, j'arrive maintenant à me contenter de peu, à part un petit resto de temps à autre, comme ce soir…

Il marque un temps d'arrêt, puis reprend :

— Oui, je sais, c'est beaucoup moins glamour qu'interprète au Parlement, hein ?

— Mais non, c'est merveilleux, au contraire… Quel

courage ! Tout plaquer pour tout recommencer, je trouve ça génial ! Et tu es tout seul à t'occuper de ta ferme ?

— J'emploie un jeune qui fait du service à la personne pour m'aider de temps en temps, mais, globalement, je me débrouille très bien tout seul, oui.

— C'est vraiment formidable !

Je suis sincère. Dans ce monde de brutes où nous vivons, avoir le courage de revenir à une vie simple, je trouve ça fabuleux.

— Et toi, alors, tu es devenue quoi depuis tout ce temps ?

Comme d'habitude, je me raidis un peu à cette question inquisitrice, mais avec ce qu'il a vécu, je ne pense pas qu'il trouve à redire à ma propre vie.

— Oh ! tu sais, moi, rien de folichon ! Je me suis mariée, j'ai eu deux enfants et je suis restée à la maison pour les élever tout en faisant des petits boulots de traductrice en free-lance. Puis quand mes enfants ont été grands, je m'y suis mise complètement. On me propose beaucoup de travail, je ne me plains pas.

— Et ton mari, il fait quoi ?

— Oh ! Nous sommes divorcés depuis un peu plus d'un an.

— Et tu es toujours seule ?

— Non, je vis avec Crumble !

— Crumble ?

J'éclate de rire.

— Ouais ! Mon chien !

— Ah ! Ton rire ! Je retrouve ton rire que j'aimais tant ! Et ta façon de plisser les yeux quand tu ris…

Tiens, Philippe se souvient de la façon dont je riais ?

— Et toi, Philippe, tu es marié ? Tu as des enfants ?

— Des enfants, je ne sais pas, peut-être dans les quelques endroits du monde où j'ai eu des maîtresses…

Il s'arrête, affichant un sourire amer, puis reprend :

— Mais pas d'épouse, non. Cela dit, rien n'est jamais perdu, n'est-ce pas ? Cinquante ans, c'est un bel âge pour se marier !

— Évidemment, fais-je en riant.

— Tiens, allez ! Pour fêter nos retrouvailles, on va s'offrir une bonne bouteille de vin ! Qu'est-ce qui te ferait plaisir ?

— Tu as le droit de boire avec tes problèmes cardiaques ?

— Oui, ne t'inquiète pas. Je me suis très bien remis et je suis suivi par un cardiologue épatant, lui-même fana de bordeaux. Et puis la plupart du temps, je suis raisonnable.

— Ben, c'est toi qui vois ! Moi, en tout cas, j'adore le bourgogne, alors, si tu veux…

— Alors, allons-y pour une bonne bouteille de bourgogne !

Une heure plus tard, j'ai mangé des tonnes de makis et bu plusieurs verres de l'excellent vin qu'on nous a servi. Un peu pompette, je lui ai raconté toute ma vie – ce qui va assez vite –, mais surtout je lui ai fait part de mes angoisses existentielles. Philippe est un vieux copain, notre histoire date de Mathusalem : je n'ai pas à lui prouver quoi que ce soit, et c'est bien plus simple.

Enfin, quand je dis que je lui ai tout raconté, ce n'est pas tout à fait juste, puisque je n'ai pas parlé d'Emmanuel. Je suis un peu perdue avec cette histoire qui a à peine commencé et s'est interrompue en queue de poisson (ce qui est le cas de le dire).

À la fin de la soirée, quand nous nous séparons, Philippe et moi nous promettons de nous revoir très bientôt. Ça me fait sincèrement plaisir. Hasard amusant, il habite le village à côté du mien : nous ne pourrons manquer de nous voir régulièrement.

— À bientôt, ma jolie Bérénice, passe une douce nuit… Je peux te dire un truc ?

— Oui ?

Il passe sa main sur ma joue.

— Tu es aussi belle maintenant qu'à vingt ans. Et ça me fait quelque chose de t'avoir retrouvée. J'espère que nous pourrons nous revoir souvent et que tu ne t'enfuiras pas comme il y a trente ans…

Remarquant mon embarras, il ajoute sérieusement :

— En toute amitié, bien sûr…

Ahh ! Il fallait le dire. J'éclate de rire.

— En toute amitié, évidemment.

Je me méfie toujours de la conception qu'ont les hommes de l'amitié homme-femme. Dans mes souvenirs, qui remontent les uns après les autres depuis que je l'ai rencontré, il me semble bien que Philippe était un coureur de jupons. Mais la vie et les événements l'ont visiblement assagi. Je suis contente d'envisager une relation amicale tranquille avec lui.

Quand je monte dans ma voiture, je suis rattrapée par mes angoisses : quasi paniquée, je m'aperçois que j'ai oublié Crumble et qu'il doit sacrément s'impatienter. Je démarre à fond de train et passe en trombe devant Philippe qui doit se demander quelle mouche m'a piquée.

Heureusement, j'ai un vieux bout de bois dans ma voiture et je me fais une petite série de « bois-front-pourvu-que-Crumble-soit-toujours-en-vie ». De fait, quand j'arrive chez moi, c'est un Crumble tout ensommeillé qui m'accueille en jappant mollement. Il n'a pas fait de bêtises, n'a pas fait pipi partout, n'a pas été aplati par une comète ou enlevé par la cellule maltraitance de la SPA. Le ciel est avec moi.

Je me couche toute contente, avec mon nouvel atelier, ma nouvelle coiffure, mon nouvel état d'esprit, mon nouvel ancien ami… Je crois que ma nouvelle vie va particulièrement me plaire !

- AMBIANCE : japonaise.
- BULLETIN DE SANTÉ DE MADELEINE MA BONNE FÉE : néant.
- ENQUÊTE « PRINCE CHARMANT » : encore plus le néant.
- RENCONTRE : Philippe Rey, mon ex (de quand j'étais étudiante).
- Remarque : j'aime vraiment bien le bourgogne.
- SPORT : lever de bras (avec un verre).
- CITATION : *Être le premier amant d'une femme ne signifie rien ; il faut être son dernier amant ; tout est là.* (Maurice Donnay)
- À ÉCOUTER : *Boire un petit coup cc'est agréa-a-a ble ! Boire un petit coup, c'est dou-ou-oux… Mais il ne faut pas rouler dessous la ta-a-able, boire un petit coup c'est agréa-a-able !*

19

Quand je me réveille, je me sens pleine d'une énergie débordante. La mission du jour, que je note scrupuleusement dans mon BuJo avec une belle illustration, c'est de m'occuper de ma garde-robe.

Alors que je termine mon dessin, le téléphone sonne.

— Je n'ai pas pu tenir plus longtemps, me fait la voix de Philippe particulièrement enjouée. Je voudrais t'inviter à visiter ma petite ferme, goûter le fromage de mes chèvres et mon jus de pomme, si ça te branche ?

Ben oui, ça me branche ! Mais pour l'instant, j'ai des tonnes de choses à faire.

— C'est d'accord, mais pas avant la fin de la semaine. J'ai du boulot par-dessus la tête ! Ça t'ira ?

— Bon, je suis terriblement déçu, mais je tiendrai jusque-là. Quel jour t'arrange ?

— Samedi ? C'est bon pour toi ?

— D'accord pour samedi. Tu peux venir dans l'après-midi et je te cuisinerai un bon petit repas pour le soir ?

— C'est d'accord. À samedi !

Même si je suis ravie d'avoir retrouvé Philippe, je ne dois pas perdre de vue mes objectifs. Dans un premier temps, je me concentre sur une traduction urgente pour une association. Puis, à l'heure du repas, j'appelle l'hôpital pour prendre des nouvelles de Madeleine. J'apprends avec surprise qu'elle a été opérée le matin même et que tout s'est très bien déroulé.

— Je peux passer la voir, alors ?

— Non, me répond l'infirmière d'un ton autoritaire. Pas aujourd'hui, c'est préférable. Elle va beaucoup mieux, elle s'est réveillée, mais on lui a administré un traitement contre la douleur et elle va à nouveau être groggy toute la journée. Nous préférons qu'elle se repose. Rappelez demain, je pense que ce sera possible à ce moment.

Je raccroche, à la fois rassurée et inquiète. J'espère que Madeleine ne va pas trop souffrir et qu'elle sortira bientôt de cette sale épreuve. Madeleine, c'est une battante, j'ai confiance. Mais elle n'est tout de même pas de la première jeunesse. Dans la foulée, j'appelle Anne pour la prévenir de ce qui est arrivé à notre amie. Comme elle doit venir quelques jours à Paris pour une sélection, elle promet de passer la voir à l'hôpital.

Je me remets quelques heures à mes traductions, puis me plonge enfin dans ma garde-robe. Je sors et étale tout sur mon lit : des pantalons classiques de couleur foncée, des tee-shirts blancs, deux chemisiers beiges, des pulls noirs, des mocassins marron, des soutiens-gorge chair et mon éternelle parka bleu marine. Point. C'est triste, non ? Pas de fantaisie, pas de couleurs, pas d'accessoires… Rien de féminin, là-dedans. Mais alors, comment faire ? Je n'ai pas fait de shopping depuis la nuit des temps (j'achète tout par correspondance), je n'ai personne pour me conseiller, je ne sais même pas par où commencer… M'habiller s'avère une épreuve bien plus compliquée que je ne le pensais.

Et si je demandais à Amélie ? Après tout, c'est ma fille, non ? À vingt-cinq ans, Amélie est une jeune femme moderne, coquette et avec qui je m'entends plutôt bien. Elle devrait savoir me conseiller sans autre arrière-pensée que de faire de moi la mère parfaite !

— Ben, maman, que t'arrive-t-il ?

— Tu veux m'aider ou pas ?

— Oui, bien sûr ! Ça me fait même super plaisir que tu me le demandes ! Mais pourquoi, d'un coup, tu veux refaire toute ta garde-robe ?

— Je… ne sais pas ! C'est comme ça, j'ai envie de changement !

— De changement ! Toi ! La personne la plus casanière que je connaisse ! Tu t'es trouvé un mec ?

— Pourquoi faudrait-il toujours qu'il y ait un homme derrière nos envies d'épanouissement, tu peux me le dire ?

— Et féministe, avec ça !

— Bon, Amélie, tu veux m'aider ou pas ?

— Oui, oui, maman, c'est juste que… ça me fait bizarre, quoi ! Tu veux quoi exactement ? Te trouver des jupes à paillettes et des talons aiguilles ?

— Amélie, si je te demande de venir m'aider, c'est pour me trouver un style sympa, pas pour me transformer en clown…

— Ben, ouais, surtout à ton âge.

Je me demande si j'ai bien fait de faire appel à elle, tiens, du coup ! Comme si elle avait lu dans mes pensées, elle reprend :

— Mais non, maman, je te blague, tu fais encore très jeune !

— Merci, ma chérie ! Bon, alors, quand est-ce que tu peux venir avec moi pour une petite virée dans les boutiques ?

— Je n'ai pas de patient cet après-midi, si tu veux…

Là ? Tout de suite ? Maintenant ? Oh là là… N'est-ce pas un peu prématuré ?

— Je… Tu crois ? Aujourd'hui ? Déjà ?

— Maman, mieux vaut battre le fer quand il est chaud !

Ma fille me connaît par cœur. Je me lance :

— OK ! Je te prends à quinze heures.

— Quatorze heures ! Ça nous laissera plus de temps !

— Tu crois qu'on a besoin de…

— Mamaaannn !

— D'accord, quatorze heures !

Quand je raccroche, j'ai une véritable sueur froide. Les vêtements, ça te définit vraiment un humain, je trouve ! Il va falloir que je ne me loupe pas ! Et qu'est-ce que je vais faire de mes anciens ? Je garde ? Je jette ? Je garde… Je jette… Allez ! Si je veux changer, il faut jeter ! Loin ! J'attrape mes habits, les mets tous dans des grands sacs et emporte les sacs à la borne Emmaüs, où je dépose tout, le sentiment d'accomplir une bonne action m'aidant à passer le pas.

Oui, je sais, c'est violent, mais finalement, pas si impulsif que ça si on envisage mon geste comme une contrainte nécessaire à mon changement.

L'après-midi commence très fort. Après que ma fille m'a complimentée sur ma coiffure (t'es sûre que t'as pas un mec, maman ?), nous arpentons les galeries d'un centre commercial où tout est fait pour que l'on consomme et où des centaines de gens dépensent sans compter. Enfin, c'est l'impression que j'ai !

Dans le premier magasin où nous entrons, Amélie et moi, le vendeur – un petit jeune aux cheveux noir corbeau et aux tatouages psychédéliques – nous accueille sans sourire. Je projette ma fille sous un portant, entre deux vêtements indéterminés :

— Non, mais, Amélie, ça ne va pas ! C'est quoi, cette boutique ! T'as vu les vendeurs ? Tu ne veux pas que je vire gothique, quand même !

Amélie en convient. Elle a dû viser un peu jeune pour moi. La boutique suivante me semble mieux. C'est moderne, gai, les vendeuses sont habillées à peu près normalement.

— Regarde cette robe, maman !

— Ben, elle est pleine de taches !

— Ça s'appelle des fleurs, maman ! C'est une robe avec des fleurs : c'est joli, raffiné, élégant… mais sinon, on va à côté, c'est une épicerie, et on te dégottera un très joli sac à patates !

Il va être temps, aussi, que j'aille chez l'ophtalmo.

— OK, OK ! Je vais essayer ta robe… Mademoiselle, vous l'avez en taille quarante ?

La demoiselle s'approche de nous d'un air un peu hautain. Elle a des pommettes tellement hautes qu'elle me fait penser aux frères Bogdanov. En m'adressant un sourire complaisant, elle me jauge des pieds à la tête :

— Vous ne feriez pas plutôt du quarante-deux ?

— Amélie, on va chercher le sac à patates ?

— Allez, essaie le quarante et le quarante-deux ! D'accord ?

Je cède, sous l'œil rigolard de Grichka-Igor à qui je ferais bien bouffer la robe, les fleufleurs et le sac avec les patates dedans.

— Et voilà ! Qu'est-ce que je vous disais ! J'entre parfaitement bien dans le quarante !

Et toc ! Bien fait ! Bon, j'ai l'impression qu'on m'a posé une gaine en acier trempé autour de la poitrine, mais ça, il n'y a que moi qui le sais !

— Il faudrait la porter avec un soutien-gorge minimiseur, peut-être…

Ah non, la vendeuse le sait aussi.

— Ma mère a toujours eu une poitrine généreuse, lui explique ma fille sur le ton de la confidence, comme si j'étais une attardée mentale (ce que je suis en la matière, il faut bien l'avouer).

— Ben oui, fait la vendeuse, c'est sûr, avec une poitrine pareille, ça va compliquer les choses pour une robe.

— Maman, ce serait peut-être mieux de tabler sur une jupe et un chemisier, alors, parce que je pense que tu ne fais pas la même taille en haut qu'en bas.

Mais qu'est-ce qu'elles ont toutes les deux avec ma poitrine ! Je me rhabille, lance un regard courroucé à la sœur Bogdanov, puis empoigne le bras d'Amélie et l'emmène vers la sortie en m'exclamant bien fort :

— Viens, ma chérie, j'ai envie de faire un tour avant de me décider. Ça me permettra de prendre le temps de m'habituer à l'idée que j'ai des pis de vache à la place des seins.

— Mais, madame…

— Mais, maman…

Qu'est-ce que c'est compliqué de s'habiller ! Moi qui n'ai jamais acheté mes vêtements ailleurs que sur la Redoute, je découvre les joies du shopping ! Je suis à deux doigts de rentrer m'enfermer chez moi (après avoir désossé la borne Emmaüs pour récupérer mes anciens vêtements), mais Amélie tient bon, et je vois qu'elle fait des efforts draconiens pour m'aider. Ce ne serait vraiment pas sympa de ma part de ne pas en faire de mon côté.

À la fin d'une journée épuisante, où j'ai les pieds de mammouth à force de piétiner, je me retrouve avec une veste en jean, une doudoune longue, une jupe droite classique, une robe cache-cœur bleue à fleurs blanches, dans laquelle j'ai pu caser mes *gros* seins (« Mais non, maman, sois pas vexée, pas tant que ça non plus… »), trois chemisiers plutôt colorés, un jean slim (« T'es sûre que je ne suis pas trop boudinée, là-dedans, Amélie ? »), un autre bootcut, et… et… de la lingerie affriolante (enfin, pour moi qui ai l'habitude des dessous sobres et pratiques) avec des culottes mini, un string (si !) et des soutiens-gorge de couleur, dont un rouge vif particulièrement sexy. Ce qui est drôle, c'est que tout le temps que j'ai essayé les sous-vêtements, j'ai eu le visage d'Emmanuel en tête, me demandant ce qu'il en penserait. On peut dire que ça a été un sacré déclencheur, et je crois que c'est même à cause de ça que j'ai cédé quand Amélie m'a proposé d'acheter le string.

Je rentre à la maison rincée, mais contente de moi. Je n'en reviens pas de tout ce que j'ai fait ces derniers jours.

Je voulais profiter de la journée pour m'inscrire dans un cours de peinture, mais il est déjà tard et, franchement, à part me vautrer sur mon canapé et noter tout ça dans mon Bullet Journal, je n'ai pas envie de faire grand-chose !

- AMBIANCE : transmutation.
- BULLETIN DE SANTÉ DE MADELEINE MA BONNE FÉE : a finalement été opérée de sa double fracture du poignet.
- AVENTURE : ai rencontré la sœur des frères Bogdanov qui m'a diagnostiqué des pis de vache.
- INQUIÉTUDE : ai confondu des pâquerettes avec des gribouillis : aurais-je besoin de lunettes ?
- SPORT : je dois muscler mes pectoraux : indispensable pour maintenir mes seins. Un travail sur les sensations corporelles ne serait pas superflu non plus. J'ai toutefois commencé des exercices pour maîtriser le sentiment que mes fesses mangent mon string.
- CITATION : *La beauté atteinte par les seins de la femme n'était-elle point la gloire la plus resplendissante de l'évolution de l'humanité ?* (Kawabata) (Et toc, Bogdanova !)
- À ÉCOUTER : Souchon - *J'veux du cuir (j'veux des gros seins, des gros culs...)*

20

— Ma petite Bérénice, comme ça me fait plaisir de vous entendre…

Madeleine doit être tout près de son téléphone, car elle a décroché au bout de la première sonnerie.

— Madeleine ! Eh bien, vous pouvez vous vanter de nous avoir fait peur ! Comment allez-vous ?

— Ça va, ça va ! Je ne me plains pas. Ç'aurait pu être plus grave, si j'ai compris ce que m'a expliqué le charmant petit docteur. L'opération s'est bien passée, et ils sont très gentils, dans cet hôpital. J'ai beaucoup discuté avec une infirmière passionnée de couture. En revanche, on ne peut pas dire qu'on y mange très bien.

— Vous voulez que je vous apporte quelque chose ?

— Vous feriez ça pour moi ?

— Évidemment. Qu'est-ce qui vous ferait envie, Madeleine ?

Je suis tellement heureuse d'entendre sa voix, à nouveau forte et claire, que je serais prête à aller acheter un restaurant entier pour lui apporter tous les plats.

— Ma petite Bérénice, je… j'ai… j'ai terriblement envie de manger des… loukoums à la rose…

— Des loukoums à la rose ? Vous êtes sûre ?

— Oui, je sais, ça peut vous paraître idiot, j'ai même l'impression d'en avoir rêvé quand j'étais dans mon petit coma… Des loukoums à la rose…

Où est-ce que je vais bien pouvoir trouver des loukoums, moi ? Madeleine reprend :

— Il y a une raison, Bérénice. Au premier rendez-vous que j'ai eu avec mon mari, il m'a offert des loukoums à la rose. Pendant toute la durée de notre mariage, à chaque anniversaire de rencontre, il m'offrait des loukoums à la rose. Et vous savez quoi ? Demain, ça fera cinquante ans que nous nous sommes rencontrés… et…

— Oui, oui, bien sûr ! Des loukoums à la rose. Je vais vous trouver ça. Et je vous les apporte cet après-midi, d'accord ?

— Vous êtes un amour, Bérénice. À tout à l'heure, alors.

En attendant, je me penche sur la question des cours de peinture : c'est bien beau d'avoir un magnifique atelier, mais il faut tout de même que je me replonge dans la technique. Alors que j'essaie de trouver sur le Net des adresses de cours de peinture dans le coin, retentit le petit bip m'informant que je viens de recevoir un message sur mon Facebook. Malgré moi, je ne peux m'empêcher d'aller y faire un tour. C'est incroyable tout ce qu'on peut lire sur ce réseau. J'ai augmenté ma petite collection d'*amis*, à commencer par Anne et Ingrid qui y font la promotion de leur gîte rural. D'autres personnes que je ne connais pas m'ont été, visiblement, recommandées par Marius. Ce truc-là demande un véritable apprentissage, parce que, déjà avec treize amis, je suis paumée. Quand je vois que mon fils en a plus de trois cents, je me demande comment il fait pour s'en sortir. Peut-être que les gens sur Facebook sont devenus des mutants capables de lire des centaines de messages à la minute.

Cela dit, c'est amusant de découvrir la vie des *amis*, même si je trouve que certains écrivent des trucs franchement pas intéressants, comme ce qu'ils ont mangé ce midi (photos passionnantes d'une assiette de frites *likée* trente fois), la dernière tétine de son gamin (gamin pris de dos, flouté et affublé d'un surnom étrange, genre « crapaud » ou « chouchou ») (et pourquoi pas « cornichon » ou « hémorroïde » ?) ou encore les selfies de pieds (fétichisme ?).

Je vous passe les maximes à deux balles du genre « Aujourd'hui plus qu'hier et bien moins que demain » ou « Il n'est rien de plus beau pour les enfants que la bonté de celle qui leur a donné la vie. Si toi aussi tu aimes tes enfants, partage ! »

Ai-je besoin de *liker* ce genre de lieux communs pour prouver que j'aime Amélie et Marius ?

Bref, les réseaux sociaux, sociologiquement, justement, c'est passionnant. D'autant que je découvre avec un intérêt grandissant que les vies Facebook sont bien plus merveilleuses que les vies réelles. Serait-ce magique ?

Finalement, l'alerte sonore, c'est juste Marius qui me demande si je m'en sors bien avec cette nouvelle expérience. Oui, oui, mon chéri ! Je compte même devenir une pro. D'ailleurs, pour commencer, je vais tenter de faire le buzz avec une photo de la dernière crotte de Crumble.

L'après-midi, je rejoins Anne qui est, elle aussi, allée rendre visite à Madeleine. J'ai fini par trouver des loukoums dans une épicerie maghrébine sur la route, et les yeux gourmands de mon amie me remplissent de joie.

— Comme je suis contente, Bérénice ! Je les mets de côté…

— Vous ne les ouvrez pas ? lui demande Anne, étonnée.

— Non, c'est demain, notre anniversaire de rencontre.

Je les ouvrirai demain. Je devrais réussir à tenir jusque-là, malgré les horribles jambon-nouilles/paupiettes-purée/yaourt-compote qu'ils nous servent ici.

Nous éclatons de rire toutes les trois et, pendant un court instant, j'ai l'impression de revivre les agréables moments de la thalasso.

— Dites-moi, Bérénice, vous en êtes où avec Emmanuel, alors ? Vous l'avez appelé, j'espère !

— Eh bien, figurez-vous que je n'ai pas pu ! Je m'étais pourtant mise en condition, mais vous savez quoi ? Je n'ai simplement pas noté son numéro de téléphone. Je ne sais pas son nom de famille. Alors, tout s'arrête là. S'il ne me rappelle pas, je n'entendrai plus jamais parler de lui.

— C'est pas vrai ! fait Anne avec une mine de circonstance. C'est idiot, ça. T'avais pas pris son numéro ?

— Ben, non. Je ne suis pas très dégourdie, avec les mobiles.

— Mais s'il vous a appelé, vous devez avoir son numéro dans votre historique d'appels, normalement.

Madeleine est plus au fait des nouvelles technologies que moi.

— Je ne sais plus s'il m'a appelée. Je n'en suis pas sûre. Mais non, il n'a pas pu m'appeler puisque je ne me souvenais plus de mon numéro de téléphone au moment de le lui donner.

— Ah oui, c'est ballot ! s'exclame Madeleine en prenant un air pénétré.

— Oui, c'est le mot, renchérit Anne.

Madeleine reprend :

— Qu'est-ce qu'on va faire, maintenant ?

— Ben, rien ! Qu'est-ce que vous voulez que je fasse ?

Son regard espiègle m'indique qu'elle a une idée derrière la tête :

— Le rechercher, voyons ! Faire une enquête !

— Mais, Madeleine, comment voulez-vous que je fasse une enquête ? Je suis traductrice, casanière et pas dégourdie…

— Ça, c'est vous qui le dites, Bérénice. Bon, il ne s'agit pas d'embaucher Philip Marlowe, mais de nos jours, il existe des moyens pour retrouver quelqu'un : le téléphone et Internet, pour commencer. Vous devriez noter quelque part tous les indices qu'Emmanuel a laissés, ce qu'il vous a dit sur lui… Ça fait un bon début, pour votre enquête.

Mon enquête. Madeleine ne doute de rien. Mais en fait, c'est elle qui a raison : il ne faut douter de rien et essayer. Sinon, c'est sûr, rien n'arrive jamais, si on n'a pas tenté au moins une fois.

— Bon, d'accord. Je ne vous promets rien, mais je vais essayer de faire mon… *enquête.*

— Dont vous nous donnerez les avancées régulièrement, évidemment.

J'éclate de rire :

— Évidemment. Un rapport quotidien. Mais pour l'instant, je dois vous quitter. J'ai un rendez-vous avec le professeur d'une école de dessin près de chez moi.

— Vous vous mettez au dessin ?

— Je m'y remets, oui.

— Alors, filez vite, ma petite fille. Et merci d'être passée me voir !

L'atelier de dessin se situe dans la ville à côté de chez moi. Bien que le trimestre ait commencé, le professeur m'a dit au téléphone qu'il n'y avait aucun problème pour que je rejoigne son groupe d'adultes, *un groupe très sympa*, m'a-t-il précisé. C'est chouette, car c'est vrai qu'au point de vue social, depuis quelques années, c'est plutôt le calme plat, pour moi. J'ai bien sûr une petite appréhension à rejoindre un groupe (ça vous étonne ?), mais ma motivation est intacte, surtout si c'est pour faire une activité que j'aime. De toute façon, j'ai intérêt à rapidement m'intégrer, car les cours sont au rythme de deux fois deux heures par semaine.

J'arrive devant une ancienne usine transformée en ateliers. D'après le panneau, on peut pratiquer ici la poterie, la couture, les cours de langues, la sculpture, la peinture, la musique… Bref, je ne savais pas que, si près de chez moi, il était possible de faire autant d'activités. De grandes baies vitrées donnent sur une salle immense, où un homme me fait signe.

— Bonjour, c'est moi qui ai téléphoné ce matin.

— Ah oui, Bérénice, c'est ça ? Moi, c'est Vincent. Je suis le professeur. Alors, la peinture, ça vous dit d'essayer ?

— Oui, j'aimerais m'y remettre…

— Ah ? Vous en avez déjà fait ?

— Ben, en fait, la dernière fois, c'était au lycée, et depuis… plus rien… J'aimais vraiment ça et j'ai envie de recommencer. Voilà.

— C'est parfait. Voilà notre atelier. J'y suis tous les jours à partir de seize heures, et le samedi, toute la journée. On se tutoie, au fait ?

— Oui, si vous voulez… Euh… Si tou… tu veux…

Je ne suis pas d'une génération qui tutoie facilement (*pas d'une génération…* voilà que je parle comme une vieille, maintenant !) et je risque de m'emmêler les pinceaux (c'est le cas de le dire), au début.

— Je vais te donner le règlement de l'association, et les documents à remplir. Tu peux faire plusieurs chèques pour le paiement, sans problème. T'as des questions ?

— Vous… Tu as une méthode particulière ?

— Nous travaillons par thème, et, selon certaines directions, comme les lignes et leur force d'expression, les paysages, les lumières, les volumes, la perspective, les animaux, l'anatomie, la mouvance de l'eau, les grands maîtres…

Pendant qu'il parle avec passion des activités qu'il propose, j'ai le temps de l'observer : il n'est finalement pas aussi jeune que je l'ai cru de prime abord. Peut-être même qu'il a mon âge. Environ. Mais la passion dont il fait preuve lui donne l'air moins âgé. C'est une piste à suivre, ça : vivre sa passion pour rajeunir. Mieux qu'une crème antirides. Je retiens l'idée.

— Il y a cours ce soir. Tu viens ?

— Ce soir ? Déjà ?

(Ça, ce n'est pas encore réglé : me lancer immédiatement dans une activité ou faire un choix rapide me demande toujours un gros effort.)

— Pourquoi ? Ça pose un problème ?

(Lance-toi, Bérénice ! Lance-toi ! Ta vie n'est pas en danger !)

— Non, mais c'est un peu…

(LANCE-TOI !)

— Bon, allez, non… mais oui ! C'est très bien, ce soir. Il faut du matériel ?

— Je te donnerai la liste tout à l'heure. En attendant, je te prêterai ce dont tu as besoin, t'inquiète.

Je rentre chez moi pour travailler tout de même un peu : je délaisse mes traductions, ces derniers temps. Si je veux pouvoir me payer mes nouvelles fantaisies, il va falloir que je m'y remette sérieusement.

Je passe l'après-midi sur une traduction un peu ardue, et quand l'heure du cours arrive, je me mets en route avec à la fois envie et appréhension. Je suis la première arrivée, et Vincent m'accueille avec son sourire enthousiaste. Il m'installe devant un chevalet, me fournit des pinceaux, de la peinture à l'huile, un petit flacon d'essence de térébenthine et une grande feuille blanche qu'il accroche lui-même. Il m'explique ensuite l'exercice.

— Le sujet, c'est le terrier.

— Le terrier…

— Oui, le terrier !

Ai-je bien fait de m'inscrire à ce cours ? Je dois avoir l'air hébétée, car Vincent reprend :

— Je veux bien t'aiguiller au début. Tu devrais penser terre d'ombre brûlée, larges coups de brosse, spirale, profondeur… Tu y vois plus clair ?

— Ah oui, nettement.

— Bon, tant mieux. Tu verras, c'est simple ! Tu dois laisser ton imagination parler, je suis sûr que tu vas être à l'aise.

Je crois surtout que j'ai besoin de voir les travaux des autres pour me donner une idée.

— On va attendre que tout le monde soit là, quand même, dis-je poliment.

— Ils sont sur ce projet-là depuis deux séances, déjà ; donc, tu peux t'y mettre.

Heureusement, au même moment, un groupe de personnes passe la porte en disant joyeusement bonsoir. Je me sens intimidée, car tous les regards convergent sur moi, mais Vincent pose gentiment sa main sur mon épaule et me présente :

— Voilà Bérénice, qui va peindre avec nous. Bérénice, voici Aline, Mélina, Véronique, Arthur, Esteban et Gilles.

— Ouh là là ! Je ne suis pas sûre de retenir vos prénoms tout de suite, désolée…

— T'inquiète ! On va se voir deux fois par semaine, tu vas vite apprendre, m'explique une des femmes, qui enfile une grande blouse pleine de peinture et s'installe à mes côtés. Moi, c'est Mélina.

— Désolée. Merci. Bonjour, Mélina.

Sur ma droite, c'est Arthur qui s'installe (j'ai mieux retenu le prénom des hommes, tiens !). Il s'assoit et me regarde en me gratifiant d'un sourire radieux. Sur sa toile, il a peint un truc assez indéfinissable, mais qui n'est pas vilain. C'est vrai qu'en y regardant mieux, la spirale, les couleurs terre, l'impression de s'enfoncer au centre… On est vraiment dans le thème du terrier.

En revanche, celle de Mélina est – comment dire ? – *toonesque* : elle a dessiné le terrier de Bugs Bunny.

— Je vois que tu regardes ma peinture. Ça fait quatre ans que j'en fais. J'ai progressé à une vitesse folle et je fais des expos. Je t'inviterai si tu veux, tu verras, ça t'aidera à avancer.

Merci, Mélina, je sens que tu vas être mon inspiratrice. Je me tourne vers Arthur :

— Toi, Arthur, tu exposes aussi ?

— Oh non ! Pas encore. J'ai de sérieux progrès à faire pour me lancer. Même si j'imagine que c'est motivant de participer à une exposition.

— Oui, ça doit encourager. En tout cas, moi, je débute. J'ai du chemin à faire... J'aime beaucoup ton style, Arthur.

J'ai un peu baissé la voix pour que Mélina ne prenne pas ombrage de ma remarque, mais elle a l'oreille fine.

— Oui, Arthur est un peu un électron libre. Il ne respecte pas souvent les consignes et interprète à sa façon. C'est un genre.

— Moi, je trouve ça plutôt intéressant, comme

démarche. Faire de l'art, ce n'est pas copier l'existant. L'interprétation est primordiale.

Arthur me décoche un immense sourire. Très jeune (la trentaine), avec ses cheveux mal peignés, son vieux pull et son jean rapiécé, il me fait penser à un poète maudit. Un Rimbaud contemporain, dont il a déjà le prénom.

— Je suis d'accord que l'interprétation est primordiale, reprend Mélina, entêtée, mais nous sommes là aussi pour apprendre, et il faut savoir se conformer à la règle avant de prendre son envol.

Je me tourne vers elle. Sa bouche pincée me déplaît immédiatement. Son regard froid aussi. Elle n'aime pas Arthur, ça se voit tout de suite, et est en bonne voie pour ne pas m'apprécier non plus. Tant pis. Vincent s'approche et m'encourage :

— Il faut que tu te lances, Bérénice. Ferme les yeux et imagine… Pense à des entrées de terrier, celui d'*Alice au pays des merveilles*, ou celui de *Bilbo le Hobbit*. Tu as lu *Le Terrier*, de Kafka ?

— Euh… Non… Mais j'imagine très bien l'ambiance.

— Voilà ! Une ambiance ! C'est ça ! Pense à une ambiance kafkaïenne de terrier !

Tandis que Vincent s'enflamme tout seul avec ses terriers, Arthur se remet à peindre en souriant, et Mélina lève les yeux au ciel. Elle ne doit pas être adepte de Kafka. J'interromps l'enthousiasme de notre professeur :

— Donc, j'interprète le thème à ma façon, c'est ça ?

— Ouiiii ! Il n'y a aucune obligation dans ce cours. Je suis là pour vous donner des contraintes, des conseils, mais pour le reste, c'est-à-dire ce que tu en fais, c'est à toi de voir. C'est ta vision.

Eh bien, lançons-nous dans la perception personnelle du terrier. Tout comme Arthur, n'en déplaise à Mélina-

Bunny, je ne vais pas me gêner pour me laisser aller à mes propres interprétations.

- BULLETIN DE SANTÉ DE MADELEINE MA BONNE FÉE : suffisamment en forme pour s'envoyer une boîte de loukoums à la rose.
- ENQUÊTE « PRINCE CHARMANT » : dans la peau de Columbo.
- AVENTURE ++ : ai franchi le premier pas et me suis inscrite au cours de peinture.
- INSTINCT : la Mélina, je la sens pas...
- SPORT : entre deux, j'ai réussi à me faire quelques abdos. (Cinq, mais c'est l'intention qui compte.)
- À LIRE : *Le Terrier*, de Kafka.
- CITATION : *La peinture à l'huile/C'est bien difficile/Mais c'est bien plus beau/Que la peinture à l'eau !* (Boby Lapointe)
- À (RE)VOIR : *Basil, détective privé.*
- À ÉCOUTER : *What's up doc' ?* - Bugs Bunny

21

Quand le samedi arrive, je me prends à chercher ce que je vais bien pouvoir mettre pour aller chez Philippe. Comment je m'habillais, à vingt ans, quand nous étions ensemble ? Je me souviens qu'il aimait les filles ultra-féminines, ce qui n'était pas mon cas. Enfin, j'aimais m'habiller, me maquiller, mettre des bijoux, mais je n'étais pas une minette non plus.

Cela dit, je vais chez lui pour manger du fromage de chèvre : cela justifie que je puisse m'habiller en jean, tout simplement. Mais j'enfile un beau chemisier que je ne ferme pas jusqu'en haut (merci, Madeleine !), et je me maquille un peu, rouge à lèvres rose thé et mascara. Je m'attarde devant ma glace, car la femme que j'y vois est agréable à regarder, même si elle n'a plus vingt ans. Une image qui me regonfle à bloc.

Philippe m'accueille à la porte d'une propriété cachée derrière une haie végétale. Le voir en plein jour me fait un nouveau choc : j'essaie de caler l'image de mon souvenir avec l'homme mûr que j'ai devant moi. Grand, mince, très brun malgré ses tempes grises, des taches de rousseur sur les joues et le nez, des yeux noisette rieurs et des cils noirs d'une longueur à rendre jalouse... C'est vrai que ses joues sont plus creuses et que son visage est plus tanné, mais sincèrement, cela lui donne un charme indéniable. Il était très beau quand il avait vingt ans. Mais l'homme de cinquante ans que j'ai devant moi n'a rien à envier au jeune qu'il a été.

— Eh bien, voilà, tu es chez moi, me dit-il en me prenant par le bras.

Je suis sciée. Sa fermette est en fait une immense propriété. Dans le prolongement de sa maison – une jolie longère –, une étable de taille modeste accueille cinq chèvres, un âne, deux chevaux et une dizaine de poules. À l'arrière, un verger, un potager et des prairies en friche.

— Et tu arrives à t'occuper de tout ça ?

— J'y passe toutes mes journées, avec Gaël qui m'est d'un grand secours. Mais tu n'imagines pas le bonheur que je ressens à cette reconversion.

— Je veux bien te croire. Et tes animaux, tu les manges ?

— Ah ! Malheureuse ! Surtout pas ! Je suis devenu végétarien, dans la foulée... Les statistiques montrent que c'est meilleur pour le cœur et pour la santé en général. Non ! Mes animaux mourront de leur belle mort !

— Eh ben ! On est loin du Philippe que j'ai connu et qui se goinfrait de hamburgers.

— Je l'ai bien assez payé comme ça, non ? Tu... Tu trouves ça ridicule ?

— Ah non, pas du tout ! Bien au contraire ! J'ai fait une récente orgie de boudin – je te raconterai –, mais en général, je ne mange pas trop de viande et je crois même que je n'ai plus envie d'en manger. Tu vas être mon mentor.

Il éclate de rire.

— Avec plaisir. Allez, viens, je t'emmène explorer mon jardin secret.

Tandis que nous visitons sa propriété et que Philippe m'explique ce qu'il y fait, je ressens un véritable bien-être. Étrangement, il émane de cet homme qui était autrefois un paquet de nerfs un calme communicatif.

— Et tu vois, là, je fais mes fromages de chèvre. Tu veux en goûter ?

— Ah oui, je suis venue exprès pour ça...

— Et pas un peu pour moi, aussi ?

— Mais oui, Philippe ! On va dire moitié pour toi et moitié pour ton fromage de chèvre.

— C'est une bonne proportion. Tu changeras peut-être d'avis quand tu auras goûté.

Nous retournons dans la maison. Elle est meublée avec goût, sobrement. Dans la salle principale, une grande cheminée. Elle fait trois fois la taille de la mienne. Une bonne odeur de bois se dégage.

— On fera un feu ce soir si tu veux.

— Oh oui, avec plaisir ! J'adore ça !

Philippe me fait signe de le suivre dans la cuisine. Là, il me sort une miche de pain impressionnante et un plateau de fromage de chèvre.

— Pour le goûter de madame. Avec un jus de pomme maison, en plus.

— Miam ! Ça fait drôlement envie.

Nous nous asseyons à la grande table de la cuisine, et je déguste plusieurs tartines. C'est frais, c'est délicieux. Rien à voir avec les saloperies que j'achète au supermarché pour gagner du temps.

— Tu penses à quoi ?

— À rien. Enfin, si : je me rends compte que j'ai été un vrai zombie pendant toutes ces dernières années.

— C'est-à-dire ?

— Ben, tous ces aliments de qualité qui ont du goût, qui sont raffinés... C'est vraiment bien, quoi.

— Ça demande un travail de titan, je t'assure. Mais au final, ouais, tu as raison. On éprouve un plaisir particulier à déguster ce genre de produits. Un plaisir à la fois gustatif, sensuel et intellectuel. Je ne sais pas comment te le dire autrement.

— Mais je comprends. Et puis quelle satisfaction de l'avoir fait toi-même, aussi !

La fin de journée se passe calmement, avec une grande balade entre les prairies, la mare et le bois qui clôture la propriété. J'envie Philippe de vivre dans un endroit si zen et fort à la fois. Quand le soir arrive, j'en suis presque à me dire que je vais quitter mon pavillon sans intérêt pour venir vivre ici. Philippe trouvera bien une place dans l'écurie pour Crumble et moi. Je lui fais part de mes réflexions.

— Franchement, j'adorerais vivre dans un endroit comme celui-ci. C'est charmant et ... apaisant.

— Oui, c'est comme ça que je l'ai rêvé et que je m'acharne à l'entretenir. Et sinon, puisque cela te plaît tant, qu'à cela ne tienne, va chercher ton pyjama et ta brosse à dents et installe-toi !

J'éclate de rire devant sa spontanéité. Ça, ça n'a pas changé. Quand nous étions étudiants, Philippe était le clown de la promotion. Intello, grande gueule, fêtard. Il charmait tout le monde avec son bagout, et notamment les filles, qui étaient (presque) toutes folles de lui. Bien sûr, comme moi je ne l'étais pas, tellement persuadée qu'il ne me voyait même pas, c'est sur moi qu'il a jeté son dévolu. Au bout de quelques semaines de drague acharnée, j'ai fini par craquer, flattée qu'il m'ait choisie, moi, qui me trouvais déjà à l'époque timide et insignifiante. Même si je savais qu'il couchait avec d'autres filles de notre école, nous sommes restés (plus ou moins) ensemble tout le temps de nos études. Parce qu'il me faisait rire, parce que je m'y étais attachée, parce que c'était une forte personnalité et qu'on ne quitte pas une forte personnalité comme ça. Il savait bien, le bougre, me retenir auprès de lui. Quand il allait voir une autre fille, il revenait, piteux, en me murmurant qu'il n'y avait que moi, qu'il n'y aurait toujours que moi et que j'étais sa favorite. J'oubliais mon humiliation sous ses baisers brûlants et ses promesses d'éternité, et nous repartions ainsi jusqu'à la prochaine. Je n'ai jamais compris pourquoi je suis restée trois ans avec lui. Mais si je l'ai fait, c'est que j'y trouvais mon compte également. Ce que je me suis toujours demandé surtout, c'est pourquoi *lui* était resté avec moi. Qu'est-ce qui lui plaisait chez moi ? Qu'est-ce qu'il me trouvait ? J'étais son opposée parfaite : aussi introvertie qu'il était exubérant, aussi timide qu'il était sûr de lui, aussi discrète qu'il était flambeur. Remarquez, c'est peut-être ça qu'il appréciait, finalement.

Et puis, quand les études ont pris fin, malgré toute l'affection que j'avais pour lui (et peut-être un peu plus), j'ai décidé de mettre un point final à notre relation qui ne pouvait mener à rien de constructif et me laissait pas mal de cicatrices chaque fois qu'il allait en voir une autre.

Plus tard, quand j'ai été mariée avec Étienne, je pensais parfois à lui, à nos frasques d'étudiants, et nos délires lors des soirées, mais plus le temps passait, plus j'étais étouffée par mon quotidien et plus son souvenir s'est estompé. Je ne le regrette pas, ce qui est fait est fait, mais là, près de lui, dans cet environnement, j'ai un petit pincement au cœur en me demandant ce qu'aurait été ma vie si nous étions restés ensemble.

Peut-être plein de galères, peut-être plein d'aventures.

Allez savoir.

Le repas du soir est calme. Philippe cuisine tout lui-même (décidément, ce n'est pas le même homme que j'ai connu, qui ne se serait pas fait cuire un œuf) et me propose un menu entièrement végétarien, accompagné d'un bon petit vin rouge. À la fin du repas, il sort de sa chambre sa guitare électrique.

— Tu te souviens ?

— Rôôôô ! Oui ! Tu jouais *Smoke on the Water* et je t'accompagnais en faisant de la batterie sur la cocotte-minute.

— On aurait dû monter un groupe !

— On se serait éclatés !

— On serait peut-être richissimes à l'heure actuelle, à donner nos concerts dans le monde entier...

— Ouais, enfin, peut-être plus à nos âges...

— Ben, pourquoi ? Regarde Mick Jagger ! Il chante encore...

— Le rock, ça fatigue un peu quand même ! T'as vu tous ceux qui sont morts dernièrement ?

Philippe plisse les yeux et, en jouant les premiers accords de la chanson de Deep Purple, me regarde en se marrant :

— Alors, nous serions le premier groupe rock végétarien-bio, à faire nos concerts dans les étables.

Je nous imagine tous les deux, avec nos cinquante balais, notre salade de quinoa et notre jus d'herbe en train de chanter les tubes de Scorpions des années 1980 face à un public de chèvres, et je me mets à ricaner.

— T'écoutes quoi comme musique, maintenant ?

— Oh ben, c'est simple : j'ai tout oublié. J'écoute France Inter du matin au soir, et quand j'ai envie de musique, je me mets mes CD de Michel Jonasz. J'adore, mais ce n'est pas varié.

— Ah ouais, en effet ! Mais tout de même, tu aimais le rock quand on était ensemble, non ? Et aujourd'hui, il existe de très bons groupes, aussi. Tu n'en connais aucun ?

— J'ai un peu honte, mais non. Depuis si longtemps, je vis repliée sur moi-même. Et il ne s'agit pas que de musique.

Pourquoi j'ose dire sincèrement les choses à Philippe, alors que je n'ai pas réussi à le faire avec Emmanuel ?

— Tu t'es endormie à la suite de ton divorce ?

— Non, le pire, c'est que ça date de bien avant. Je crois même que c'est ma vie de femme mariée qui m'a anesthésiée.

— Eh bien ! Tu donnes une piètre image du mariage, dis donc. J'ai bien fait de ne pas me marier, finalement.

Il me fait rire. C'est vrai que je suis détendue avec lui : les sujets plombants de ma vie me paraissent moins pénibles. Sûrement parce qu'il me ramène des années en arrière, où nous prenions tout avec insouciance.

— Alors, dis-moi, quelle a été ta vie pendant toutes ces années ?

— Oh ! Philippe ! Je n'ai pas envie d'entrer dans les détails… Et puis de toute façon, je t'en ai déjà parlé au restaurant, l'autre jour.

— Oui, mais est-ce que tu as été heureuse ?

Du coup, j'ai moins envie de rire. Est-ce que j'ai été heureuse ? Franchement, je ne saurais pas répondre. Ou alors, la plus plate des banalités :

— Oui, avoir mes enfants m'a rendue heureuse.

— Non, mais je te parle de toi, de ta vie de femme !

Philippe est branché en direct sur mon subconscient ou quoi ?

— Je... Je ne sais pas trop. En ce moment, je suis en pleine période de doute.

— Il faudrait que ça entraîne des changements de vie alors…

— C'est ce que je fais. Depuis quelques semaines, j'ai

une bonne fée qui m'est apparue et, depuis, ma vie se transforme petit à petit.

— Une bonne fée, comme dans les contes ?

— On peut dire ça, oui.

— Raconte-moi.

— Il est tard, Philippe…

— C'est pas grave, Bérénice, on a toute la nuit…

- AMBIANCE : feu de cheminée, fromage de chèvre et miche (de pain).
- AVENTURE : rester la nuit à parler de tout et de rien.
- À FAIRE : m'acheter un livre de recettes… végétariennes.
- SPORT : j'ai fait DIX abdos. Je me sens déjà une autre femme. Et sinon, je n'y pensais pas, mais la marche en forêt avec Crumble, ça compte double, non ?
- CITATION : *Le mariage est la cause principale de divorce.* (Oscar Wilde)
- À VOIR : *Retour vers le futur.*
- À ÉCOUTER : Deep Purple - *Smoke on the Water*…

22

Je me réveille lentement. Moi qui d'habitude me lève à sept heures... Il est dix heures passées et j'émerge avec difficulté. Ce sont les gémissements de Crumble qui m'ont tirée d'un rêve dont je ne me souviens plus.

Je saute dans mon nouveau jogging, un survêtement en lycra rouge pétard que vient de m'offrir Amélie, et je pars promener mon chien. J'en profite pour courir un peu, tentant de dépasser les trois minutes de course dont je suis capable habituellement. Les résolutions de mon BuJo sont faites pour être tenues, je m'y suis engagée, et je bidouille un programme approximatif avec quelques abdominaux sur ma descente de lit et trois-quatre foulées de jogging quand je suis en forêt.

Quand je rentre, il est presque midi, et je me fais un brunch, d'après une super idée piquée sur un site : œufs brouillés, salade de tomates, tartines de fromage de chèvre de Philippe, salade de fruits, noix, fromage blanc, confiture, brioche, jus de fruits et café à volonté. En début de semaine, pour la première fois, j'ai fait mes courses avec une liste. Avant, c'était un passage rapide en supermarché pour prendre le jambon, les nouilles, les conserves de raviolis et les plats tout faits. Là, j'ai pris mon temps et suivi ma liste, évitant le rayon des conserves, une rechute étant toujours possible. Philippe m'a même proposé hier que nous allions au marché ensemble, où les produits n'ont rien à voir avec le supermarché. Je veux bien le croire et j'ai hâte d'y aller avec lui.

Philippe… Quelles drôles de retrouvailles ! Tandis que je bois mon café, je repense à ma soirée avec lui. Avec le recul, elle a un petit air surréaliste : j'ai du mal à percuter qu'il s'agit du même Philippe que celui que j'ai connu : les années nous changent donc autant ? Ai-je changé aussi radicalement que lui ?

Un exemple : hier soir, j'ai longuement parlé, et il m'a écouté avec patience. Ça, ce n'est pas le Philippe dont je me souviens : quand nous avions vingt ans, il parlait tout le temps, n'écoutait jamais, ne tenait de toute façon pas en place pendant les conversations. Hier, nous sommes restés assis au coin du feu, chacun dans son fauteuil. Lui calmement, moi, un peu décousue, racontant des bribes de souvenirs, ma vie avec Étienne, les événements et les changements des dernières semaines, la thalasso, Madeleine, les photos, même le prix de miss Boudin, qui l'a bien fait rire :

— Non, t'as fait ça, toi ?

— Oui, te moque pas, j'ai déjà assez honte comme ça.

— Faut pas ! Peu de gens peuvent se vanter d'avoir été miss Boudin. C'est un grand privilège, tu sais. Peu d'élues !

Ses yeux pétillaient, comme quand il me charriait, avant.

— Te moque pas, sinon je t'emmène à la foire de l'an prochain.

— Ah ! mais je ne demande que ça ! Sauf qu'il ne faudra pas me faire manger du cochon : je suis végétarien, je te rappelle.

Sans vraiment en avoir eu l'intention, je me suis lancée : l'ambiance, l'impression de parler avec un ami de toujours, un grand frère… Je lui ai parlé d'Emmanuel. Philippe, patient, a parfois relancé la conversation, m'a posé quelques questions. Il n'a émis aucun jugement. N'a proféré aucun conseil. Ce qui m'a étonnée : autrefois, il avait un avis sur tout.

Au bout d'un moment, il devait être trois heures du matin, alors que notre discussion s'étiolait peu à peu, j'ai fini par me décoller de mon fauteuil, malgré le bien-être que je ressentais à être là, tranquillement, au coin du feu, à me laisser aller aux confidences en écoutant Otis Redding.

Juste avant de partir, Philippe a posé sa main sur mon bras, presque tendrement :

— Tu es en train de te tracer un nouveau chemin, Bérénice. C'est parfois douloureux de quitter la route qu'on suit habituellement, mais au final, ça ne peut être que bénéfique. Ce soir, à plusieurs reprises, je t'ai vue rire quand tu évoquais les bifurcations. Ton rire te rend si belle.

Sur le coup, je n'ai pas pris la mesure de ses paroles. C'est en voiture, tandis que je rentrais chez moi, que j'ai compris : je commence à intégrer vraiment le changement qui s'opère en moi. J'ai l'impression d'avoir été écrasée par une volumineuse force d'inertie. Le déclencheur de cette transition ? Une petite fée du nom de Madeleine, qui de sa baguette magique a fait resurgir l'énergie que j'avais enfouie tout au fond de moi depuis trop longtemps.

— Cette femme a l'air exceptionnelle, m'a répété Philippe à plusieurs reprises.

Il ne croit pas si bien dire.

En tout cas, le concernant, je suis contente de la tournure que prend notre relation. C'est pour le moins inattendu avec le passé qu'a été le nôtre, mais une vraie et belle amitié est née. J'en suis ravie.

Avant toute chose, justement, j'appelle Madeleine. Elle m'apprend qu'elle va de mieux en mieux, et que son transfert pour l'établissement de convalescence est prévu dans les jours qui viennent.

— Vous avez avancé dans votre enquête, Bérénice ?

— Pas eu le temps… Madeleine, je n'ai pas votre détermination et votre énergie !

— Ne tardez pas, ma petite, les hommes ne sont pas toujours des trésors de patience…

C'est vrai. Elle me l'a déjà dit. C'est une idée qui me fiche la trouille.

— D'accord, je vais m'y mettre. Mais vous savez bien que je suis lente à la détente. Bon, et vous, sinon, ça va ?

— Oh oui. Très bien, même. À part les repas, une vraie calamité, je n'ai jamais mangé aussi mal. Sinon, Bérénice, ne venez pas me voir aujourd'hui. J'ai une cousine éloignée et ses enfants qui passent l'après-midi avec moi. Je ne serai pas trop disponible pour vous. Et puis ces enfants sont tellement mal élevés que j'ai un peu honte de vous les présenter.

Elle éclate de rire.

Je n'ose pas me l'avouer, mais ça m'arrange. Malgré toute l'affection que j'ai pour mon amie, ce dimanche, là, après m'être couchée tard (ce dont, bien sûr, je n'avais pas l'habitude dans ma vie rangée), me paraît être une bonne journée pour ne rien faire, me vautrer devant la télé, et, tiens, par exemple, aller voir ce qui se passe dans la vie Facebook. Je me fais un thé, m'installe sur mon canapé avec mon ordinateur portable et me connecte. Quelques nouvelles personnes m'ont demandé d'être leur amie. J'accepte. Je ne sais même pas qui c'est. Il paraît que l'intérêt est de faire de nouvelles rencontres, m'a dit mon fils. Alors, soit. C'est un de mes objectifs, je vais donc regarder qui sont tous ces gens. Curieuse, je vais voir les pages de chacun, puis je me laisse guider sur la page de Marius. Je suis presque gênée de découvrir tout ce que mon propre fils peut mettre sur les réseaux. Un peu comme si j'allais lire son carnet secret. Je découvre des photos, des amis, des activités, des discussions... tout plein de choses que j'ignorais sur mon propre enfant. Pour moi qui suis encore *à l'ancienne* (ne riez pas), il y a là un petit côté voyeur limite pervers qui me dérange. Est-ce que j'oserais, moi aussi, remplir avec force détails la partie biographique de ma page, mettre des photos de moi, de ma vie, de ma maison, déclamer mon appartenance politique, religieuse, sexuelle ? J'en doute. Cela dit, je ne suis obligée à rien, je peux très bien lire ce que font (et sont) les autres sans rien dévoiler en retour. C'est même peut-être un peu ça qui fait peur. Non ?

Une photo montre Marius lors d'un concert. Au passage, je ne savais même pas qu'il y était allé. Un flash me revient d'un coup de très loin : printemps 1988, Philippe et moi au concert d'AC/DC au Zénith. Il a vingt ans, il n'a pas fumé que des Craven, et il s'éclate comme un malade sur *Hells Bells*.

Moi aussi.

Beaucoup de souvenirs remontent de ma mémoire, ces derniers temps. Ils étaient tellement enfouis que je les découvre comme s'ils avaient appartenu à quelqu'un d'autre. Pourtant, ce sont bien les miens, qui me rappellent qui j'ai été et qui je suis toujours au fond de moi, malgré les années qui ont passé.

Je vais les noter dans mon BuJo pour ne plus les perdre.

Je me remets à Facebook en riant, fais dérouler le fil de discussion. Non, décidément, ça ne me branche pas. J'ai voulu faire plaisir à mon fils qui a peut-être vu dans sa proposition une façon de me faire sortir de ma solitude, mais franchement, je n'ai pas l'impression que c'est comme ça que je rencontrerai du monde. Du *vrai* monde, je veux dire.

Au moment où je vais éteindre mon ordinateur, une phrase me saute aux yeux : *Le véritable obstacle, ce n'est pas la montagne à gravir, c'est le caillou dans votre soulier.* Je *like* la phrase avec un cœur (si !) et la relis plusieurs fois : oui, c'est ça, cette phrase est pour moi. C'est d'ailleurs le propre des maximes : quand elles vous correspondent, vous avez l'impression qu'elles ont été écrites sur mesure, rien que pour vous. Eh bien, celle-là, c'est le cas. J'en ressens un indicible plaisir, un contentement à la fois psychologique et physique, comme un soulagement intense.

Du coup, j'attrape mon BuJo pour relire la liste des choses que j'aimerais faire : quelle était la prochaine montagne à gravir, déjà ? Ah oui : *le cours d'œnologie.* (Tu parles d'une montagne !) Pourquoi donc ai-je envie de faire de l'œnologie ? Je bois peu de vin, seulement dans quelques occasions. Je n'y connais rien en bons vins. Dans ma tête, le vin est associé aux adultes, et j'ai ce côté immature qui me fait croire que je n'en suis pas encore tout à fait une (adulte). Finalement, je comprends mon choix : aller à la découverte du vin, c'est ma façon de briser cette immaturité.

Et puis, a-t-on vraiment besoin d'une raison pour avoir envie de faire quelque chose ? Non ? Bon ! Alors, ce sera cours d'œnologie, et voilà !

Franchement, c'est décourageant quand on est motivé et que tout se ligue contre nous : il n'y a pas de cours d'œnologie près de chez moi. En même temps, la région parisienne n'est pas vraiment réputée pour ses vignobles, j'aurais dû m'y attendre. Je m'apprête à laisser tomber quand une petite voix résonne dans ma tête : *Le caillou dans le soulier, Bérénice, le caillou dans le soulier...* OK, OK ! Je ne laisse pas tomber, je continue mes recherches. Il n'y a pas de caves à vin dans mon coin, qu'à cela ne tienne, je peux trouver ailleurs ! Ce n'est pas comme si la France manquait de régions viticoles !

Je cherche un peu plus loin et finis par découvrir un programme alléchant : dans l'Yonne, en Bourgogne, un stage de cinq jours organisé par un producteur pendant les vacances de la Toussaint.

Un stage ? Cinq jours ? T'es folle ?

MAIS ENFIN, EST-CE QUE JE VAIS RÉUSSIR À VIRER CE PUTAIN DE CAILLOU DE MON SOULIER !

La petite (enfin grosse) voix dans mon cerveau me fait presque sursauter. Sans plus y réfléchir, hop ! Je clique sur « préinscription ». Je remplis le formulaire. Je l'envoie. Voilà. C'est fait.

L'Yonne, ce n'est pas loin, cinq jours, ce n'est pas long, et j'ai encore un mois pour me préparer à la chose et trouver quelqu'un pour garder Crumble.

- AMBIANCE : paresseuse.
- ENQUÊTE « PRINCE CHARMANT » : il va peut-être falloir que je m'y mette avant de me faire gronder par ma bonne fée.
- SPORT : la danse du caillou dans le pied.
- À FAIRE : me répéter chaque jour ma phrase devenue fétiche : *Le véritable obstacle, ce n'est pas la montagne à gravir, c'est le caillou dans votre soulier.* (Et vérifier toutes mes chaussures.)
- CITATION : *L'art et le vin sont les joies supérieures de l'homme libre.* (Aristote)
- À ÉCOUTER : *Hells Bells* – AC/DC

23

— Ça vous dirait qu'on se fasse un week-end peinture quelque part ? demande Vincent au début du cours.

Je me dis qu'il y a une loi intangible : les virées attirent les virées.

Mélina lève la tête de son chevalet, toute guillerette, et s'écrie :

— Comme l'année dernière ? J'avais A-DO-RÉ !

— Qu'est-ce qu'on avait été créatifs ! C'est très stimulant, fait Aline.

— Et ça soude le groupe aussi, complète Arthur.

Tous les membres du groupe approuvent. Visiblement, ça a dû être une expérience inoubliable.

— Bérénice, ça te dirait aussi ?

— Oui, enfin, pourquoi pas ?... Faut voir...

— Moi, je suis partante, reprend Mélina, mais faut pas que ce soit en plein hiver, parce que sinon j'ai trop froid pour peindre dehors.

— Je te signale qu'il existe des trucs qu'on met sur soi et qui s'appellent « manteau », « écharpe », « gants » ou « bonnet » !

— Ah ! c'est malin, Arthur. Mais moi, je suis très frileuse, et le froid, ça me rend moins créative.

Arthur sourit en coin et se tourne vers moi :

— C'est toujours un moment fort, ces week-ends, Bérénice. Je te conseille de venir...

— Il faut que j'y réfléchisse, mais ça m'a l'air d'être une bonne idée.

(Caillou dans le pied ?)

Vincent s'est mis sur son ordinateur portable et nous commente :

— J'avais repéré un lieu qui me plaît. On pourrait travailler sur le thème de l'eau. Je vais vous montrer.

— Ah ouais, c'est quoi ? s'inquiète immédiatement Mélina.

— Une péniche sur la Seine. On vogue tout le week-end pour saisir et peindre des paysages aquatiques. Ça vous dit ?

— Rââââ ! J'vais avoir le mal de mer !... s'exclame Mélina.

— C'est une péniche sur la Seine, pas le *Titanic* sur l'océan !

Arthur ne la loupe pas. Je ris tout bas. Aline, qui sourit aussi, demande :

— Ça serait quand ?

— Quand êtes-vous disponible, tous ? Il y a une possibilité pour le week-end du 20 et 21 novembre. Sinon, ce sera en janvier.

Tout le monde est libre le week-end du 20, sauf... Mélina qui minaude un peu. Contrairement à la peinture, elle maîtrise parfaitement l'art de se faire désirer.

— Je ne sais pas si je pourrai, j'ai toujours des tas de choses prévues. Il faut que je vérifie sur mon agenda... Je peux t'envoyer un SMS en rentrant ce soir ?

Vincent acquiesce. Pour moi, pas besoin de regarder dans mon agenda. Je sais que je suis libre.

— Au fait, personne ne veut venir avec son conjoint ? C'est possible, si vous voulez.

— Ben, c'est l'occasion de se retrouver sans, justement, précise Aline. J'adore mon mari, mais de temps en temps...

— Et toi, Bérénice ? Tout le monde se connaît bien, ici, mais on ne sait rien de ta vie, fait Arthur en me regardant avec insistance. Quel petit curieux, celui-là !

Je n'ai pas le temps de répondre que Mélina déclare en prenant un air mystérieux :

— Bérénice a bien le droit d'avoir sa vie privée, comme nous tous...

D'après ce que j'en sais, Mélina – qui est très bavarde et nous raconte tout d'elle pendant les cours – vit seule, sans mari, sans enfant, sans chien ni chat (ça fait trop de crottes et ça perd ses poils, nous a-t-elle sorti dernièrement). Il faut dire qu'elle a tout de la vieille fille. Même moi, dans ma période mémère d'avant, je réussissais à être plus moderne qu'elle : jupe marron à mi-mollet, collants épais couleur chair, pulls gris à losanges. Ce sont des détails que je ne relève pas d'habitude, l'apparence physique n'étant pas pour moi un critère de valeur, mais si la personne est *vraiment* antipathique, on ne peut s'empêcher de faire le rapprochement. Maintenant, chacun peut révéler de sacrées surprises, et, si ça se trouve, Mélina cache chez elle d'ensorcelants amants dans ses placards.

— Pour le week-end, il me semble, de mémoire, que je n'ai rien à cette date. Si ce n'est pas le cas, je vous promets de tout faire afin de m'arranger pour être là, conclut Mélina comme si elle devait choisir entre nous et un dîner à l'Élysée.

— OK. On finalise l'organisation la semaine prochaine. En attendant, remettez-vous au travail.

Chacun replonge dans son terrier, et un grand silence s'ensuit, sauf Mélina qui marmonne que sur une péniche aussi on peut avoir le mal de mer, qu'en plus, la météo prévoit un hiver froid et qu'il y a intérêt à ce que la péniche soit bien chauffée. Non, mais...

Après mon cours, alors que je remplis consciencieusement mon BuJo avec mes futures sorties, le téléphone sonne. C'est Philippe.

— Salut, Bérénice, ça te dit, une tisane bien chaude à la maison ?

— Et pourquoi tu ne viendrais pas chez moi, toi, pour changer ?

— Avec plaisir, j'arrive !

— Apporte ta tisane, je n'en ai pas.

Dix minutes plus tard, il est là avec un énorme sachet de tilleul et un pot de miel de ses ruches.

— C'est incroyable, tout ce que tu fais chez toi. Je suis vraiment admirative, tu sais.

Philippe a l'air troublé. Il change de conversation :

— Alors, voilà le fameux Crumble. Bonjour, mon chien. C'est ce qui me manque, à la maison, un chien. Tu me le prêteras, des fois ?

— Te prêter mon compagnon le plus fidèle ? T'es pas bien net ! De toute façon, Crumble n'aime que moi.

Comme pour me contrarier, Crumble se dirige vers Philippe et lui lèche la main en se frottant contre lui.

— Désolé, mais il a l'air de m'avoir adopté.

Sur le coup, ça me contrarie un peu. Crumble n'a toujours aimé que moi. D'ordinaire, il ne s'approche que prudemment des personnes qu'il ne connaît pas.

— Je peux m'asseoir ?

— Ah oui, oui, bien sûr. Je vais faire la tisane. Tu viens, Crumble ?

Mais Crumble se couche aux pieds de Philippe et ne me suit même pas dans la cuisine. C'est le pompon ! Quand je reviens, le chien a la tête posée sur le genou de Philippe. Il ferme les yeux de contentement sous ses caresses.

— Il a préféré rester avec moi, visiblement. C'est marrant, dis-moi, il me semblait que tu préférais les chats quand tu avais vingt ans. Tu n'en avais pas un ?

— M'en parle pas. Un sacré caractère, tu te rappelles ? Mon siamois. Il était jaloux de toi et faisait tout pour te virer…

— Oui, oui, je me souviens, la fois où il est entré sous les draps pour essayer de me griffer les…

— Mais non, arrête, ça, c'est toi qui l'avais inventé ! Il n'aurait jamais fait un truc pareil.

— Ouais, ben, dans le doute, j'ai quand même préféré sortir le chat du lit. Et la fois où il avait grimpé sur le tissu mural et s'était jeté de tout son poids sur mon dos. J'ai encore une cicatrice.

— Oui, oui, je me souviens, j'avais bien ri, ce soir-là.

— Tu as toujours préféré les animaux aux hommes. Tiens, regarde ce que ton matou m'avait fait.

Philippe se lève, relève son pull et son tee-shirt et me montre son dos.

— Euh… Je ne vois pas grand-chose, là. C'est où ?

— Mais si, en haut à gauche, regarde !

C'est désespérant : plus je m'approche, plus c'est trouble. Dire que j'ai toujours eu dix sur dix aux deux yeux ! Saleté de presbytie. Par coquetterie, je ne dis rien à Philippe. Je plisse les yeux et me colle le nez sur son dos, à la recherche de la cicatrice, quand j'entends derrière moi :

— Bonjour, maman, ça va ?

— Aaaah ! Marius ! Qu'est-ce que tu fais là ? Je… Je…

— Oui ?

— Je te présente Philippe, un très vieil ami…

Philippe se rhabille en quatrième vitesse, aussi gêné que

moi. Difficile d'expliquer à mon fils ce que nous étions en train de faire.

— Philippe me montrait justement une cicatrice que... euh...

— Ah ! C'est intéressant.

— Et... Et toi, sinon, ça va, mon chéri ?

Marius s'avance vers Philippe avec un petit sourire narquois. Ils se serrent la main pendant que je fonce à la cuisine servir les tisanes. Je lui crie, sans conviction :

— Un tilleul, ça te dit, Marius ?

— Pourquoi pas ? Même si je préférerais un whisky-coca.

Je reviens avec trois tasses.

— C'est une boisson de jeune, le whisky-coca, fait Philippe en riant. Ta mère et moi sommes de vieux croûtons. Y a plus que la tisane qui nous est autorisée.

— Mais ça va pas vous faire faire pipi toute la nuit, une boisson pareille ?

Ils se regardent tous les deux et se mettent à pouffer comme deux gamins.

Non, mais c'est tout ? Mon chien, mon fils ? Il est gonflé, le Philippe, de s'approprier ma famille comme ça !

Finalement, nous passons une chouette soirée, tous les trois (plus Crumble), à boire notre tilleul « pisse-mémère » et à écouter Philippe raconter des anecdotes sur moi quand j'avais vingt ans. J'en avais oublié les trois quarts, et je suis même parfois gênée de certaines histoires qu'il déballe devant Marius.

Au moment de partir, mon fils me lance un regard étrange, se penche, m'embrasse et me glisse à l'oreille.

— J'en ai appris, des choses sur toi, maman ! Bien plus en une soirée qu'en vingt-trois ans de vie commune, tu te rends compte ? Je ne savais pas que ma petite maman, si rangée, si sage, si retenue… avait fait les quatre cents coups quand elle avait mon âge !

— Oh ! Marius, des histoires de jeunesse… C'est loin, tout ça !

— Et il ne te reste rien de cette période-là ? T'es sûre ? Un peu de folie qui ne demanderait qu'à sortir ?

Je claque une bise sur la joue de mon fils.

— Allez ! File, crapaud !

— Ah ! Au fait, ton copain Philippe, je l'aime bien, moi.

- AVENTURE : les virées attirent les virées. J'attends la prochaine…
- À FAIRE IMPÉRATIVEMENT : prendre rendez-vous URGENT chez l'ophtalmo. De près, j'y vois plus rien.
- CITATION : *Quand votre chien saute sur votre lit, c'est qu'il adore votre compagnie. Quand votre chat saute sur votre lit, c'est qu'il adore votre lit.* (Inconnu)
- SPORT : la peinture, c'est du sport ?
- À ÉCOUTER : Les frères Jacques - *Le P'tit Bout de la queue du chat.*

24

La chambre d'hôpital est claire, et Madeleine est assise, toute pimpante, sur son lit, illuminée par un rayon de soleil. Sa chemise de nuit est mauve et verte, avec un col en dentelle. Elle est légèrement maquillée et a de fines boucles d'oreilles en or. Quelqu'un a dû lui faire un brushing, car sa coiffure est nickel, ce qui n'est pas souvent le cas quand on est alité à l'hôpital. Elle est entourée de magazines, de fleurs, de livres, de boîtes de bonbons. Je suis sûre qu'avec son tempérament joyeux, elle s'est mis dans la poche toutes les infirmières et les aides-soignantes de l'hôpital.

— Ça y est, c'est décidé, je pars demain matin dans un centre de rééducation en Bretagne.

— C'est une excellente nouvelle, ça. Mais ils n'avaient pas un centre plus près de chez vous ?

— Je n'en sais rien, je n'ai pas demandé. La Bretagne, ça me plaît bien.

— Non, c'est juste que je ne pourrai pas vous voir pendant le temps de votre rééducation.

— Et le téléphone ? Et Internet ? C'est pas fait pour les cochons !

— Comment ça, « Internet » ?

— Il paraît que, dans le centre, il y a une salle d'ordinateurs et des petites initiations à l'informatique. Je compte bien m'y mettre pour vous envoyer des mails et discuter par Skype.

— Ben, dis donc, vous en connaissez, des choses.

— Je viens de les lire sur le prospectus, regardez. Bon, ça va me coûter un bras, ce séjour, mais j'aurai l'impression de revivre une deuxième thalasso, quoiqu'un peu plus longue qu'à Saint-Malo, puisque les médecins estiment qu'il va me falloir au minimum un mois de soins pour me remettre d'aplomb. Cela dit, j'ai lu tout le dépliant, et ça m'a l'air bien agréable.

— Vous voyez toujours le bon côté des choses, vous, Madeleine.

— Pourquoi, il ne faudrait pas ? Est-ce que j'ai le choix ? Non. Alors, autant tirer tout ce qu'il y a de meilleur dans ces situations, vous ne croyez pas ?

— Bien sûr que si, vous avez mille fois raison. En attendant, vous allez me manquer.

— Mais, ma petite Bérénice, la Bretagne, ce n'est pas si loin que ça, non ? Vous pourrez toujours venir me voir.

— C'est une idée. J'ai comme l'impression que je vais faire pas mal de kilomètres, dans les semaines à venir.

— Ah bon ? Racontez-moi ça.

J'explique à mon amie que je me suis inscrite à un stage d'œnologie et que je vais partir en week-end peinture.

— C'est un début, hein ? Pas vraiment extraordinaire. Mais pour moi, c'est comme si je partais sur une île du bout du monde, vous savez !

— Bravo, Bérénice. Je suis fière de vous ! Vous allez voir : bouger, partir de chez soi, c'est excellent pour le moral. Léon et moi, nous nous faisions des petits séjours en amoureux dès que son emploi du temps le lui permettait. On a eu la chance qu'il gagne bien sa vie. Du coup, on a pu se payer de jolies escapades : Vienne, Barcelone, Venise, Istanbul, Athènes, Copenhague, Dublin, Florence…

Moi, on ne peut pas dire que j'aie beaucoup voyagé avec Étienne, à part quelques séjours aux sports d'hiver en Savoie, et des visites régulières à Verrue (sans rire), dans la Vienne où vivaient ses parents.

Les yeux de Madeleine se perdent dans ses souvenirs. Je dis tout bas :

— Quelle chance vous avez eue !

— Avec mon mari, rien n'était trop beau pour moi. Nous avons partagé tant de choses. Il me manque, vous savez…

Je prends sa main dans la mienne. Elle me regarde avec tendresse. Des larmes me montent aux yeux. Nous restons silencieuses quelques instants, puis elle reprend avec un grand sourire :

— Sinon, j'ai une esthéticienne qui vient tout à l'heure, après le déjeuner. À propos de déjeuner, je vous ai dit pour les repas, ici ? C'est affreux ! Il paraît que, dans le centre de rééducation, on mange bien mieux.

— Je sais, Madeleine. Votre calvaire culinaire touche à sa fin. Et alors, vous me disiez, pour l'esthéticienne ?

— Oui. C'est vrai. Eh bien, elle va me faire un soin du visage et me poser du vernis.

— Toujours aussi coquette, Madeleine.

— À ce propos, vous, on dirait que vous progressez dans ce domaine. Comme c'est joli, cette robe avec ces petits points blancs !

Madeleine aussi devrait porter ses lunettes.

— Ce sont des fleurs, Madeleine.

— Ah oui ! Eh bien, c'est très seyant. J'aime vous voir en robe. Et vous vous êtes maquillée, non ? Vous savez quoi ? L'esthéticienne, elle est déjà venue me faire un soin d'essai la semaine dernière. C'était divin. J'adore ça, qu'on me papouille. Vous devriez essayer. En plus, ça détend, vous n'imaginez même pas combien.

— L'esthéticienne, je me souviens que ma mère m'y avait emmenée quand j'avais quinze ans pour me faire retirer mes points noirs. Je n'en ai pas un très bon souvenir…

— Oui, mais à votre âge, vous n'avez plus de points noirs, tout de même.

— Je ne pense pas… Enfin… On ne sait jamais.

Madeleine éclate de rire :

— Allez ! Essayez, je vous dis. Vous allez voir, ça vous donne la pêche et ça rajeunit en vous faisant une belle petite mine fraîche.

Au même moment, une aide-soignante entre avec le plateau du déjeuner. Madeleine fait une horrible grimace devant le morceau de viande indéfinissable qui baigne dans une sauce beige, agrémenté de trois brocolis et d'une pomme de terre d'un jaune surprenant.

— Je vous laisse à votre repas de gala, Madeleine.

Elle me fait un grand sourire, j'embrasse ses jolies joues roses et délicatement fripées, et je la quitte tandis qu'elle explique à l'aide-soignante, visiblement nouvelle, que son mari était un grand chef cuisinier et que jamais de sa vie elle n'avait mangé des pommes de terre jaune fluo.

Par où commencer mon enquête sur Emmanuel.

J'allume Facebook. Je tape dans la barre de recherche *Emmanuel – Ingénieur en biologie marine*. Sous mes yeux défile une série d'abonnés : Emmanuel Marin, Emmanuel Biolin, Emmanuel Macron, Emmanuelle-je-t'attendrai (oups !), Manu l'ingénieur... Pour tous ces noms (sauf Macron), je vais voir le profil quand c'est possible, mais aucun ne correspond. Évidemment, des Emmanuel, il y en a des tonnes, sur terre.

C'est nul, Facebook.

Je ferais mieux dans un premier temps de procéder par ordre. À commencer par lister dans mon BuJo tout ce qu'il m'a dit de lui. Enfin, ce dont je me souviens…

Oui, ça, c'est une bonne idée.

J'insère une nouvelle page dans mon journal (facile, avec les spirales spéciales) et je note :

ENQUÊTE SUR EMMANUEL

(JE NE DEVRAI JAMAIS LUI MONTRER CE BUJO)

- Prénom : Emmanuel (jusque-là, tout va bien).
- Nom de famille : ne sais pas.
- Âge : 41 ans.
- Lieu de vie : Paris (enfin, c'est ce que j'ai compris).
- Situation familiale : marié deux fois, divorcé deux fois, une fille de 12 ans.
- Métier : ingénieur en biologie marine, spécialisé dans la maîtrise des pollutions et des nuisances.
- Lieu de travail : partout dans le monde, une base à Saint-Malo.
- Sports : rafting, plongée, vélo, jogging, tennis…
- Musiques préférées : le rock.
- Hobby : la cuisine, les voyages, la photographie, la musique : fait partie d'un groupe de rock qui s'appelle… Aïe !… Comment il a dit déjà ? Un nom en rapport avec l'âge, je crois…
- Autre : voyage en train, aime la bière, les fruits de mer, est très susceptible…
- Dessin : portrait d'Emmanuel.

25

Mouais ! C'est bien beau, tout ça, mais ça va me servir à quoi ? Je lis et relis ma page, m'attarde sur le portrait que je n'ai pas mal réussi, quand on considère que je l'ai fait de mémoire, et décide de laisser mijoter un peu avant de décider qu'en faire.

Parce que j'ai quelque chose de plus urgent : trouver un rendez-vous chez une esthéticienne. Le déclic, je l'ai eu en regardant un selfie que Madeleine a absolument voulu prendre de nous deux (elle est plus moderne que moi, Madeleine) : en me regardant sur la photo, je me suis trouvée monstrueusement... vieille. À côté de moi, mon amie de quatre-vingt-trois ans faisait presque jeunette. Bon, non, j'exagère, mais elle est soignée et pimpante, et moi, triste et sans coquetterie. Je ne dis pas que l'esthéticienne va m'ôter dix ans, mais si elle pouvait gommer quelques ridules de-ci de-là et me retendre un chouïa l'ovale du visage, ce serait un plus.

Il a bien sûr fallu que j'aille dégotter quelques infos sur le Net pour me rassurer : je suis tombée sur des vidéos de modelage du visage, un truc beauté et bien-être à la fois, tellement zénifiant que ça m'a donné tout de suite envie.

L'esthéticienne que j'ai au bout du fil est la quatrième, les précédentes ne pouvant me prendre dans la journée. Je travaille sur la prise de décision. Pour l'instant, si j'ai trop le temps de réfléchir, je suis encore capable de tout annuler sur un coup de tête. Autant battre le fer quand il est chaud, non ?

— Oui, oui, il me faudrait une place pour aujourd'hui, impérativement.

— Alors… madame Bayaaard… Voyons, voyons… J'ai une épilation maillot américain à quinze heures trente et un brésilien à dix-sept heures. Je peux vous prendre entre deux. Ça vous irait, madame Bayard ?

Je n'ose imaginer ce que sont les épilations américaines et brésiliennes et décide de ne JAMAIS me faire épiler le maillot, même sous la torture. D'une petite voix inquiète, j'acquiesce :

— Oui, oui, c'est bon pour moi… On fait bien un soin du visage, hein ?

— C'est ce que vous m'avez demandé, madame Bayard…

Elle m'explique, après m'avoir accueillie de sa voix ultra-aiguë qui me vrille les tympans (« Institut Body Beauty, bonjour ») qu'elle me fait une fleur : elle devait partir faire quelques courses entre les deux maillots, mais elle ira plus tard. Puis elle me vante les mérites d'un modelage du visage anti-âge (promis, les rimes sont d'elles). Elle va me masser et modeler les épaules, le décolleté, le visage et le cuir chevelu pendant quarante-cinq minutes pour cinquante-cinq euros. Ce n'est pas donné. J'espère que ce sera efficace.

Quand l'heure arrive, je pénètre dans le salon qui sent un mélange de crèmes, de parfum et de cire.

— Bonjour, madame Bayaaard !

Elle m'énerve avec son « madame Bayaaard ».

— Bonjour, madame.

— Huhuhu ! Moi, c'est Samy. Enfin, c'est Samantha,

mais je préfère *Samy*. C'est moi que vous avez eue au téléphone tout à l'heure.

J'avais reconnu la voix. Je me fais la réflexion que c'est un peu bizarre d'avoir envie de porter le même prénom qu'un héros de *Scooby-Doo*.

Elle reprend :

— Alors, donc, c'est pour un modelage, c'est ça ?

— Ah oui ! Oui, oui.

Surtout pas d'erreur. Je ne veux pas d'épilation. Et d'ailleurs, s'est-elle bien lavé les mains après avoir fait le maillot de la précédente cliente qui sort justement de la pièce du fond en marchant comme Lucky Luke.

— Vous ne voulez pas un soin anti-âge, par hasard ?

Vous ne voulez pas une tarte dans la figure, par hasard ?

— Non, non, un modelage, pour commencer, ce sera très bien pour moi.

— Oui, mais pensez-y ! Passé un certain âge, ces soins sont vraiment très bien.

Je me retiens de ne pas la mordre et me dirige vers la cabine qu'elle me montre de ses doigts vernis rose fuchsia, assortis à son rouge à lèvres. Sa coiffure me laisse perplexe, un mélange de Desireless sur le dessus et de Marie-Antoinette avec des anglaises qui retombent sur ses épaules. Jamais vu un truc pareil. Malheureusement, sa longue blouse blanche ne permet pas de voir comment elle est habillée, et c'est dommage, car elle semble avoir un style bien à elle.

— Installez-vous dans cette cabine, déshabillez-vous et mettez le pagne, madame Bayard. J'encaisse ma cliente et je suis tout à vous.

J'entre dans une pièce sombre, où résonne une musique zen genre yoga pour tous. Ce n'est pas une mauvaise chose, puisque j'ai la musique du générique de *Scooby-Doo* (*Where Are You…*) en boucle dans la tête depuis tout à l'heure. Je me déshabille et enfile une espèce de cape en éponge blanche qui me donne l'air d'un pingouin.

— Ah non, madame Bayard, il ne fallait pas vous déshabiller en entier. Je ne vous masse que le visage et les épaules, huhuhu ! Et puis, le paréo, il ne se met pas *sur* les épaules, vous le coincez *sous* les bras, au-dessus de la poitrine.

La honte. Je me sens monstrueusement ridicule, avec ma cape de Zorro qui m'arrive à la taille, laissant voir le bas de mon corps complètement nu. C'est affreux, j'ai envie de repartir en courant (enfin, après m'être rhabillée) et d'aller me cacher chez moi. Mais je reste digne malgré le rouge aux joues qui me chauffe le visage. Je remets ma culotte et mon pantalon, puis réajuste cet imbécile de pagne.

— Voilààà. C'est pas mieux comme ça, madame Bayaaard ?

J'ai très, très envie de lui claquer le beignet, à la Samy, mais je suis là pour me détendre et décide de lui laisser encore une chance. Je m'allonge sur la table de soins et elle me recouvre d'une couverture polaire. Je ne vais pas avoir froid.

— Je vais monter un peu la musique. C'est un CD que j'ai trouvé à Carrefour et qui s'appelle *Sérénité, harmonie et bien-être*. Avec ça, vous allez vous sentir vraiment détendue, madame Bayard.

Oui, mais il va falloir qu'elle arrête de pépier, aussi.

Elle met de l'huile dans ses mains, les frotte l'une contre l'autre, puis entame mon modelage. Ça sent le karité et la noix de coco. Je sens que je vais être bien huilée après ça.

— Je vous souhaite une bonne détente, madame Bayard. Pour que ce soit complet, je ne parlerai pas pendant tout le temps du soin.

Quelle bonne nouvelle ! Si elle pouvait aussi baisser un peu les dong-dong qui s'échappent du CD sérénité, ce serait parfait, mais je n'ai pas le courage de lui demander de briser sa petite ambiance.

De toute façon, au bout de quelques minutes du massage, je suis tellement détendue que la Garde républicaine pourrait jouer la fanfare à mes côtés, ça ne me ferait même pas sourciller.

Je me sens bien, mais bien… Tellement bien qu'à un moment, j'entends comme un petit grognement en rythme avec les bols chantants tibétains. Surprise, j'ouvre un œil et le bruit cesse. Je replonge avec délectation dans ma relaxation, quand j'entends à nouveau ces petits grognements. C'est étrange tout de même. En y prêtant un peu plus attention, il me semble bien qu'ils… proviennent de ma propre gorge. Mon Dieu, je suis en train de… ronfler ! À partir de ce moment, la détente prend une tout autre allure : m'empêcher à tout prix de m'assoupir pour éviter les ronflements. Terrible.

Après une lutte acharnée contre mes microsomnolences – je me pince, j'ouvre et referme les yeux, je fais des pédalos discrets avec mes pieds, je me chante quelques couplets de *Scooby-Doo* –, j'accueille comme une délivrance la fin du massage.

— Voilà, c'est terminé, me fait Samy qui a repris sa voix haut perchée. Vous pouvez vous rhabiller. Je vous attends à l'accueil.

Un peu ralentie par l'expérience, je remets mes vêtements tranquillement. Un coup d'œil dans le miroir de la cabine me montre qu'en effet, elle a bien massé mon visage à l'huile et qu'il reluit grassement. Le cuir chevelu, aussi. Me voilà avec une choucroute à la marquise de Merteuil sur la tête. Je croise les doigts pour ne rencontrer personne que je connais en sortant d'ici.

En bâillant à m'en décrocher la mâchoire, je me traîne jusqu'à l'accueil.

— Alors, comment vous vous sentez après ce long massage ?

— Ça fait vraiment du bien, dis-je pour être polie, mais aussi parce qu'au début, c'était vraiment génial. Ça m'a bien détendue.

— Ah oui, ça, j'ai remarqué : pour être détendue, vous étiez détendue…

Eh oui ! Malgré tous mes efforts et les trompettes tibétaines, je pense que mes ronflements n'ont pas échappé à Samy-voix-de-crécelle.

- AMBIANCE : climat brésilien… Ah non, américain… Ah non, tibétain… (Je vais finir par attraper la crève, moi, avec tous ces changements de saison…)
- AVENTURE : voyage à Katmandou.
- Film À VOIR : *Vénus Beauté (Institut)* (pour me familiariser).
- À FAIRE IMPÉRATIVEMENT : prendre rendez-vous chez l'ORL pour voir si je ronfle *vraiment*.
- SPORT : entraînement intensif des cordes vocales.
- CITATION : *Le bonheur du corps consiste dans les plaisirs des sens.* (Bernardin de Saint-Pierre) (Sauf si on ronfle.)
- À ÉCOUTER : (pour régresser un peu) *Quoi d'neuf Scooby-Doo ?/Nous, on te suit partout/On va résoudre ce mystère…*

26

Souvent, le soir, avant de m'endormir, je me fais des plans sur Emmanuel. Je me vois à son bras, sur une île déserte au milieu du Pacifique. Nous sommes tous les deux bronzés, beaux et jeunes (hum ! hum !). Il y a toujours des couchers de soleil romantiques et nous nous roulons dans le sable en nous embrassant. La seule chose gênante, quand je me fais ce genre de scénarios, c'est que j'ai du mal à distinguer son visage : il s'agit bien d'un homme, sa silhouette a l'air d'être la sienne, mais ses traits s'estompent. Bref, je me roule dans le sable avec un mec sans tête. Ce qui, il faut bien l'avouer, n'est pas très alléchant.

Est-ce que je lui plais vraiment ? Se rappelle-t-il seulement qui je suis ? Une petite voix dans ma tête me dit que oui, il n'a pas pu m'oublier. Ce que nous avons vécu n'était pas marquant, mais a tout de même dû lui laisser un souvenir impérissable : qui pourrait ne pas se rappeler que, lors d'un premier rendez-vous, votre partenaire s'est transformée en poulpe boutonneuse avant de se faire basculer par un sexagénaire en veste orange ? C'est atypique, comme rencontre, non ?

Ce qui me fait penser que Madeleine a raison. Si je veux en avoir le cœur net, je dois le retrouver. Au moins, je serai fixée.

Il est temps de commencer mon enquête.

Je n'ai pas eu de succès sur Facebook ; alors, je dois élargir ma recherche. Je tape *Ingénieur en biologie marine* dans Google : la liste qui se déroule sous mes yeux me fait désespérer de trouver l'entreprise où il travaille. J'avais dans l'idée de recenser quelques-unes d'entre elles et de téléphoner pour demander, l'air de rien, à parler à Emmanuel. Je découvre qu'il y a un paquet de sociétés et d'organismes qui recrutent des ingénieurs dans ce domaine.

Malgré tout, je note dans une page spéciale de mon BuJo les plus importantes, avec leur siège social et leur numéro de téléphone. Comment je vais m'y prendre pour leur demander à parler à un homme dont je n'ai même pas le nom de famille ? Ça reste à déterminer. Chaque chose en son temps.

Je relis ma liste, qui est loin d'être exhaustive, puis, découragée, je file à mon cours de peinture. Ça me changera les idées.

J'y arrive en même temps qu'Arthur.

— Tu devrais te créer un blog, me suggère-t-il alors que nous venons de nous installer derrière nos chevalets. On l'a tous fait, ici. Ça nous permet de faire connaître notre travail et nos tableaux.

— Nos tableaux, nos tableaux... Moi, je n'en ai fait qu'un et je n'ai même pas terminé.

— Oui, mais ça se voit tout de suite que tu as du talent. Ton terrier, il est... fort ! Incroyable ! Il faudrait le partager et le montrer.

— Je t'arrête tout de suite : ce genre d'aventure, ce n'est pas pour moi. Mon fils s'est mis en tête de me créer un profil Facebook, toi, tu veux me faire faire un blog. C'est gentil, je suis sensible à tes compliments, mais tous ces trucs-là, ça ne m'intéresse pas vraiment. En plus, je considère qu'un tableau, c'est intime… Je n'ai pas envie que n'importe qui le voit.

— Quel gâchis de ne pas partager ce que tu fais ! Tu as un tel talent !

Je suis surprise par ses propos. Je sais que je me débrouille bien, mais de là à avoir un « tel talent », c'est un peu exagéré. Arthur a l'enthousiasme de sa jeunesse. Mais Vincent passe derrière moi et, à mon grand étonnement, va dans le sens d'Arthur.

— Magnifique, ton terrier. Magnifique ! Quelle force ! Tu as quelque chose, Bérénice. Un don, une vision… Tu t'arrêtes là ou tu continues ?

Du coin de l'œil, je vois Mélina qui relève la tête et me regarde peu aimablement. Aïe ! Je vais me faire une ennemie. Pourtant, rien dans ce que j'ai fait n'est de taille à concurrencer le terrier de Bugs Bunny.

— C'est gentil, les garçons. Je n'ai pas terminé, Vincent. J'ai encore quelques touches de lumière à ajouter par là.

— Fais comme tu le sens. J'ai l'impression que je n'ai pas de conseils à te donner.

— Ah ! mais si ! J'en suis à mes débuts, il y a plein de techniques que j'aimerais découvrir et j'ai besoin d'aide…

— On a toujours besoin d'aide. Mais c'est vrai que montrer son travail, ça peut être motivant aussi, clame soudain Mélina. Moi, je me suis inscrite à l'exposition des artistes de la ville, qui a lieu un peu avant Noël. Je ne sais pas si tu pourras y aller. Les inscriptions sont closes.

— Non, répond Arthur. Il est encore temps de s'inscrire.

Puis il ajoute plus bas, à mon intention :

— Mais ce n'est pas pour toi, Bérénice. Toi, tu mérites mieux que ça…

— De toute façon, je n'avais pas l'intention de faire d'expos. Je n'en suis pas encore là. Et félicitations, Mélina, tu vas en exposer beaucoup ?

Flattée qu'on s'intéresse à ses œuvres, Mélina entreprend de m'expliquer tout ce qu'elle va exposer. Je hoche la tête poliment chaque fois qu'elle me vante les beautés de ses tableaux, tandis qu'Arthur ricane dans son coin. J'ai beau être bien élevée, j'ai du mal à ne pas rire aussi.

Les vacances de la Toussaint arrivent à grands pas, et je dois me préoccuper de mon séjour viticole.

— Je t'accompagne dans l'Yonne à ton stage, si tu veux, me fait Philippe un soir que je suis passée chez lui. La route, c'est plus agréable à deux, et moi, ça me fera une balade.

Il s'affaire en cuisine pour me préparer un petit repas gastronomique et végétarien. Il met un point d'honneur à me prouver qu'on peut se régaler et faire une cuisine créative sans manger de viande. Je ne demande qu'à le croire.

Philippe, ça a toujours été un passionné. Simplement, avec l'âge et les événements de sa vie, il a changé de passions. Je le regarde, attendrie : début de barbe, yeux et sourire malicieux, vêtu comme un gentleman-farmer avec une belle chemise épaisse à carreaux et un pantalon en velours. Contrairement au souvenir que j'en ai, il a maintenant quelque chose de fort et de rassurant. Je me souviens de m'être dit à plusieurs reprises, quand nous avions vingt ans, que je ne pourrais jamais compter sur lui, sur sa fidélité, sur son amour éternel. Même sur des détails du quotidien où il faisait ce qui lui passait par la tête, sans tenir compte des uns et des autres. Philippe, c'était un électron libre, un jouisseur, un sacré épicurien. C'était agréable et piquant d'être à ses côtés, mais, à l'époque, pour rien au monde je n'aurais envisagé de passer ma vie avec cette tête brûlée. Ai-je bien fait de préférer la sécurité avec Étienne ? À ce moment, ça a dû correspondre à un besoin : celui de me poser, de fonder une famille, de devenir une femme mariée respectable. Je pense aussi que c'était une façon de me protéger : avec Philippe, j'allais être trompée, malmenée, souffrir. Ça m'était apparu comme une évidence. Nous n'avions pas la même conception de l'avenir.

De toute façon, on ne peut pas revenir sur le passé. Mais c'est d'autant plus amusant de se retrouver presque trente ans plus tard et de s'entendre aussi bien.

Philippe me regarde, attendant ma réponse.

— Ah ! Ouais ! Eh ben, c'est sympa comme idée, mais ce n'est pas tout près. Il faudrait que tu passes au moins une nuit sur place pour rentrer le lendemain. Tu vas laisser tes animaux ?

— T'inquiète, ça n'est pas un problème. Tu as rencontré Gaël, le jeune homme qui travaille pour moi de temps en temps. Il peut loger chez moi et s'occuper des animaux en mon absence. Ce ne sera pas la première fois.

— Ça aurait été une bonne idée, mais si j'ai besoin de me déplacer, une fois là-bas, comment je ferai sans voiture ? Et je reviens comment à la fin du stage ?

Philippe a les yeux qui s'illuminent davantage.

— Ben, en fait, je pensais… Il y a longtemps que je n'ai pas fait de petit voyage. Je me demandais… Sans te gêner…

Je comprends très vite où il veut en venir, mais j'ai envie de le laisser se dépêtrer dans sa demande.

— Oui ? Tu pensais ?...

— Eh bien, je me disais que j'aimerais bien venir avec toi. Voilà ! J'adore les bons vins et, si ma présence ne t'est pas insupportable, j'aimerais bien faire le stage avec toi. T'en penses quoi ?

J'ai envie de rire, mais je me retiens. Je fais mine de réfléchir, comme si la décision m'était difficile à prendre.

— J'en sais rien, ça demande réflexion... Emmener un homme, est-ce convenable ?

Il me regarde, incrédule. J'éclate de rire. Ce n'était pas

trop compliqué de me convaincre. Faire ce petit séjour avec lui me réconforte, même.

— Ouais, je suis partante ! C'est une super idée, même. Mais il va falloir que t'appelles rapidement pour savoir s'il reste des places.

Je cherche dans mon mobile, trouve (au bout de quelque temps) le numéro du producteur qui a organisé le stage et le donne à Philippe.

— Et pour l'hébergement, qu'est-ce que tu as réservé ?

— J'ai loué une chambre d'hôte dans le village. Il y en avait plusieurs de libres... Parce que je ne vais quand même pas t'héberger dans ma chambre !

— Je n'oserais pas...

Je suis vraiment contente qu'il vienne avec moi. Même si la solitude ne me fait pas peur, j'ai l'impression que ça va être beaucoup plus sympa à deux.

Je m'étonne moi-même : tout est organisé à la perfection. Marius garde la maison et Crumble qui ne semble vraiment pas souffrir de ma nouvelle vie de bâton de chaise. Bon, d'accord, le changement n'est pas si radical que cela, mais tout de même. Avant, j'étais toujours fourrée chez moi, du matin au soir et du soir au matin. Je ne m'absentais jamais plus d'une heure pour aller faire mes courses. Comparé à mon passé récent, mes humbles péripéties doivent apparaître à mon chien comme les aventures d'Indiana Jones.

Aujourd'hui, entre les cours de peinture, les soirées chez Philippe, mes expériences chez l'esthéticienne et le coiffeur, et mes projets de petits séjours de-ci de-là, mon brave pépère a l'air de très bien s'acclimater.

Comme quoi, au passage, j'étais passée maître dans l'art de trouver toujours de fausses bonnes raisons de ne rien faire. En revanche, rien n'étant jamais parfait, je ne me suis pas encore complètement débarrassée de mes TOC.

Mais je ne me cache plus derrière pour ne rien faire. Quand l'appréhension est trop forte, je me laisse aller : ça ne fait de mal à personne, et même pas à moi. Sauf peut-être l'idée un peu dérangeante que je dois à la magie des actions qui ne sont dues qu'à ma propre volonté.

En fermant la porte de la maison (Marius n'arrivera que ce soir), en ce dimanche matin, alors que Philippe m'attend dans sa voiture pour notre séjour dans l'Yonne, je prends garde à bien toucher tout le bois que je trouve à ma portée. On n'est jamais à l'abri d'une bonne régression, et celle-là est de taille. À la différence d'avant, ma motivation est plus forte que ma peur. Mais c'est avec un peu de douleur que je grimpe dans la voiture en regardant s'éloigner ma maison, les larmes aux yeux.

— Tu vas bien, Bérénice ?

— Moui, oui…

Mes sanglots, même légers, ne lui échappent pas.

— Qu'est-ce qui se passe ? Y a un problème ?

— Non. C'est juste que… que j'ai du mal à partir. C'est toujours difficile, pour moi. Changer mes habitudes, mon train-train, laisser mes enfants, mon chien… J'ai souvent la désagréable impression que c'est définitif.

— Mais non, voyons… Tu les quittes pour mieux les retrouver, tu le sais, ça ? En plus, je suis sûr que Marius est ravi de troquer son petit appartement pour ta grande maison. Il doit y avoir quelques fêtes sympas, pendant ton absence. Et pour lui, c'est génial, non ?

Je m'inquiète subitement :

— Comment ça ? T'es au courant de quelque chose ?

— Non, non, je disais ça comme ça ! Moi, à son âge, j'aurais adoré profiter de l'absence de mes parents pour faire une grosse fête avec les copains dans une grande maison, c'est tout.

Il est fort probable que Marius et lui se soient revus – Philippe l'avait invité à venir voir sa ferme. Je ne serais donc pas surprise qu'ils se soient échangé des plans dans mon dos.

Philippe, s'apercevant que je gamberge, change de conversation.

— En tout cas, moi, ça me fait super plaisir de partir quelques jours avec toi. Ça va nous rappeler de bons souvenirs. Tu te souviens de la fois où nous avons fugué deux jours de l'école pour nous faire un petit voyage en amoureux à Cabourg ?

— Ah ouais ! J'avais oublié cet épisode ! C'était génial ! Et la chambre d'hôtel minus à côté des toilettes où la chasse d'eau fuyait ! On n'avait pas dormi de la nuit !

— Ouais ! Enfin, c'était pas seulement à cause de la chasse d'eau qu'on n'avait pas dormi de la nuit, j'te rappelle…

Je me mets à rougir d'un coup. C'est idiot, mais je suis gênée de me souvenir de cet épisode : nous avions passé toute la nuit à faire l'amour comme des fous et avions dormi le lendemain jusqu'à midi et demi. Réveillés en catastrophe par l'accueil qui nous annonçait peu aimablement que nous aurions dû quitter la chambre depuis déjà une demi-heure, ç'avait été le branle-bas de combat. Oui, un excellent souvenir, même si me souvenir d'une nuit d'amour avec lui m'embarrasse.

À discuter ainsi et nous rappeler de vieux souvenirs, le voyage se passe vite. Ses goûts musicaux ayant peu changé, nous écoutons du rock pendant tout le trajet. Ce qui aide encore plus les souvenirs à remonter.

Nous arrivons en milieu d'après-midi dans un charmant petit village et trouvons sans problème la maison qui nous loue nos chambres. Une sorte de cottage à l'anglaise avec des champs et des bois autour.

— Ça ressemble à chez toi, dis-je à Philippe.

— Ben, ouais, ça ne va pas trop me dépayser !

Notre hôtesse est sympathique, et, après les politesses et formalités d'usage, nous nous installons dans deux chambres côte à côte. Ça me fait bizarre de dormir si près de l'homme qui a été mon amant et mon amoureux des années auparavant. Je croise les doigts et touche un peu de bois des poutres apparentes en souhaitant que tout se passe pour le mieux : je n'aimerais pas que notre belle amitié soit gâchée par des considérations plus… licencieuses. Mais il n'y a aucune raison, Philippe est devenu quelqu'un de raisonnable et débonnaire.

Quelques instants après, il frappe à ma porte.

— Ça te dit d'aller faire le tour du village à pied ? Il paraît qu'il y a le Musée du Vieux Pressoir et de la Vigne pas loin d'ici.

Et nous voilà partis tous les deux, bras dessus, bras dessous, dans les rues d'un chouette patelin où traîne dans l'air comme une légère odeur de bourgogne…

- AMBIANCE : bourguignonne.
- ENQUÊTE « PRINCE CHARMANT » : eh ben, c'est pas gagné.
- AVENTURE : j'ai l'impression d'être en goguette vers l'Hôtel du Globe de *La Grande Vadrouille*.
- FILM À VOIR : *La Grande Vadrouille*, justement.
- SPORT : j'ai eu une idée pour faire d'une pierre deux coups : faire des abdos et toucher du bois avec le front (par exemple, le dossier d'une chaise) en me relevant… Comment ça, « C'est tordu, comme idée » ?
- À FAIRE IMPÉRATIVEMENT : surveiller d'un peu plus près le Marius qui pourrait bien faire des fiestas dans mon dos (et dans ma maison !) (et avec mon chien !).
- CITATION : *Un argument se discute, une superstition ne se discute pas.* (Amin Maalouf) (Voilà qui m'arrange bien !)
- À ÉCOUTER : Françoise Hardy - *Partir quand même*.

27

Ça commence bien. Premier jour dans l'Yonne, et je suis déjà complètement bourrée. La visite du Musée du Vieux Pressoir et de la Vigne s'est terminée par une dégustation de bourgogne, et ç'aurait été malpoli de refuser.

Puis, Philippe m'a invitée au restaurant, et là, je ne sais trop comment, les verres de vin se sont vidés tout seuls ! Philippe nous a offert un Aloxe Corton d'une excellente année. Il n'a pas trop craché dessus non plus, d'ailleurs. Pour finir le repas, le patron nous a fait goûter son ratafia maison. Malgré ses vingt-deux degrés d'alcool, il nous en a resservi plusieurs rasades. Je pense que c'est ça qui nous a tués.

Le problème, c'est qu'il fait nuit et que nous n'arrivons pas à retrouver le chemin de la maison d'hôtes. Ça fait trois fois qu'on atterrit en plein champ. Toujours le même (je reconnais les vaches). On va finir par y dormir avec le troupeau.

Moi, j'ai le sens de l'orientation d'une huître, et Philippe n'est pas mieux malgré ses grands airs de toujours savoir où on est et où on va.

— On devrait demander notre route, tu ne crois pas ? lui dis-je alors que nous nous trouvons face à un mur, dans un cul-de-sac.

— Bah, à qui tu veux demander, toi ? Au mur ?

Il éclate bêtement de rire et, pour ne pas le laisser se ridiculiser tout seul, je me mets à ricaner aussi. J'aperçois soudain un beau matou tigré et le montre à Philippe :

— Tiens, là, y a un chat ! Il a l'air d'être du coin. Demande-le-lui !

— Non, toi, demande-le-lui ! T'as l'habitude des chats, t'en avais un quand on avait vingt ans !

— Enfin, Philippe, les chats, ça parle pas !

— Peut-être, mais ça a un très bon sens de l'orientation.

Je me penche vers le chat et lui demande s'il connaît la route pour notre gîte. Comme il ne répond pas, Philippe s'en approche à son tour :

— Tu ne parles pas assez fort, Bérénice. Il est peut-être dur d'oreille, ton chat.

Puis, se tournant vers l'animal :

— PARDON ! NOUS CHERCHONS LA RUE DE CHABLIS.

La petite bête qui avait commencé à se frotter contre mes jambes se retourne vers lui avec des yeux effarés et démarre au quart de tour, disparaissant dans le noir.

— Ah ben, c'est malin ! T'as fait partir notre seule chance de rentrer chez nous.

— C'est quoi, ce bazar dehors !

Une grosse dame, illuminée par le lampadaire de la ruelle, apparaît à sa fenêtre et nous regarde, l'air soupçonneux. Philippe prend alors son air le plus respectable et s'approche de la dame en faisant une espèce de révérence. Je pouffe.

— Pardon, madame, nous sommes un peur pédu… Non. Euh… Un peu perdus… Vous pourriez nous dire comment rejoindre la rue de Chablis ? C'est pour rejoindre notre chîte.

— Pfff… notre chîte, lui… L'est nul…

Philippe, malgré le roulis dont il semble être pris, se retourne vivement vers moi et me fait les gros yeux.

— Votre quoi ? répond la dame en se reculant un peu.

— Nous logeons dans le gîte rural rue de Chablis, madame, répète-t-il en recommençant sa courbette et en articulant comme un malade.

Finalement, la chance est avec nous. Cette brave dame est non seulement la propriétaire du chat qui réapparaît prudemment et rentre chez lui par la fenêtre ouverte en nous jetant des regards inquiets, mais également la belle-sœur de la propriétaire de notre gîte. Philippe se perd en compliments :

— Votre chat... mais votre chat, madame, il est d'une gentillesse...

Je croise les doigts pour qu'il ne lui explique pas que nous avons essayé de lui demander notre route, mais il est assez conscient pour comprendre qu'il vaut mieux rester rationnel.

Quand enfin nous débarquons dans notre maison, c'est en riant comme deux gosses que nous montons l'escalier des dépendances pour aller à nos chambres. D'emblée, j'entre avec Philippe dans la sienne.

— J'ai pas envie de dormir. Si on papotait un peu ?

— Bonne idée.

Un lourd silence s'abat entre nous.

— Il suffit qu'on se dise qu'on va parler pour qu'on n'ait plus rien à se dire.

Je recommence à pouffer. Il reprend :

— Tu sais quoi ? On va écrire chacun des sujets de conversation sur des petites feuilles et tirer au sort pour savoir de quoi on va parler. D'accord ?

Philippe a toujours eu des idées de génie. Comme nous ne trouvons pas de papier, il prend un chèque dans son chéquier et le déchire en plusieurs petits morceaux. Puis chacun de nous écrit dessus des sujets de conversation.

— Vas-y, c'est toi qui choisis.

Je prends un bout de papier au hasard et lis tout haut :

— *Le sexe.*

— Excellent choix !

— Mouais. Y a pas autre chose ?

— Ah non, c'est le jeu ! Tu as tiré au sort, on n'a pas le droit de revenir en arrière, sinon c'est de la triche.

Devant ses yeux moqueurs, je suis prise d'une illumination soudaine :

— De la triche, de la triche… Et toi, alors ! Je suis sûre que tu n'as mis que ça comme sujet de conversation.

Et sans lui demander son accord, je déplie toutes les petites feuilles sur la table. Mes sujets à moi sont très intéressants : les chats, le camping dans les champs, les vaches, le sens de l'orientation, le vin… Mais j'avais raison : sur tous ses papiers, Philippe a écrit *Le sexe*, *Le sexe*, *Le sexe*…

— T'es pas un peu obsédé, toi ?

— Quand j'ai bu, toujours !

— M'enfin, le sexe, c'est pas un sujet de conversation…

— Non, il vaut mieux le pratiquer qu'en discuter, c'est sûr…

Pressentant un danger – je connais l'animal, et rien ne me dit qu'il n'a pas changé sur ce sujet –, je préfère finalement en parler.

— Bon, OK, OK ! Parlons de sexe. Qu'est-ce que tu veux en dire, toi ?

— Elle date de quand, la dernière fois où t'as fait l'amour, Bérénice ?

Je ne m'attendais pas à celle-là. Je suis un peu décontenancée, parce que, oui, je n'ai pas fait l'amour depuis – pfiouuu ! – des lustres !

— Je vais être honnête. Oui, ça fait tellement longtemps

que j'ai dû oublier comment on fait. La dernière fois, c'était avec Étienne. Quelque temps avant que nous nous séparions. Nous avons eu envie de le faire une toute dernière fois, pour voir, peut-être comme un dernier hommage à notre couple ou quelque chose comme ça.

— Et depuis, plus rien ?

— Non, si je compte bien, ça fait presque un an et demi…

— Un an et demi ? Mais c'est fou, ça… Et ça ne te manque pas ?

— En fait, c'est triste, t'as raison. Mais on s'habitue.

— Ouais, c'est drôlement triste, c'est sûr. Et s'habituer à l'abstinence, c'est encore plus triste. Mais t'as pas envie, des fois ?... Enfin… Excuse-moi, hein ? Si j'étais pas si saoul, jamais je ne te poserais ce genre de questions… Alors…

— Pareil, si j'étais pas bourrée, je te répondrais pas. Alors, oui, t'as raison. Quand j'ai rencontré Emmanuel, je n'ai pas arrêté de penser au moment où on allait faire l'amour. Alors, tu vois, je suis normale, quand même…

— Ah oui, Emmanuel… C'est vrai.

Soudain, Philippe se lève et se dirige vers sa salle de bain.

— Bon, Bérénice, je suis fatigué. Et demain, on doit être à neuf heures chez le producteur. Il est tard, je voudrais dormir.

Un peu surprise par sa brusquerie, je me lève et sors de sa chambre. Au dernier moment, je me retourne :

— Bonne nuit, Philippe, et merci de m'avoir accompagnée. On a passé une super soirée.

Il est debout, près de son lit, et me regarde d'une drôle de façon. Je me dis qu'en effet, on a vraiment beaucoup bu.

Le réveil est dur. J'ai mal aux cheveux, mais il fait beau, le café est bon et notre premier atelier nous attend : « B.A-BA du vin ». Dans la voiture qui nous mène chez le producteur, je retiens mon fou rire. Philippe a une tête...

— Tu t'es peigné avec un clou ?

— Je ne me suis pas peigné du tout... J'ai pris ma douche et suis descendu tout de suite... Pas pris le temps de me regarder dans une glace. Je ressemble à quoi ?

— À rien.

— Bon.

— Et moi ?

— Pas mieux.

— Bon.

Nous commençons à ricaner. Je me répète pour la énième fois que notre amitié me fait du bien.

— On s'est laissé surprendre comme des bleus, hier, me dit Philippe en bâillant à s'en décrocher la mâchoire.

Malgré mon cerveau embrumé, j'ai une théorie sur la question :

— Moi, je reste convaincue que c'est le ratafia du restaurateur qui a fait déborder le vase. Un vrai tord-boyaux.

— Un félon, ce ratafia, on ne s'en est même pas aperçus. Tu te rends compte, à cinquante balais, se retrouver pochtroné comme à vingt ans ?

— Ouais, plus j'y pense, plus je suis sûre que c'est le ratafia. Si le bourgogne saoulait les gens, ça se saurait.

— T'as raison, ça se saurait ! Mais dis-moi, sans vouloir te vexer, tu tiens drôlement bien l'alcool, toi ?

— Hé ! Je viens de passer trente ans de ma vie à ne siroter que des Perrier-tranche, alors, évidemment, j'ai du temps à rattraper.

— C'était à ce point-là, ta vie d'avant ?

— T'imagines même pas.

— Pourquoi tu ne t'es pas mariée avec moi, alors. T'aurais eu une vie bien plus palpitante !

Mouais. Bien plus compliquée, aussi.

— Ça ne sert à rien d'avoir des regrets, Philippe. C'est comme ça et on ne peut pas revenir en arrière.

— Ouah ! La maxime philosophique du jour ! Bravo, Bérénice !

— Arrête, tu sais très bien ce que je veux dire. Qui me dit que toi et moi, ça aurait collé sur le long terme ?

— Parce que tu trouves que ça a collé, sur le long terme, avec ton mari ?

Ce n'est pas faux. Il continue :

— Pourtant, tu étais vraiment dingue quand t'avais vingt ans ! Prête à tout, toujours partante, rigolote, enthousiaste...

Même moi, j'ai peine à me reconnaître dans ce portrait. Cela dit, ces propos me font encore plus regretter d'avoir mené une vie sans saveur ces dernières années.

— Ouais, sauf que je n'ai plus vingt ans. Voilà.

— Bérénice, quarante-neuf ans, c'est un bel âge pour recommencer. Je te parle en connaissance de cause. Ne regrette rien, allez. Tiens, regarde, nous sommes arrivés.

Devant nous s'étend une magnifique propriété entourée de vignobles. Sans raison, en proie à une inquiétude que je ne maîtrise pas, j'ai le cœur qui se met à battre plus fort. Oui, je sais, ce ne sont que de minuscules expériences, mais pour moi qui ai été anesthésiée pendant des années, tout prend des allures de grande aventure.

Le stage est génial et je ne regrette vraiment pas de m'y être inscrite : chaque jour, nous faisons un ou deux ateliers. Le premier jour, nous sommes allés marcher dans les vignes, et notre œnologue nous a fait une leçon d'histoire, de l'univers des grands vins à l'importance des terroirs dans l'élaboration d'un vin, en passant par les secrets des techniques de vinification. J'ai découvert un monde que je connaissais pas du tout. Sans compter le vocabulaire, les noms, les goûts.

— Lorsqu'on goûte un vin, c'est frustrant de chercher les mots pour le décrire, nous dit notre guide, incollable sur tout ce qui concerne les bourgognes.

C'est ainsi que nous nous appliquons dans les ateliers « B.A.-BA du vin », « Vins et chocolat » (alors, celui-là...), « De la robe à la finale d'un vin », « Bouquet et équilibre », « Tour de France par les blancs », « Tour de France par les rouges », et j'en passe.

Philippe, lui, est particulièrement performant à l'atelier dégustation.

— Tu te rends compte ? me dit-il. Ces grands crus-là, je n'avais fait qu'en entendre parler. Jamais je n'aurais imaginé les déguster.

En effet, Corton Clos des Maréchaudes, Latricières Chambertin, Clos des Forêts Nuits-Saint-Georges, Aloxe Corton et Bâtard-Montrachet, rien que les noms font rêver. Mais alors, les goûter ! Savoir que leur caractère peut être – entre autres – aimable, bourru, canaille ou racé, ou leur corps, charpenté, loyal ou viril...

— Comme moi, me dit Philippe en roulant les yeux devant le Nuits-Saint-Georges qu'il affectionne particulièrement.

C'est le dernier jour que je découvre un plat tout simple et délicieux, lors de notre dernier atelier : « Cuisiner avec du vin : l'œuf en meurette ». Je ne pensais pas qu'on puisse accommoder un truc simple comme l'œuf de façon aussi délicieuse. Ce doit être la première fois de ma vie que je reprends trois fois d'un plat. Promis, rentrée chez moi, je prends aussi des leçons de cuisine !

Le stage nous laissant pas mal de moments libres, Philippe et moi, nous allons visiter les environs : d'autres musées, d'autres vignobles, d'autres caves, des abbayes, des hospices...

D'autres dégustations aussi.

Il paraît qu'il ne faut pas en goûter trop d'un coup, nous a-t-on appris, au stage.

Mais on a décidé, Philippe et moi, qu'on n'allait pas suivre cette règle-là.

- AMBIANCE : tempête dans un verre de ratafia.
- ENQUÊTE « PRINCE CHARMANT » : le détective privé est en vacances.
- BILAN DE SANTÉ DE MADELEINE MA BONNE FÉE : je l'ai eue au téléphone, et tout va bien pour elle, surtout qu'on mange bien, dans son centre de rééducation.
- RECETTE DES ŒUFS EN MEURETTE (À TOMBER) : faire dorer des croûtons au beurre. Faire sauter les champignons au beurre. Blanchir les lardons. Cuire les oignons et les glacer. Faire réduire des échalotes dans un *bon bourgogne*. Ajouter les champignons, les lardons et les oignons. Au dernier moment, faire pocher les œufs dans le vin frémissant pendant 2 minutes. Servir l'œuf poché nappé de sa sauce. (Miaaaaam !)
- CITATION 1 : *Au matin, bois le vin blanc. Le rouge au soir, pour faire le sang.* (Proverbe bourguignon) (Sauf que nous, c'est matin, midi, après-midi et soir.)
- CITATION 2 : *Il y a une vieille légende à propos d'un saint qui devait choisir un des sept péchés capitaux ; il choisit celui qui lui parut le moins grave, l'ivrognerie, et avec celui-là il commit les six autres péchés.* (Hans Christian Andersen)
- SPORT : marche dans les cépages, lever de coude et musculation des zygomatiques.
- À ÉCOUTER : UB40 - *Red Red Wine*.

28

Quelle belle semaine j'ai passée ! La complicité avec Philippe s'est renforcée, nous avons appris plein de choses, bu et mangé à s'en faire péter la panse, rencontré des gens adorables. Une vraie réussite. Je signe pour l'année prochaine, même date, même lieu, même producteur.

Crumble m'a fait la fête et, tout comme pour le séjour en thalasso, il n'a pas du tout l'air d'avoir souffert de mon absence. (Comme quoi...)

Le téléphone sonne. C'est Anne.

— J'ai une proposition à te faire, m'explique-t-elle joyeusement. Comme tu nous as parlé de ton besoin de renouveau, on a trouvé une activité qui devrait te plaire.

Je vous le disais : virée un jour, virée toujours ! (À mettre dans les citations de mon BuJo, tiens !)

— Un cousin d'Ingrid dirige une école de parapente pas loin de chez toi et il nous propose un baptême. Ingrid et moi on est super partantes ! Ça te dirait ?

Mon Dieu ! Du parapente ! Je reste sans voix ! Je suis soudain parcourue d'un énorme frisson. Oui, j'ai bien le souvenir d'avoir écrit dans mon BuJo : *Tester au moins une fois un sport extrême*. Ce qui est écrit dans mon BuJo n'est pas à prendre à la légère. Sinon, à quoi servirait d'avoir fait ces belles listes ?

— Bérénice, t'es toujours là ?

La voix qui sort de ma bouche n'est pas tout à fait humaine.

— Oui…

— Bérénice ?

Je tente de me ressaisir, mais je sais que je suis prise au piège. Je me suis promis d'accomplir ce qu'il y avait sur ma liste. J'avais relégué cette idée de « sport extrême » assez profondément dans mon subconscient, et là, à cet instant précis, je déteste Anne de la faire resurgir. Mais je n'ai plus le choix. J'ai pris un véritable engagement moral avec moi-même et je me fais un point d'honneur à m'y tenir.

— Tu sais, ce sera en biplace avec un moniteur, il n'y a absolument rien à craindre.

— Ça reste à prouver…

— Le cousin d'Ingrid nous a fait l'article : perceptions incroyables, sensations de liberté absolue, impression d'être un oiseau. Il paraît que tu ressors de là complètement accro… Mais tu n'es pas obligée, tu sais.

Oui, oui, je sais, je ne suis obligée de rien. Et en même temps, si je ne veux pas régresser, il faut avancer.

— Il y a longtemps qu'il fait ça, son cousin ?

— Des années. C'est un spécialiste, t'inquiète. En plus, ils sont obligés d'avoir une homologation, c'est très réglementé.

Ce qui, à mon avis, ne retire pas le danger. Anne reprend :

— Bérénice, il faut donner la réponse rapidement, car le centre ferme ensuite pour l'hiver, où il est interdit de voler à cause des conditions météorologiques. Il faudrait que tu te décides vite.

Vite, vite, elle en a de bonnes. Je n'ai pas eu le temps de peser le pour et le contre, d'aller m'informer des risques sur Internet, de vérifier que mon testament est en bonne et due forme et…

— Bérénice ?

— Je dois te répondre tout de suite ?

— Tu m'as bien dit que tu t'étais lancée dans le stage d'œnologie sans réfléchir ? Comme ça ! Fais pareil !

Euh… Comparer une dégustation de vin à un saut en parapente, je n'aurais pas osé.

— Bérénice, je peux te dire quelque chose d'un peu… personnel ?

— Je t'en prie.

— Voilà. Je trouve que le fait qu'un saut en parapente soit une activité extrême, c'est parfait pour toi. Tu es dans un processus où tu as très envie de te dépasser, même si tu n'y arrives pas encore parfaitement, j'imagine. Tu connais l'association « Escalader pour guérir » ? Des personnes qui ont été malades et pratiquent des sports à risque pour se lancer des défis et se prouver qu'ils peuvent être plus forts que la maladie. Tu vois ce que je veux dire ?

Un long silence s'établit. J'entends Anne respirer à l'autre bout du fil. Dans ma tête, c'est l'ébullition la plus totale. J'en meurs d'envie, mais de trouille, aussi.

— Se dépasser pour guérir, oui. Tu as sûrement raison, Anne. Inscris-moi avec vous, je viens.

— Oooh ! Tu ne vas pas le regretter. T'imagines pas comme ça me fait plaisir !

Et à moi, donc…

— Et quand est-ce que ce serait, ce baptême de l'air ?

— Dans un mois. Ça laisse le temps de se préparer. Psychologiquement, je veux dire !

Je sens que je vais faire le plein de décharges d'adrénaline tout au long de ce mois.

J'ai à peine raccroché que le téléphone sonne à nouveau. Tiens, un numéro que je ne connais pas.

— Bérénice, salut, c'est moi.

La ligne est mauvaise, et mon sang ne fait qu'un tour. C'est Emmanuel ! Je prends ma voix la plus suave.

— Ouiiii ? Allôôô ?

— Je peux passer te voir ?

Mais… mais… Comment Emmanuel saurait où j'habite ? Un doute m'assaille.

— Oui… C'est sympa, ça, de... Tu… Tu es... mais enfin vous êtes qui ?

— Bérénice, c'est Étienne !

Ciel ! Mon mari !

— Aaah ! Pardon, Étienne, je ne t'avais pas reconnu. Tu es où ?

— Pas loin de chez toi. Je peux venir ?

— Ben, pourquoi ?

— Comme ça, envie de te parler. Il y a longtemps que j'y pense, c'est l'occasion, quoi.

Son explication n'est pas très claire, mais j'accepte qu'il vienne, car cela m'intrigue. Qu'est-ce que mon ex-mari, qui n'a pas mis les pieds à la maison depuis qu'il en est parti – c'est-à-dire un an et demi – peut bien me vouloir ? Je parcours ma maison des yeux, comme s'il y avait ici quelque chose que j'avais à me reprocher. Je n'aime pas cette impression d'être prise en faute. Malgré tout, Étienne est encore trop présent dans mon inconscient.

Dix minutes plus tard, on sonne à la porte.

— Bonjour, Bérénice, comment vas-tu ?

— Moi, très bien. Et toi ?

— Très bien et…

Gêné, nous nous taisons tous les deux. Cela fait un bon moment que nous ne nous sommes pas vus. Je décide d'entrer dans le vif du sujet pour ne pas perdre mon temps :

— Qu'est-ce qui t'arrive, Étienne ? Pourquoi tu veux me voir ?

— Je te l'ai dit : comme ça… J'avais envie de prendre des petites nouvelles, quoi…

— Étienne, arrête, je te connais. Tu ne donnes pas signe de vie pendant des mois, et là, tu débarques juste pour prendre des « petites nouvelles » ?

— Bon, d'accord. En fait, Amélie m'a dit que tu étais dans une période de mutation, et je me demandais pourquoi… Enfin, non, je voulais voir… Enfin, oui, constater moi-même le changement... Et puis, ça fait tellement longtemps. C'est vrai, tu es ravissante, cette coiffure, ton maquillage, cette jolie robe à pois…

Encore un qui devrait porter des lunettes.

— Ce ne sont pas des pois, ce sont des fleurs. Tu veux un café ?

— Volontiers. La maison n'a pas beaucoup changé par contre. Ahhh ! Crumble, mon chien !

Son chien, son chien ! Crumble est MON chien. D'ailleurs, il ne s'y trompe pas et ne lui fait même pas la fête.

Ah si !

Décidément.

— Tu me reconnais, mon pépère ! Mon beau chien. Tu m'as manqué.

Rien ne l'empêchait de venir le voir plus souvent ou de l'emmener se balader de temps à autre.

— Crumble est en pleine forme, comme tu peux le voir. Je m'en suis occupée comme une mère.

— Je vois ça. Bon, mais c'était ton chien, tout de même.

Pendant dix bonnes minutes, nous parlons Crumble, pâtées et balades en forêt. Étienne m'assure que le chien lui manque et qu'il n'a pas pu en avoir un chez lui. Puis, quand le sujet du choix des croquettes est épuisé, je lui demande :

— Et toi, comment tu vas ?

— Ça va, ça va...

— Bon, ben, tant mieux.

— Tiens, au fait, tu sais qu'Amélie et Marius ne tarissent pas d'éloges sur la nouvelle femme que tu es devenue ? Alors, je me demandais... Enfin... je peux te poser une question ?

— Je t'en prie, tu as l'air bien parti...

— Il... Il y a quelqu'un dans ta vie ?

La question que j'attendais et qui m'énerve.

— Oui, mes enfants, mon chien et tout plein d'amis !

— Non, mais Bérénice, je voulais dire : un homme...

— Sans vouloir te vexer, Étienne, en quoi ça t'intéresse ?

— Nan, mais c'est de la curiosité, ça me fait plaisir de voir qu'enfin tu sors la tête de l'eau. C'est important pour toi...

C'est quoi, ce discours paternaliste ? Les bras m'en tombent. Il a fait quoi, Étienne, ces dernières années, pour m'aider à sortir du train-train dans lequel je m'enterrais ?

Je décide malgré tout de rester digne et de ne pas relever. La précédente Bérénice aurait piqué une crise, la nouvelle maîtrise sa vie, est calme et digne. Je siffle entre mes dents :

— Et toi, ta girafe, elle va bien ?

— Pardon ?

— Ta nouvelle femme, je veux dire. Armelle.

— Ah... Oui. Armelle. Nous nous sommes séparés.

Tout s'explique. Monsieur est séparé de sa dulcinéeau-long-cou et revient la queue entre les jambes chez bobonne.

— Oooh ! Comme c'est dommage !

Oooh ! Comme je suis hypocrite !

— Oui, ça m'a fichu un choc, je dois bien avouer. Toujours aussi bon, ton café.

Je sens que je vais avoir le droit aux compliments en série. Ses intentions ne me paraissent pas très claires. Il faut élucider ça.

— Dis-moi, Étienne, j'aimerais comprendre. Qu'est-ce que tu attends de moi exactement ? Parce que ma vie s'est remplie de plein de projets, et tu n'y as plus ta place. Désolée d'être un peu cash, mais j'ai eu assez de mal à en arriver là et je n'ai pas du tout envie de régresser.

— Pourquoi ? Je te fais régresser ?

— Ce n'est pas ce que j'ai dit. Mais je te rappelle que tu es mon ex-mari et que, forcément, tu me rappelles une période passée de ma vie. Non ?

Étienne se tait et baisse la tête.

— Oui, c'était nul, cette idée…

— Quelle idée ?

— Tu ne vas pas te fâcher ?

J'endosse le costume de monstre qui se fâche pour un rien et que tout le monde craint.

— Ça dépend.

— Non, mais c'est un peu bête, et j'ai longtemps hésité. Ça fait un mois qu'Armelle est partie avec un curiste qu'elle a rencontré à Saint-Malo…

J'ai envie de rire : et si elle était partie avec Dédé-crâne-d'œuf ?

— Au début, j'ai été très mal, j'ai touché le fond, reprend Étienne. Amélie m'a été d'un très grand réconfort.

Amélie, la traîtresse ! Elle aurait pu me mettre au courant.

— Je lui ai fait jurer de ne rien te dire.

Bon ! Elle est pardonnée. Ma fille a un sens de l'honneur inébranlable.

— Mais depuis quelque temps, c'est devenu pire, je tourne en rond, je n'arrive plus à travailler, je... je pleure tout le temps, je me sens vieux, seul, abandonné...

Et c'est chez moi qu'il vient échouer... La SPA des maris abandonnés, c'est chez Bérénice !

— Quand Amélie m'a dit que tu avais bien changé et repris ta vie en main, j'ai pensé... Je me suis dit... que peut-être, si tu voulais bien, si tu n'étais avec personne, on pourrait, toi et moi, faire un petit essai et...

Alors. Comment dire ? Je vais rester calme. Me faire une séance express de training autogène de Snoopy. Là, tout de suite, zen, je suis zen. Le parasite devant moi ne doit pas interférer dans ma nouvelle vie, sinon, c'est fichu. Je vais le renvoyer dans ses pénates en moins de deux, avec gentillesse mais fermeté. Oui. C'est ça. Gentillesse et fermeté.

— C'est-à-dire ?

— Comment ça, « C'est-à-dire » ?

— Ben, qu'est-ce que tu entends par « faire un petit essai » ?

— Enfin, tu sais bien...

— Non...

Je ne sais pas pourquoi, mon côté *gentillesse* n'arrive pas à refaire surface.

— Je pourrais t'inviter au restaurant, on parlerait, on se découvrirait à nouveau...

— Puis on rentrerait à la maison, on coucherait ensemble, je me lèverais le matin pour te faire un bon petit-déj', tu rapporterais ta brosse à dents, ton linge et tes habitudes…

— C'est un peu raccourci, mais c'est l'idée. Et j'irais même promener Crumble pendant que tu fais le petit-déjeuner. T'en penses quoi ?

Non, mais il ne manque pas de toupet !

— Écoute, Étienne. Je préfère que tu ne te fasses pas d'illusions. Je ne l'ai pas dit aux enfants, mais il y a bien quelqu'un dans ma vie.

Ça marche ! J'ai réussi à le lui dire !

Le pauvre Étienne fait d'un seul coup la même tête que Crumble quand, après m'avoir montré sa laisse, il comprend que nous n'irons pas nous promener.

— Ah ouais ? Et c'est qui ?

— Je n'ai pas envie de te le dire.

— Oh ! Bérénice, c'est puéril. Tu peux me dire qui c'est, quand même ! Je le connais ?

Meurtre chez Bérénice Bayard : excédée, elle tue son ex-mari venu lui voler son chien !

— Non. Tu ne le connais pas. Je l'ai rencontré alors que j'étais coincée entre deux sièges de TGV.

Il me regarde sans comprendre. Évidemment.

— Non, je blague. Écoute, Étienne. Je vais être franche avec toi. Ces derniers temps, il s'est passé plein de choses positives pour moi. Et je ne te parle pas que d'amour. J'ai eu l'impression de me réveiller d'un long sommeil. Je te respecte et comprends ta peine, mais je n'ai pas envie de freiner l'élan que j'ai trouvé. Tu comprends ?

Il baisse la tête. Vraiment, il me fait de plus en plus penser à Crumble quand quelque chose le contrarie. J'ai envie de rire, du coup, mais cela ne semble pas très approprié à la situation. Je me radoucis, en proie à des émotions contradictoires.

Étienne boit son café en silence, les yeux dans le vague. C'est vrai que c'est encore un bel homme : grand, les cheveux gris, épais et ondulés, il a pris un peu de tour de taille en vieillissant, mais cela lui va bien, de longs cils noirs interminables qui m'avaient fait craquer quand je l'avais rencontré. Oui, c'est un bel homme. Mais notre histoire est terminée. Malgré quelques relents de tendresse qui me reviennent inévitablement, je ne dois pas oublier que c'est à cause de notre relation pantouflarde que je me suis complètement négligée. Que j'ai oublié que j'étais une femme, et pas seulement une épouse et une mère. Je ne veux plus JAMAIS revivre ça. Malgré les sentiments mitigés que j'éprouve à cet instant pour l'homme avec qui j'ai partagé une grande partie de ma vie, une autre force plus vive me rappelle qu'une bonne fée m'a offert une seconde chance.

Vivre, profiter, être moi. Pleinement.

Étienne se tortille les doigts devant moi comme un gamin qui a fait une bêtise. Je vois qu'il cherche un sujet de conversation pour parler d'autre chose :

— Et sinon, tu fais toujours tes traductions ?

Passionnant.

— Oui, c'est mon métier. Ça, ça n'a pas changé. Ça me permet de vivre correctement.

— C'est vrai que c'est bien payé, les traductions. Et… Et ton nouveau compagnon, il vit ici ?

— Étienne. Je n'ai pas tellement envie d'en parler. Surtout avec toi.

D'autant que j'aurais l'air bête de lui expliquer que je ne sais pas où vit mon *nouveau compagnon* qui ne se souvient peut-être même plus de moi !

— Oh !… Pardon. Excuse-moi. C'est vrai que je

débarque, comme ça, sans prévenir, après tout ce temps. Excuse-moi…

— Oui, tu l'as déjà dit.

Un silence gêné s'installe entre nous, interrompu par la sonnerie de mon téléphone. C'est Philippe.

— Excuse-moi, Étienne, je dois répondre.

— Je t'en prie.

Je décroche, soulagée de quitter momentanément cette atmosphère de plus en plus pesante.

— Bérénice, y a *Alien Covenant* qui sort ce soir. J'ai envie d'aller le voir. Tu viens avec moi ?

— Tu aimes ce genre de films, toi ?

— Ben, ouais, tu ne te souviens pas ? On s'était loué en vidéo le premier de la saga ! Tu avais passé ton temps à m'écrabouiller la main…

— Ouais ! J'avoue que le coup du bestiau qui sort du ventre de l'autre, ça ne m'a pas vraiment emballée.

— Mais t'avais bien aimé, non ?

— Oui, je ne peux pas dire le contraire, c'est un film-culte, mais entre le premier et celui-ci, il n'y en a pas eu d'autres ?

— Ah ouais, faudrait peut-être que tu les voies avant, alors. Tu sais quoi ? On repousse la séance *Alien Covenant* à vendredi soir et je t'invite chez moi en attendant pour voir les trois autres en vidéo. On va se faire une nuit *Alien* !

— Chouette ! Je sens que ça va me plaire, dis donc !

Philippe éclate de rire à l'autre bout du fil. Je jette un œil à Étienne qui, l'air de rien, tente d'écouter la conversation.

— Écoute, je te rappelle un peu plus tard, j'ai du monde. D'accord ? Je te redis ça dans quelques instants.

Je raccroche, tandis qu'Étienne fait celui qui regarde ailleurs.

— Bon, je te réponds avant que tu poses la question : non, ce n'était pas mon nouvel amoureux, juste un bon copain.

— T'as des copains mecs, toi, maintenant ?

— Tu sais quoi, Étienne, je suis désolée pour ta vie amoureuse, désolée que tu n'aies pas d'animal de compagnie chez toi, désolée de ne pouvoir rien faire pour toi à part un bon café, mais en ce qui me concerne, je fais ce que je veux, j'ai les copains que je veux, les amants que je veux, la vie que je veux.

Surpris et gêné, Étienne ouvre grand les yeux.

— Oui, bien sûr. Je suis désolé, c'est idiot de ma part, je n'aurais pas dû venir aujourd'hui.

Ni aucun autre jour, d'ailleurs.

— C'est fait, c'est fait ! Ça nous a permis de mettre quelques petites choses au point. Par exemple, que tu comprennes que j'ai définitivement tourné la page de notre vie commune. Ça m'arrangerait de continuer à avancer vers ma cinquantaine de la façon la plus sereine possible. Tu vois ?

Étienne me fait oui de la tête, s'envoie machinalement dans le gosier sa tasse de café qui est pourtant vide et se lève.

— Je comprends. J'ai eu plaisir à te revoir, Bérénice.

Tout en le poussant dehors, j'essaie de l'encourager tout de même un peu.

— Tu sais, ce n'est pas parce que tu as cinquante ans que tout est fichu. Des femmes célibataires, il y en a des tonnes, tu vas bien en retrouver une ! Tu es un bel homme, il faut juste que tu te donnes les moyens de rencontrer ces femmes. Tiens, pourquoi tu n'essaierais pas des sites comme Meetic, ça marche drôlement bien, il paraît.

— Mouais, mais à cinquante ans…

— Allez, Étienne, la vie est belle. Même à cinquante ans, il y a plein de choses à vivre !

Il n'a pas l'air convaincu, et je peux le concevoir : moi-même j'ai encore un peu de mal à me faire à cette idée…

- AMBIANCE : réchauffée.
- AVENTURE : alors là, on est en pleine régression.
- À FAIRE IMPÉRATIVEMENT : le ménage dans mon subconscient.
- ENQUÊTE « PRINCE CHARMANT » : j'ai un instant cru à une résolution spontanée de l'affaire. (Confondre Étienne et Emmanuel… Malheureuse…)
- CITATION : *Peu d'hommes savent apprécier la femme qu'ils possèdent, et se mettre à l'unisson de son cœur.* (Choderlos de Laclos)
- SPORT : après le départ d'Étienne, j'ai fait dix fois le tour de la maison en courant pour évacuer l'énervement. Et si je me mettais au jogging ?
- À ÉCOUTER : Guesch Patti - *Étienne, Étienne, Étienne…*

29

Confortablement calée dans le canapé chez Philippe, j'essaie d'effacer la visite d'Étienne de mon esprit, mais je suis bouleversée. Ce n'est pas un an et demi de séparation qui peut faire oublier plus de vingt-cinq ans de vie commune. Avec le recul, je le trouve vraiment culotté d'avoir pu imaginer que j'allais céder comme ça, sur un claquement de doigts. Je suis assez fière d'avoir tenu bon.

Heureusement, Philippe est la personne idéale pour me faire penser à autre chose. Je ne lui dis rien, je n'ai pas envie de me prendre la tête avec ça et j'ai très envie de profiter de ma soirée thriller futuriste.

— Installe-toi bien. On est partis pour une sombre nuit gore...

— On n'a pas droit à la tisane, ce soir ?

— Rôôô ! Tu me casses mon effet flippant.

— Désolée !

— Pas de tisane, mais j'ai bien mieux.

Il sort une bouteille de bourgogne.

— On entame nos réserves ?

— C'est quoi ?

— Un nuits-saint-georges.

Il est fou !

— T'es dingue ? Au prix où est la bouteille !

— Pourquoi, tu préfères la regarder dans le blanc des

yeux ? Attendre quoi ? Les occasions de boire un bon vin et de se faire du bien, c'est tous les jours.

Il a raison.

— Ouais ! *Alien* me paraît l'opportunité parfaite pour boire du nuits-saint-georges.

Philippe sourit et me sert un verre. Comme deux grands spécialistes que nous sommes devenus, nous le regardons, le sentons, puis... le dégustons.

— Je t'ai fait une variante des œufs en meurette sans lardons. Avec mon incontournable salade de chèvre et des petites rates au four. Ça te dit, comme plateau-télé ?

Philippe est un cuisinier hors pair, qui sait rendre les aliments les plus simples savoureux.

— Tu sais quoi ? C'est marrant, la dernière fois que j'ai fait un plateau-télé, c'était avec les enfants, quand ils étaient petits. On regardait *Fort Boyard* le samedi soir en mangeant une pizza décongelée.

Il éclate de rire et met le lecteur DVD en marche.

— Ça nous rappellera de bons souvenirs, précise-t-il.

— Comment ça ?

— Tu ne te souviens pas des nuits dans ton appart à regarder les cassettes de *Star Wars* ou les films de Stanley Kubrick qu'on avait loués dans une boutique et qu'il fallait rendre le lendemain matin sinon ça doublait le prix de la location ?

— Ahh ouaaais ! Je me souviens. Mais t'as une mémoire incroyable ! J'avais oublié tous ces trucs, moi.

— Je suis là pour te rafraîchir la mémoire, ma belle…

— Oui, oui, quand tu m'en parles, en effet, ça me revient. Je me souviens très bien de ces nuits-là.

— De tout ce que nous faisions de ces nuits ?

— Philippe…

Le film commence, ce qui me dispense de lui répondre. C'est *Alien 2*, et je dois avouer que ça démarre très fort.

D'emblée, je m'identifie à fond à Ellen Ripley et l'interprétation magistrale de Sigourney Weaver. Grande, forte, audacieuse, indépendante, pleine de ressources, c'est la femme parfaite. Enfin, c'est comme ça que je la conçois. Le film me plaît vraiment. Moi qui pensais inventer une excuse auprès de Philippe pour n'en voir qu'un, du coup, je reste scotchée et me regarde les deux films suivants. J'accroche un peu moins avec ceux-là, même si l'univers du troisième est glauque et fascinant, et le quatrième – *La Résurrection* – me permet de me relancer dans l'identification extrême.

Il est deux heures du matin quand le générique de fin me laisse pantoise : comment est-ce possible de se reconnaître dans une femme qui vit dans un futur lointain, voyage en vaisseau spatial, manie les lance-flammes, les explosifs et passe sa vie à combattre des xénomorphes, quand on voyage en Twingo, qu'on est allergique aux fruits de mer, qu'on manie à peine les réseaux sociaux et qu'on est décorée de la haute distinction de miss Boudin ?

— Tu n'as pas peur de rentrer toute seule chez toi ? me demande Philippe.

Si, un peu, complètement, même, mais je suis Ellen Ripley, dernière survivante du *Nostromo*, prête à atomiser tous les *aliens* qui passeraient à ma portée entre le village de Philippe et le mien. À cette heure-ci, il n'y en a pas beaucoup, mais je suis au taquet.

À chaque période ses héroïnes : à trente ans, avec ma vie plan-plan, j'ai sûrement dû m'identifier davantage à Caroline Ingalls dans *La Petite Maison dans la prairie*…

Ellen Ripley, ça change un peu.

Quand j'arrive chez moi, je vérifie que Crumble ne porte pas un étranger dans son corps, je l'envoie faire pipi dehors en surveillant le jardin et je me couche, guerrière et étonnamment guillerette.

Forte de ma nouvelle énergie ripleyenne, j'ai commencé à appeler les sociétés qui engagent des ingénieurs en biologie marine. J'ai posé un morceau de bois à côté de moi, qui a d'autant plus de valeur que c'est Crumble qui me l'a rapporté en forêt pour que je le lui lance. Ça me permet de pratiquer quelques *bois-front* dès que je compose un numéro de téléphone. J'ai intérêt à mettre toutes les chances de mon côté, même les plus délirantes.

J'ai rodé mon petit discours, que je ressers à chaque secrétaire ou standardiste. Au début, je bafouillais un peu, mais j'acquiers de l'assurance tout en ayant envie de me marrer chaque fois. Ça donne à peu près ça :

— Bonjour, je voudrais parler à Emmanuel, s'il vous plaît.

(On ne sait jamais, sur un malentendu, il pourrait n'y avoir qu'un seul Emmanuel dans leur boîte. Il me le passerait direct sans rien me demander de plus, et le dossier « recherche » serait clos.)

— Emmanuel comment, je vous prie ?

Merde.

— Emmanuel Rwonbiédwon.

(Borborygme incompréhensible. On ne sait jamais, sur un malentendu, ça pourrait passer pour un nom de famille que je ne saurais pas très bien prononcer.)

— Pardon ?

(Re-merde, il faut improviser.)

— Excusez-moi, je n'ai pas dû bien noter son nom. Nous avons travaillé ensemble à Saint-Malo lors de sa dernière mission. Je suis également biologiste, et, quand nous avons échangé nos conclusions, il a pris le résultat de mes analyses par mégarde. C'est important que je les récupère, vous comprenez ?

— Oui, je comprends, madame, mais nous n'avons pas

d'Emmanuel Rwon-je-ne-sais-quoi dans notre staff. Je suis désolée.

— Pas autant que moi. Merci, en tout cas.

Et comme ça cinq, six fois de suite. Pas d'Emmanuel Rwonbiédwon. Mais je ne me décourage pas : Google a encore une cinquantaine de pages d'organismes à me proposer.

Cela dit, c'est épuisant, mentalement. Dès que je décroche le téléphone en pensant que je vais mentir, épeler un nom qui n'en est pas un, bafouiller, me justifier, tomber éventuellement sur quelqu'un qui le connaît, je me mets à trembler comme une feuille. En appeler cinq par jour me paraît suffisant.

Que ferait Ellen Ripley dans une telle situation ? (Elle prendrait son AK-47, ses grenades et son lance-flammes et irait tout griller jusqu'à ce qu'elle sauve Emmanuel de… de quoi, d'ailleurs, exactement ? Enfin, elle irait le rechercher, quoi !)

Quoi qu'il en soit, moi, je n'ai pas d'AK-47 et vais devoir compter uniquement sur ma détermination et mon téléphone pour, peut-être, le retrouver. Mais sûrement pas avant la fin de l'année (voire du siècle).

Madeleine et moi, nous avons pris un petit rythme : nous nous appelons une fois par semaine. Au début, c'était un peu plus souvent, mais elle m'a expliqué qu'elle était tellement occupée entre les soins et un nouveau groupe d'amis, que j'ai préféré espacer un peu. Cela dit, nous sommes toujours aussi complices, et c'est un bonheur de l'entendre me raconter ses aventures.

Madeleine est une fée.

Elle a voulu essayer Skype : le démarrage a été assez chaotique, car le réseau passait mal, mais nous avons réussi à nous voir et à ricaner telles deux gamines, comme d'habitude.

— Je tenais à vous annoncer la nouvelle en vous voyant en direct, Bérénice !

Je tends l'oreille. Quelle nouvelle ? Rien de grave, j'espère ! Mais vu son sourire radieux, je ne pense pas. Ou alors, elle cache bien son jeu.

— Non, non, ne vous inquiétez pas. Ce ne sont pas de mauvaises nouvelles, je vais très bien. Très, très bien, même ! Mais avant de vous raconter tout ça, je voudrais savoir où vous en êtes de votre enquête ?

Je lui raconte que je n'en suis nulle part, à appeler les organismes pour chercher un homme dont je ne connais même pas le nom de famille. Mais je persévère.

— C'est quand même un peu idiot, comme histoire, non ? Avec les moyens de communication actuels dont nous disposons, il n'y a aucune possibilité de le retrouver ?

— Ben non ! Qu'est-ce que vous voulez que je fasse d'autre ? J'ai beau retourner le truc dans ma tête, je ne vois pas. Je n'ai pas assez d'indices sur lui. J'ai cherché s'il y avait une antenne de biologie marine à Saint-Malo, mais je n'ai rien trouvé. J'ai même appelé l'aquarium, là-bas : ça ne leur disait rien non plus.

— C'est pas de chance. Mais bon, ne vous découragez pas ! Au bout d'un moment, ça va payer, toutes ces recherches.

— J'espère. Je vais continuer à appeler les sociétés. À la longue, je finirai bien par tomber dessus… Cela dit, vous savez quoi ? Mon quotidien commence à être tellement rempli que ça m'aide à penser à autre chose, je vous assure !

— Je suis contente pour vous, ma petite Bérénice. Vous me raconterez tout ça par mail, d'accord ? Là, je ne vais pas pouvoir rester très longtemps, car on m'attend pour une partie de poker.

Je me souviens avec quelle finesse Madeleine joue et gagne au poker. Il y en a, au centre de rééducation, qui vont se faire plumer !

— Bon, et vous, Madeleine. Qu'aviez-vous à me dire ?

— Eh bien… Oh… Je me sens comme une petite jeunette… Bérénice, j'ai rencontré quelqu'un !

Heureusement que je suis assise, sinon, je tombais par terre.

— Pardon ? Comment ? Quelqu'un ? Que voulez-vous dire ?

— Vous avez bien compris : j'ai rencontré un homme. Un homme charmant.

J'ai devant moi, malgré les soubresauts de Skype, une jolie petite grand-mère, pimpante, impeccablement maquillée et coiffée, avec le rose aux joues et les yeux qui pétillent.

— Je sais ce que vous allez me dire : et Léon ? Mais mon Léon, je l'aime toujours, et pour toute la vie, mais je sais qu'il est content, tout là-haut, de voir que je partage à nouveau la tendresse d'un homme.

— Ooohh ! Madeleine ! Que je suis ravie de cette nouvelle ! Et oui, je suis sûre que Léon est content pour vous, forcément : s'il vous aime, il ne peut qu'être heureux de votre bonheur.

— C'est ce que je me dis aussi.

— Il s'appelle comment ?

— Anatole. Il est un peu plus âgé que moi, il rit tout le temps, aime faire des blagues, joue du violon, récite Baudelaire par cœur…

— Quelle chance vous avez, Madeleine !

— Vous savez quoi ? La prochaine fois, je m'arrange pour le photographier avec mon téléphone portable et je vous envoie sa photo. Vous me direz ce que vous en pensez. D'accord ?

— Évidemment, j'ai envie de le voir.

— Bon, Bérénice, il faut que j'y aille. Anatole est adorable, mais il ne rigole pas avec l'horaire de la partie de poker.

— Je vous embrasse, Madeleine.

— Moi aussi, ma petite Bérénice.

Oui. Madeleine est une fée.

- AMBIANCE : cosmique.
- AVENTURE : virée sur LV-426.
- ENQUÊTE « PRINCE CHARMANT » : pas d'Emmanuel Rwonbiédwon en vue.
- SPORT : un entraînement intensif de self-défense est à prévoir pour être prête à combattre les *aliens* s'il leur prenait l'envie d'envahir la terre.
- BILAN DE SANTÉ DE MADELEINE MA BONNE FÉE : son cœur s'est mis à battre un peu plus fort…
- CITATION : *Car j'ai un amoureux. Je ne trouve à lui donner que ce nom passé de mode ; il n'est ni mon amant, ni mon flirt, ni mon patito… c'est mon amoureux.* (Colette) (Devinez qui m'a présenté ainsi son nouveau « fiancé » ?)
- À ÉCOUTER : David Bowie - *Space Oddity*.

30

La semaine avant mon départ pour le week-end peinture, je décide d'aménager davantage mon propre atelier. J'adore cette pièce. Elle est claire, calme, avec de grandes baies vitrées qui couvrent entièrement deux murs et donnent sur mon jardin. J'ai trouvé quelques meubles en bois dans des brocantes, acheté des plantes vertes. J'ai même dégoté un siège suspendu en rotin, que Marius m'a accroché au plafond, dans lequel je pourrais me balancer des heures. J'ai rempli une étagère de livres sur l'art et, comme il s'y trouve un lavabo, j'ai mis en place un mini-espace cuisine avec un tout petit frigo, une bouilloire et une plaque chauffante. Je me sens bien dans cet environnement convivial, propice à la création.

Parallèlement aux cours de Vincent, je me lance dans une production plus personnelle, sans filet, comme ça. Je n'ai rien à perdre, sauf le prix des toiles (qui ne sont pas données). J'ai tendance à aimer l'art abstrait, mais pour m'entraîner, je peins de tout, me basant sur les idées que me donne Arthur. Il a listé pour moi tous les exercices des cours des précédentes années, et j'y pioche des idées intéressantes.

Lors de la dernière séance de peinture avant notre départ pour la péniche, Vincent accroche tous nos terriers au mur, côte à côte. Il ne s'agit pas de comparer, mais de porter un regard sur les productions des autres et sur l'hétérogénéité des créations. Ma toile se trouve à côté du terrier Bugs Bunny de Mélina, ce qui nous met mutuellement en valeur... Comme à son habitude, Mélina s'empresse de jouer les critiques d'art et conclut pompeusement, devant son propre tableau en me jetant des regards en coin :

— Qu'est-ce que j'ai progressé ! On voit bien que je peins depuis quatre ans, là !

— Oh oui, oui ! disent poliment les autres.

Hypocritement, j'acquiesce aussi. Pourtant, même si je suis d'une nature bienveillante, je ne sais pas si on peut vraiment appeler le tableau de Mélina de l'art.

C'est Amélie qui me conduit à six heures du matin sur le lieu de départ de notre week-end. Nous covoiturons et il est prévu que je monte avec Aline et Arthur dans la voiture de Vincent. Mélina a pourtant fait des pieds et des mains pour être avec notre professeur, mais celui-ci n'a pas cédé. Tant mieux, parce que j'aurais eu du mal à la supporter deux heures en voiture.

Dans l'autre voiture, Véronique emmène Esteban, Gilles et Mélina.

Mais Mélina n'arrive pas.

En attendant, je présente ma fille au groupe.

— Tu as une mère très douée, lui explique Arthur.

— Je sais. Et c'est génial qu'elle ait rejoint votre cours. C'est d'ailleurs dommage qu'elle ne l'ait pas fait plus tôt.

C'est marrant, je ne m'étais jamais demandé ce qu'Amélie pouvait penser de ma vie. Elle s'est beaucoup inquiétée lors de mon divorce ; elle aurait aimé que je me bouge davantage, mais elle n'a jamais beaucoup insisté sur le sujet.

— Et toi, s'intéresse Arthur, tu peins aussi ?

— Non, pas vraiment. J'aime bien dessiner, mais je n'ai pas les facilités de ma mère.

— Amélie est plutôt musicienne, fais-je en regardant ma fille avec tendresse. Elle joue merveilleusement bien du saxo.

— Ah ouais, ça m'intéresse. Tu joues quoi, comme musique ?

— Un peu de tout. Mais t'imagines, avec un saxo, c'est surtout du jazz.

— J'adore ! Vous êtes une famille d'artistes, c'est cool !

Je ris de voir l'enthousiasme d'Arthur. Amélie et lui continuent de discuter musique pendant que Vincent s'inquiète :

— On n'est pas à la minute, mais c'est dommage de perdre du temps à attendre.

Comme si elle l'avait entendu, Mélina débarque, toute rouge, avec un sac énorme et une valise encore plus énorme.

— Ben, qu'est-ce que tu as pris, Mélina ? On part juste deux jours et une nuit... Je n'ai pas tant de place que ça dans la voiture.

— Mais tu disais que tu prenais ta remorque pour le matériel de peinture, se met-elle à geindre. Il faut quand même que j'emporte un minimum d'affaires ; on ne sait jamais avec tous ces changements de temps, et puis mes soins esthétiques et mes médicaments.

Tout de même, une valise et un sac pour une nuit ; même moi qui ne suis pas douée pour faire ma valise, je n'aurais jamais eu l'idée d'en emporter autant. Je n'ai pris qu'une robe prune que je viens de m'acheter pour le soir, puisque nous allons dîner au restaurant, un pyjama et ma trousse de toilette. Ça me semble amplement suffisant.

Quand enfin nous partons, Arthur et Amélie se font la bise comme deux vieux copains, puis ma fille vient me serrer dans ses bras et me murmure à l'oreille :

— Amuse-toi bien, maman, et profite, surtout. Je suis vraiment contente pour toi !

Ma grande poulette que j'aime...

Le trajet en voiture passe très vite. Arthur, ses écouteurs sur les oreilles, somnole à moitié pendant qu'Aline, Vincent et moi parlons de tout et de rien. Quand nous arrivons, nous nous mettons à peindre après nous être installés dans nos chambres. La péniche est spacieuse et agréablement aménagée. Nous sommes à deux par chambre. Je me suis mise avec Aline. Elle et moi partageons beaucoup, à commencer par notre âge. Je plains la pauvre Véronique qui va se farcir Mélina.

Vincent déborde d'idées originales et ludiques. L'eau est une source d'inspiration incroyable, et nous travaillons le mouvement, les variations de couleurs, les reflets, la transparence... Avant de commencer un véritable tableau, notre professeur nous propose plusieurs exercices au crayon, au pastel, à l'encre, avec des collages ou à l'huile. L'ambiance est joyeuse et décontractée. Arthur est particulièrement en forme :

— Ouah ! Mélina ! Tu as investi dans une grande chemise de peintre, on dirait !

— Oui, je l'ai achetée spécialement. Maintenant que je commence à avoir de la bouteille, je me suis dit que la panoplie complète s'imposait.

— Tu as bien fait. Tu sais à qui tu me fais penser ?

— Non, dis-moi.

— À Marie Laurencin.

— Je ne m'en souviens pas. Elle venait au cours de Vincent ?

— Oui, oui, répond Arthur en se bidonnant. Mais y a très longtemps !

— Ah ! Alors, je ne peux pas m'en rappeler si je ne l'ai pas connue.

Cette femme est un vrai poème à elle toute seule. Quand le soir arrive, Arthur l'a charriée une bonne dizaine de fois sans qu'elle s'en aperçoive. Quant à moi, j'ai beaucoup avancé dans le projet et produit une belle collection d'exercices sur l'eau qui ne me déplaisent pas. Sincèrement, la peinture, c'est une activité qui me redonne confiance en moi. En plus, cela m'apporte calme et sérénité. Malgré les pitreries d'Arthur.

Vincent a réservé une table dans un bar à vins de la ville où est amarrée notre péniche. Comme me l'a appris et rabâché Madeleine, je m'habille pour l'occasion. Sans excès non plus : je mets ma robe prune et me maquille un peu. Aline a aussi prévu une jolie tenue pour cette soirée. C'est vrai que je me sens bien, ainsi. Je n'ai envie de séduire personne, ce n'est même pas la question. Mais je comprends ce que veut dire Madeleine quand elle parle de la joie de se sentir agréable à regarder. C'est tout bête, tout simple et subtilement plaisant.

Assis autour d'une grande table, dans un café aux lumières tamisées, tentures bordeaux et fauteuils en cuir rouge, nous faisons le bilan de notre première journée. Tout le monde s'accorde à dire que la progression a été réussie, et nous sommes tous prêts à entamer le lendemain un véritable tableau en roue libre : Vincent nous laissera libres de choisir le sujet, du moment que cela reste dans le thème de l'eau.

Alors que nous allons commander, Mélina me regarde attentivement et prend les autres à partie :

— Oh ! Regardez, la robe de Bérénice est assortie avec la banquette !

— Oui, c'est intéressant, répond Arthur.

Elle ne relève même pas et reprend en braillant presque :

— Bon, alors, quand est-ce qu'on est servi, ici ? C'est un peu longuet, et moi, ça m'a creusée de peindre. J'ai faim.

— On commande du bordeaux ou du bourgogne ?

— Moi, j'ai une très nette préférence pour le bourgogne…

Je n'ose pas leur dire que je viens de passer une semaine à en boire plus que de raison.

— Ah ! Moi, c'est le bordeaux ! lance Mélina. Il va bien falloir choisir !

Pour ne pas m'attirer les foudres de Bugs Bunny, je propose une bonne alternative :

— Il suffit de le commander au verre. Comme ça, chacun a ce dont il a envie.

— Ça me paraît bien. Ça convient à tout le monde ? demande Vincent à la cantonade.

Et comme tous approuvent, il appelle le serveur qui prend rapidement la commande.

— Ah mais, moi, avec l'alcool, il faut que je mange, précise Mélina. On ne dîne pas, ici ?

— Mais bien sûr, madame. C'est prévu : le vin est servi avec différents toasts et un assortiment de charcuterie.

— Vous n'avez pas une salade ? Sans viande ? dis-je, prenant en même temps conscience de l'influence de Philippe.

— Tu es végétarienne ? s'étonne Arthur.

— Pas complètement, mais ça vient. Surtout qu'il y a quelque temps, j'ai eu une aventure malheureuse avec du boudin.

Tous se mettent à pouffer autour de la table.

— Tu nous racontes ? demande Aline.

— Avec plaisir.

— Excusez-moi, en attendant, combien d'assiettes de charcuterie et combien de salades ? insiste le serveur.

Tous prennent un assortiment, sauf moi qui commande une salade composée.

— Alors, cette histoire ?

— Ça ne fait pas peur, j'espère…

Tout le monde se retourne vers Mélina sans trop comprendre ce qu'elle veut dire.

— Mais enfin, pourquoi veux-tu qu'une histoire de boudin fasse peur ? s'étonne Aline.

Vexée, Mélina plonge le nez dans son verre de vin que le serveur vient d'apporter. Je bois une gorgée du mien – un petit côte-de-beaune pas mauvais du tout – avant d'entamer mon aventure de miss Boudin. À peine ai-je commencé que les rires fusent. Je me prends au jeu. Je raconte, j'en rajoute, je fais de grands gestes, mon auditoire attentif et hilare me suit avec passion.

— Discrète comme tu es, je ne t'imaginais pas avec ce talent de conteuse ! me fait Aline entre deux hoquets.

— Et puis, il t'en arrive, des aventures, ajoute Vincent. Dis-nous que ce n'est pas vrai, tu l'as inventée, juste pour nous faire rire !

— Non, non, promis, ça s'est vraiment passé comme ça. J'aurais pas pu inventer un truc pareil, voyons !

— C'est évident, s'esclaffe Arthur.

— Vous savez que moi aussi je connais des histoires drôles ?

— Ah bon, Mélina, fait poliment Vincent. Des histoires de… ?

— Des histoires de Toto… Mais pour adultes, hein, bien sûr…

— Bien sûr, Mélina !

— Allez ! Je tiens plus ! Je vous en raconte une, vous allez être pétés de rire !

Et la pauvre de nous raconter sa blague de Toto. À la fin, tout le monde rit poliment, sauf Arthur et Aline qui ont un fou rire tellement l'histoire n'est… pas drôle.

— C'est sympa, hein, les histoires de Toto ? Ça fait toujours beaucoup rire mes amis !

Est-ce que cette pauvre Mélina a toute sa tête ? Elle reprend, devant son... succès :

— Je vous en raconte une autre ?

— Si on se refaisait une tournée, plutôt ! lance Arthur qui pleure de rire.

Pendant que le serveur apporte notre commande suivante (avec une nouvelle assiette de charcuterie pour Mélina), Vincent me demande :

— Dis-nous, Bérénice, c'est vrai qu'on ne te connaît pas trop. À part te transformer en miss Boudin, tu fais d'autres choses dans ta vie ?

Ça, vous le savez, c'est MA question maudite. Celle qui me tétanise, tant je reste persuadée d'être une coquille vide (mais de moins en moins, notez). Je prends le taureau par les cornes et annonce :

— Ce que je fais dans ma vie ? Rien d'extraordinaire, je suis traductrice, je bosse beaucoup, je me relève doucement de mon divorce récent. Que du banal.

— La vie n'est jamais banale, Bérénice, m'interrompt Aline. Moi, je suis comptable, mon boulot me prend aussi beaucoup de temps, élever mon gamin, faire les courses, tenir la maison... rien de folichon, et pourtant, ma vie est unique, et je ne la trouve pas banale.

Je regarde Aline qui me fait un clin d'œil. Ce qu'elle vient de dire me rassure soudain.

— Je suis d'accord avec Aline, fait Vincent. Combien d'entre nous sont des aventuriers ? Je n'en connais pas beaucoup !

— Moi, je me prends souvent pour Indiana Jones, réplique Arthur, une lueur ironique dans les yeux.

— Alors, moi, ma vie n'est pas banale du tout, je peux vous le dire.

Nous nous tournons vers Mélina la Baroudeuse. Ravie d'avoir l'attention de tout le monde, elle reprend :

— J'ai décidé de ne pas m'encombrer d'un mari ni même d'enfants. Comme ça, je suis libre de vivre les aventures que je veux. Par exemple, j'ai postulé pour participer à *Koh-Lanta* et je crois que j'ai de bonnes chances d'être sélectionnée. Je m'entraîne tous les jours dans mon jardin. C'est pas banal, hein, ça !

Cette femme est une caricature. Je ne pensais même pas qu'il soit possible qu'une seule et même personne accumule autant d'absurdités.

Nous la félicitons pour sa vie exaltante, puis Aline, qui vient de commander un troisième verre de rouge, se tourne vers moi :

— Mais dis-moi, Bérénice, tu ne m'as pas dit que tu avais fait un stage d'œnologie, récemment ?

Quand trois heures plus tard nous ressortons du bar à vins, je me suis découvert une nouvelle qualité : je sais raconter les histoires et faire rire les gens, capter leur attention, les intéresser. Après avoir parlé du boudin, j'ai donc raconté la cuite au ratafia en Bourgogne et mon stage d'œnologie. Ils en redemandaient tous. Incroyable : la Bérénice timide, coincée et retenue est devenue aussi exubérante et drôle que Florence Foresti, comme me l'a fait remarquer Arthur entre deux fous rires.

Un vrai scoop !

Dans notre chambre, Aline et moi papotons un peu avant de nous coucher. Elle me raconte son mariage – elle s'est mariée à trente-six ans et a eu son fils à trente-huit – et a profité de sa vie de célibataire pendant très longtemps.

— C'est peut-être ce que j'aurais dû faire, lui dis-je, songeuse. J'ai l'impression que je me suis mariée trop jeune.

— Moi, je crois qu'il n'y a pas de règles. Toi, c'est maintenant que tu vas profiter de ton célibat ! Ça ne change pas grand-chose finalement, avant ou après !

J'aime échanger avec Aline, dont j'apprécie la spontanéité et la façon simple de voir la vie. Elle reprend :

— Mais dis-moi, jolie comme tu es, tu n'as pas dû être longue à retrouver quelqu'un, non ?

Je rougis.

— Ah ! tiens, tiens ! Tu vois, j'avais raison !

— Oui, oui, mais c'est un peu compliqué, et on en est aux tout débuts.

— Et comment il s'appelle ?

— Phil… Euh, pardon… Emmanuel…

Qu'est-ce que je viens de dire ? C'est quoi, ce lapsus à la noix ? C'est la meilleure, celle-là ! Il faut dire que je passe tellement de temps avec Philippe que c'est normal que son nom me vienne facilement à l'esprit. Bêtement, j'essaie de me justifier :

— Non, euh... Phil, c'est un collègue avec qui je travaille beaucoup, et, en ce moment, on est toujours ensemble ; alors, c'est son prénom qui m'est venu à l'esprit.

Aline ne répond rien, mais je suis sûre que mon lapsus ne lui a pas échappé, même si elle ne peut pas comprendre de quoi il s'agit.

— Allez, il faut nous coucher. Demain, nous nous levons tôt.

Bercée par le roulis de la péniche, je m'endors tranquillement, me demandant justement ce que Philippe, avec qui je passe quasiment tous mes samedis soir, peut bien faire en ce moment.

Le lendemain matin, j'appelle chez lui pour savoir comment ça se passe avec Crumble qu'il m'a proposé de garder durant ces deux jours. C'est Gaël qui me répond :

— Bonjour, Bérénice. Je suis désolé, mais Philippe n'est pas là.

— Ah. Quand est-ce que je pourrai lui parler ? Son portable ne répond pas.

— Il est sorti hier soir avec son amie et il n'est pas encore rentré. Mais ne t'inquiète pas, dès qu'il arrive, je lui dis de te rappeler.

Quoi ? Philippe est sorti avec « son » amie ? C'est quoi, cette histoire ? Quand je réponds, ma voix tremble un peu :

— Non, non, ne lui dis rien. Je voulais juste savoir comment allait Crumble !

— Très bien. C'est moi qui ai eu la mission de m'en occuper, et nous nous entendons très bien, lui et moi. Hein, mon pépère !

Verte de rage, je remercie Gaël. Ah ! c'est comme ça que Philippe s'occupe de mon chien ? Et tout ça pour aller passer la nuit avec « son » amie ! Et pourquoi il ne m'en a jamais parlé, de « son » amie ? C'est qui, d'abord ?

Je sors de ma cabine énervée et tombe sur Mélina, en robe de chambre à grosses fleurs orange, avec une espèce de masque vert sur le visage.

— C'est pour retendre ma peau, m'explique-t-elle alors que je ne lui demande rien. Je fais ça un matin sur deux. Tu devrais essayer, ça ne pourra pas te faire de mal.

— Ce qui ne me ferait pas de mal, c'est que tu me lâches un peu !

La Mélina, il ne va pas falloir qu'elle me chauffe, aujourd'hui !

La journée passe vite. Heureusement, peindre est un bon exutoire, et je m'applique à observer l'eau et peindre le tableau que j'ai en tête. En plus, l'eau, c'est apaisant. En fin de journée, je suis bien plus calme et, même si j'ai décidé d'en savoir plus sur la femme avec qui Philippe a passé la nuit, je rentre chez moi bien plus sereine que le matin.

Entendons-nous bien : je ne suis pas jalouse ! Juste en colère qu'il ne m'en ait jamais parlé. Si je ne peux pas faire confiance à Philippe, où va-t-on !

- AMBIANCE : péniche, bar à vins et histoires drôles.
- AVENTURE : ma vie n'est pas une aventure d'Indiana Jones, et encore moins une aventure de *Koh-Lanta*. Mais (à part Mélina la Baroudeuse), celle des autres non plus.
- ENQUÊTE « PRINCE CHARMANT » : faudrait voir à pas confondre Emmanuel avec Philippe... Qu'est-ce qui m'a pris ?
- CITATION : *Il faut mettre son génie dans sa vie et son talent dans ses œuvres.* (Oscar Wilde) (Ça fait penser à Mélina, mais je ne m'exclus pas totalement de cette affaire non plus.)
- SPORT : comment voulez-vous que je fasse mes abdos sur la péniche, voyons ?
- À VOIR : Ben, *Les Aventuriers de l'arche perdue*, bien sûr.
- À ÉCOUTER : Indochine - *Bob Morane l'aventurier*.

31

Quand je récupère Crumble chez Philippe lundi matin, je ne peux m'empêcher d'essayer de le questionner.

— J'ai passé un excellent week-end. Je suis ravie. Et toi, tu as fait quoi ?

— Oh ! rien de spécial.

Non, mais il ne va pas me dire avec qui il était ? Il me parle de tout et de rien, et semble éviter le sujet. Je décide de passer à la stratégie « Je me confie pour que tu te confies ».

— Bon, ben moi, j'ai un nouveau truc à te dire.

Je laisse passer quelques secondes pour faire monter le suspense, comme si j'allais faire une révélation incroyable.

— J'ai découvert que j'avais des talents d'humoriste. J'ai un avenir dans le showbiz !

Je lui raconte ma soirée au bar à vins.

— Tu te rends compte ? Ils étaient pendus à mes lèvres et je les faisais rire, rire... Et j'y prenais un plaisir...

— Ça ne m'étonne pas, Bérénice. Contrairement à ce que tu penses de toi-même, tu es pleine de talents et de charisme.

— Ah ouais, tu trouves ?

— Si je te le dis !

— Bon, et toi alors ? J'ai appelé Gaël qui m'a dit que tu étais sorti hier soir ?

— Ahhh ! Petite curieuse !

— Non, non, je te demande ça comme ça…

— Si ! Tu es une petite curieuse. J'étais avec une femme. Voilà.

C'est tout ? Il se moque de moi ou quoi ?

— Je la connais ?

— Non.

Il ne va pas m'en dire plus, le bourricot. Je tente une autre approche en prenant une voix suppliante :

— Allez… Dis-moi…

— Mais dites-moi, Bérénice Bayard, je n'ai pas le droit à un peu de vie privée ? Nous ne sommes pas mariés, toi et moi. Que je sache, je n'ai pas de comptes à te rendre.

Il a un sourire en coin qui me rappelle le Philippe d'il y a trente ans. Il a gardé ce côté narquois qui m'énerve et m'attire à la fois.

— T'es pas cool. Je croyais qu'on était complices et qu'on se disait tout.

— Occupe-toi déjà de retrouver ton Emmanuel, et on en reparlera.

C'est malin.

— Sinon, comme on a loupé notre plateau-télé du dimanche soir, ça te dit qu'on en fasse un ce soir ? On se regardera un petit DVD.

C'est ça, changeons de sujet.

— Mouais. D'accord, je suis partante !

Et comme ça, je pourrai le cuisiner un peu plus.

Je décide d'aller voir quelques statistiques sur le parapente. Je me fais une théière d'earl grey, ouvre mon ordinateur portable. D'un coup, sans que je sache d'où ça vient, j'ai une terrible décharge d'adrénaline : est-ce que je survivrai à ma séance de parapente ? Prise d'une illumination subite et pas morbide du tout, je tape *Accidents de parapente* dans Google. Oui, je sais, j'aurais pu visionner des films sur la beauté et la poésie du parapente, les grands espaces que l'on découvre de haut, les fabuleuses impressions d'être un oiseau. Mais non. Là, j'ai choisi *les accidents*. Bonne idée, non ? J'enchaîne les vidéos où des personnes tombent du ciel, font des roulés-boulés, atterrissent au sommet des arbres, s'emmêlent les fils... Je ne comprends pas trop comment les accidents se produisent (des histoires de courants ?), mais au bout d'une heure, je suis tellement angoissée que je téléphone à Anne pour lui dire que je ne veux plus faire mon baptême de l'air. En entendant ma voix paniquée, elle n'insiste pas.

— D'accord ! C'était pas très malin de regarder toutes ces vidéos, mais je comprends. Ingrid et moi, on a très confiance en son cousin. Il nous a vraiment donné envie ; alors, on est hyper motivées et on ira quand même.

— Oui, oui, tu as raison, il ne faut pas que je vous en empêche. Et tu sais quoi ? Je viendrai avec vous pour vous voir et vous encourager. Je peux venir avec un ami ?

— Évidemment. Ça nous donnera du cœur au ventre d'avoir un fan-club !

Quand je raccroche, j'éprouve un terrible soulagement. Je sais que je m'étais engagée à respecter ce que j'avais mis dans mon BuJo, mais là, c'est au-dessus de mes forces. Je ne vois pas l'intérêt de faire quelque chose si c'est pour être en panique totale.

La fin de l'après-midi est bien plus douce, et j'arrive chez Philippe tranquille, juste ce qu'il faut pour regarder le film qu'il a prévu : *Alien vs Predator*.

Je me demande des fois si ce garçon sait qu'il existe des réalisateurs qui font des films optimistes et gais, comme Gérard Oury, Woody Allen ou même Almodovar.

Mais je joue le jeu : j'ai l'impression que Philippe prend un malin plaisir à me faire peur et s'amuse quand je pousse des oh ! et des ah ! de minette effarouchée chaque fois qu'un monstre dantesque surgit d'on ne sait où pour bouffer tout le monde.

— Stop ! On se fait un entracte ! Je t'ai fait des pop-corn bios et sans OGM.

— Ouah ! La classe ! J'adore ! Mais dis-moi : ton film, il est un peu violent, non ?

Je sens poindre une inquiétude chez mon ami.

— Tu n'aimes pas ? Tu veux qu'on mette autre chose ? Tu aurais dû le dire plus tôt...

— Ben non, j'ai envie de savoir la fin, maintenant. Si le méchant *alien* va tuer le méchant *predator*, ou l'inverse, ou bien s'ils vont se marier et avoir beaucoup d'enfants...

— Je vois que tu as toujours autant d'imagination…

— Je peux te demander un service, Philippe ? Ça te dirait, de temps en temps, qu'on se fasse des plateaux-télé DVD avec d'autres genres de films ?

— Mais si tu veux, ma biche, si tu veux... Tu aimerais quoi ?

— Je ne sais pas... un Hitchcock, un Tarantino, un Kubrick...

— C'est vrai que Kubrick, dans le genre optimiste et gai... T'es beaucoup allée au ciné, toi, récemment ?

— Oui, bon, d'accord. Je veux dire des films où y a pas des créatures abyssales et des robots dingues qui viennent coloniser la terre ou les estomacs de ses habitants... Tu sais, moi, ces vingt dernières années, j'ai surtout vu des Walt Disney au début, puis plus grand-chose, en fait. À part à la télé. Mais Étienne et moi, on n'avait pas les mêmes goûts. Alors, j'ai besoin d'une transition en douceur.

— OK, ma belle ! La prochaine fois, c'est toi qui choisis.

Il remet le film après qu'on a mangé tous les pop-corn et bu... Devinez quoi... Avec tout ça, préoccupée par l'avenir de notre planète en proie à l'invasion de tous ces colosses répugnants et sanguinaires, je n'ai même pas pensé à le questionner sur sa dulcinée. Mais il ne perd rien pour attendre.

Le jour du parapente est une magnifique journée. Philippe et moi arrivons en avance un peu avant Chartres, en pleine campagne, sur le site où Anne et Ingrid vont faire leur baptême de parapente. Il fait frais, mais le soleil est radieux. La première personne que nous rencontrons sur place nous explique que les conditions sont bonnes pour voler aujourd'hui. J'en suis ravie pour mes deux amies. De nombreuses personnes sont déjà là, à s'occuper de leur matériel en s'interpellant et riant. Je me demande ce qu'elles peuvent trouver de drôle à cette situation qui est peut-être la dernière de leur vie.

Anne et Ingrid arrivent et je leur présente Philippe, qu'elles ne connaissaient pas.

— C'est une expérience géniale, leur dit-il, admiratif.

— Tu veux essayer ? lui fait Ingrid en s'approchant d'un grand barbu roux. Viens, on demande à mon cousin.

— Ça me tente bien, ouais !

Je me tourne brusquement vers Philippe. Avec ses problèmes cardiaques, faire du parapente ? Mais il a pété un plomb !

— Philippe, tu crois que…

— Je vous présente Éric, mon cousin !

Le grand homme à la barbe rousse nous tend une main énorme en souriant avec chaleur. En lui serrant la main, j'éprouve une drôle de sensation, un bien-être… un je-ne-sais-quoi. Il émane de lui une présence incroyable et une tranquillité apaisante.

— Bonjour, tout le monde. Superbe journée pour faire du parapente : les conditions sont optimales. Venez, je vais vous montrer le matériel et vous expliquer.

Tandis que nous le suivons, Philippe m'attrape par le bras :

— Attends, je reviens, j'ai juste un petit coup de fil à passer.

Il s'éloigne en composant un numéro. Je le regarde, étonnée. Il parle en souriant, en riant même, et passe ses mains dans ses cheveux, geste qu'il faisait tout le temps *autrefois* quand il y avait une fille qui lui plaisait. J'ai du mal à me l'avouer, mais ça m'énerve : il est au téléphone avec une femme, c'est sûr. Celle avec qui il a dîné l'autre soir, c'est évident. Malgré moi, je me renfrogne et rattrape Anne, Ingrid et Éric. Philippe nous rejoint en courant, un grand sourire aux lèvres :

— Désolé. Alors, je voulais savoir si c'était possible de faire mon baptême de parapente, aussi ?

— Bien sûr, répond posément Éric. Viens, je vais t'expliquer en même temps que les filles. Tu vas voir, c'est tout simple…

— Mais enfin, Philippe… T'es sûr ? fais-je, étonnée, avant qu'il ne balaie ma remarque d'un geste impatient de la main.

C'est la meilleure, celle-là ! Il vient de faire quoi, là ? Appeler *son amie* pour lui demander la permission ? Pour se vanter ? Pour lui faire une petite déclaration juste avant de s'envoler ?

Piquée au vif, je les regarde se préparer tous les trois. Ils parlent avec Éric, tous à l'aise, décontractés, avec un air presque supérieur.

— Moi aussi, je veux le faire !

— Pardon ?

— J'ai dit : moi aussi, je veux faire du parapente ! Après tout, c'est bien ce qui était prévu à l'origine, non ?

Ils me regardent tous les quatre avec un air amusé qui m'énerve encore plus. C'est Éric qui réagit le premier.

— Mais oui, Bérénice, tu as raison. C'est une expérience inoubliable, tu vas être emballée. Approche-toi pour bien écouter toutes les consignes.

Je m'incruste entre Philippe et Anne en poussant un peu Philippe d'un coup d'épaule.

— Vous voyez ce treuil ? C'est lui qui va vous faire grimper au ciel.

Tout le monde éclate de rire. Je ris également pour faire bonne figure, mais je suis toujours aussi énervée. Éric reprend :

— La plupart du temps, on décolle en sautant d'une montagne, d'une falaise ou même d'une colline. Mais sur ce site-là, en terrain plat, ça se fait avec le treuil. C'est une technique pratique et sécurisante, qui a fait ses preuves. On va voler en tandem, bien sûr : vous serez accompagnés soit par un ami, soit par moi. Vous allez partir en deux fois. Qui veut commencer ?

— Je propose que Bérénice et Philippe commencent, avance Anne qui semble avoir compris mon état d'esprit.

D'un coup, comme les choses se précisent, je me mets à avoir des décharges d'adrénaline en salve. Je flippe pour moi, mais aussi pour Philippe. Je le retiens, lui ! Il va passer un mauvais quart d'heure quand j'aurai l'occasion de lui dire ses quatre vérités.

Avant de me laisser harnacher par Éric qui m'a proposé de voler avec lui (et je lui en suis terriblement reconnaissante), je lui demande de m'accorder quelques instants :

— Tu comprends, tout va bien, j'ai entièrement confiance, mais... j'ai besoin d'être rassurée en constatant par moi-même si tout va bien... C'est plus fort que moi, ne le prends pas mal, hein ?

Éric me regarde sans bien comprendre, tandis que je contrôle, courbée en deux, le treuil sur toute sa longueur pour vérifier qu'il n'est pas abîmé. Puis je reviens vers la voile, l'observe avec minutie, ainsi que la toile, les innombrables fils, les boucles d'attache, les poulies, les sangles, les poignées... tout, quoi !

— J'ai lu que la plupart des problèmes étaient des fautes d'inattention humaines ; alors, je mets toutes les chances de notre côté !

Cela dit, vu que je ne suis pas pro, il pourrait y avoir un truc de travers dans le montage de la voile que je n'y verrais que du feu.

Comme je cours dans tous les sens (un moyen naturel et non maîtrisable d'évacuer l'adrénaline, je pense), Philippe m'observe, sourire en coin, moqueur, avec ses yeux plissés qui en disent long sur ce qu'il pense de moi à ce moment-là. Je ne sais pas ce qui me retient de lui claquer le beignet !

Évidemment, je ne peux m'empêcher d'avoir envie de faire pipi – le pipi de la peur – et comme il n'y a pas de toilettes en pleine campagne, je file en courant le faire entre les deux portières de la voiture. J'en profite, en revenant, pour casser un morceau de bois d'un arbuste. Discrètement, je me fais des tonnes de *bois-front* tout en prenant garde de ne pas mettre les pieds sur les espaces sans herbe (il n'y a pas de carreaux ; donc, je m'invente la superstition adaptée au lieu) et compte les pas qui me séparent de la voiture à la voile : si c'est un nombre impair, c'est que tout ira bien !

J'arrive près d'Éric, toujours aussi calme. Il me tend la main. Je note mentalement que j'ai bien fait un nombre impair de pas. Éric me tient toujours la main, tandis que Philippe s'approche. J'ai l'impression d'être une condamnée à mort à qui on vient demander quelle est sa dernière volonté (n'être jamais venue dans ce guet-apens !). Et puis, tout s'accélère : en un clin d'œil (est-ce raisonnable d'aller si vite ?), Éric me harnache, puis s'installe derrière moi. Je vérifie compulsivement que tout est bien attaché, je tire sur les câbles, teste les attaches… Quand il clipse devant moi l'extrémité du treuil qui se tend immédiatement, je comprends que c'est imminent. J'ai à nouveau envie de faire pipi. De pleurer aussi.

— On part déjà ? fais-je, paniquée.

— Pourquoi, tu veux attendre la saint-glinglin ? hurle Philippe en riant.

Ce sont les derniers mots terrestres que j'entends – peut-être les derniers de ma vie –, puisqu'à peine le treuillage a commencé que la voile se lève derrière nous et nous secoue en nous tirant en arrière. J'essaie de suivre à la lettre les instructions qu'Éric m'a données et je cours comme une damnée, alors qu'au bout de trois foulées, nous sommes déjà soulevés de terre. Mais docile et programmée pour obéir (ma vie en dépend), je continue à courir dans l'air, même si j'ai conscience que c'est un peu ridicule.

— Tu peux peut-être arrêter de pédaler comme ça, Bérénice, me fait Éric dans mon dos. Profite, maintenant. Regarde en bas…

Regarder en bas ? Ça ne va pas ? Jamais de la vie. Je me souviens d'une (horrible) fois où j'avais cédé à mes enfants, à Euro Disney et où j'étais montée dans les montagnes russes. Monstrueux. J'avais fermé les yeux, pleuré, braillé… Ç'avait été l'expérience la plus affreuse de toute ma vie, même si Marius, qui avait treize ans à l'époque, m'avait fait remarquer en se bidonnant :

— Mais, maman, faut pas te mettre dans cet état-là, c'est une montagne russe pour tout-petits…

Bon, d'accord, il était écrit que c'était une version adaptée aux moins de six ans. Il n'empêche, j'avais eu très, très peur.

Eh bien, là, ça va être pareil : je vais fermer les yeux tout le temps de l'expérience.

— Regarde, Bérénice, ton ami s'envole à son tour.

Malgré moi, j'ouvre les yeux pour regarder Philippe. Ce que je vois me coupe le souffle : à mes pieds, le site d'où nous sommes partis, les bosquets environnants, les autres parapentes de toutes les couleurs qui décollent, dont celui de Philippe juste en dessous de moi. Je distingue Anne et Ingrid, deux petits points sur l'herbe, qui font des grands signes avec leurs bras.

Ce qui me marque le plus, c'est qu'il n'y a pas un bruit. Juste celui du vent dans la voile. Je me sens étrangement calme : alors, c'est ça que ressentent les oiseaux quand ils volent ? Cette plénitude, cette douceur, avec une vue presque infinie sur l'horizon, cette sensation incroyable de légèreté, comme les nuits où je rêvais que je volais et que je me réveillais en regrettant que ce ne soit pas la réalité.

La voile de Philippe nous a rattrapés. D'autres points colorés parcourent le ciel en des trajectoires tranquilles. Oui. Tranquille. C'est exactement ça. Je n'ai pas le vertige, je n'ai pas peur.

Je suis envahie d'une sérénité comme jamais je n'en ai ressenti.

- AVENTURE : du parapente ! Si, si ! Du parapente ! Hein ? Ça le fait, non ?
- SPORT : ben, du parapente...
- À FAIRE IMPÉRATIVEMENT : questionner... voire torturer Philippe pour en savoir plus.
- CITATION : *Les montagnes russes, c'est ma vie. La vie est un jeu violent et hallucinant ; la vie, c'est se jeter en parachute et prendre des risques, tomber et se relever, c'est de l'alpinisme, c'est vouloir monter au sommet de soi-même et être insatisfait et angoissé quand on n'y parvient pas.* (Paulo Coelho)
- À ÉCOUTER : Jacques Dutronc - *L'Hôtesse de l'air.*
- À VOIR : *Point Break.*

Partie III

TOUT CONTE FAIT

(OU LA VIE N'EST PAS UN LONG CONTE DE FÉES TRANQUILLE)

32

Quand arrive l'heure de midi, tout le monde a fait son baptême, le matériel est rangé et nous nous retrouvons dans un petit restaurant d'un village proche, où les parapentistes ont l'habitude d'aller.

— Alors, vos impressions ? demande Éric qui, lui, a fait trois sauts dans la matinée comme si de rien n'était.

— J'ai adoré, lui dis-je avec sincérité. C'est une expérience inoubliable.

— Tu vois, Bérénice, je savais que tu allais aimer, renchérit Anne. Moi aussi, au passage. J'ai trouvé ça génial !

— Ce sont des sensations incroyables, ajoute Ingrid. Moi, j'ai bien envie d'en refaire pour apprendre à piloter seule. Qu'en penses-tu, Anne ?

— Excellente idée. C'est possible, Éric ?

Éric explique qu'il faudra attendre la reprise de l'activité au printemps, mais que oui, il les inscrira dans son club avec plaisir.

Pour ma part, non. Je n'en referai pas. J'ai vraiment aimé cette sensation, je suis contente d'avoir tenté l'expérience, mais cela n'a pas empêché les décharges d'adrénaline et une sorte de peur farouche de m'envahir.

— Et toi, Philippe ? s'inquiète Éric.

— Sincèrement ? J'ai eu l'impression de me rapprocher de quelque chose de divin en bravant les lois de la nature de cette façon. Et puis, planer au-dessus de tout, comme ça, sans un bruit, porté par l'air vif... Incroyable !

Je vois ce qu'il veut dire. Voler ! Mais quel rêve fabuleux !

Dans la voiture qui nous ramène, Philippe et moi sommes silencieux, perdus dans nos pensées qui flottent haut dans le ciel. Alors que nous approchons de la maison, je me rappelle soudain que je voulais le questionner sur ce fameux coup de fil de ce matin et sur la soirée dont il ne veut rien me dire. J'ai un irrésistible besoin de savoir. La sensation d'avoir bravé un danger en faisant du parapente me donne des ailes (c'est le cas de le dire).

— Philippe, tu sais, j'aime bien être avec toi. On s'entend bien, tous les deux. Mais là, j'ai l'impression que tu me caches quelque chose. Ton dîner de l'autre soir, dont tu ne veux pas me parler, le coup de fil que tu passes juste avant le parapente. Je ne te demande pas de me dévoiler toute ton intimité, mais de me faire confiance…

— Bérénice, ma petite curieuse…

J'ai bien peur qu'il ne me dise toujours rien. Je renchéris :

— Tu sais ce que je te propose ? Comme nous sommes arrivés, j'ai envie de marcher un peu. Tu veux venir avec moi promener Crumble en forêt ?

— C'est d'accord.

Alors que je voulais lui poser mes questions, me voilà à marcher dans les bois avec lui en lui racontant ma vie. En fait, Philippe est assez doué pour retourner les situations. Mais il ne perd rien pour attendre. Je suis moins habile que lui pour faire parler les gens, mais je suis très entêtée.

— Dis-moi, Bérénice, pourquoi tu tenais tant à faire du parapente si tu avais si peur ?

— C'est pas vraiment que j'y tenais, puisque j'ai bien failli ne pas y aller. Mais depuis quelque temps, tu vois, j'ai envie de vivre de nouvelles expériences, découvrir de nouvelles personnes, sortir des sentiers battus, profiter enfin de ma vie en la remplissant. Tu comprends, j'ai envie de faire des trucs qui sortent de l'ordinaire.

Ce que je ne lui dis pas, c'est que j'ai besoin de ces expériences nouvelles surtout pour pouvoir les raconter à Emmanuel quand (enfin, j'espère) je le reverrai.

— Mais c'est quoi, cette manie de rechercher à tout prix des trucs insolites, Bérénice ? Tu ne peux pas te contenter de ce que tu as ?

— T'es mignon, toi ! Tu as tellement vécu, tu as voyagé, rencontré du monde, eu des expériences que je n'imagine même pas…

— Et alors ?

— Moi, rien. J'ai passé ma vie à mettre des enfants au monde, les nourrir, les changer, les éduquer, les emmener à droite et à gauche, assister aux réunions de parents d'élèves, cuisiner des mauvais repas, me taper les derniers Walt Disney trois fois par an, faire des lessives, repasser les chemises de mon mari et plier ses chaussettes… Tu parles d'expériences enrichissantes !

— Tu es drôlement ingrate envers la vie, Bérénice.

— Comment ça ?

— Elle t'a donné Amélie et Marius. C'est tout de même un fabuleux cadeau.

Sur le coup, je suis gênée d'avoir parlé de mes enfants comme s'ils étaient des boulets. Ce qui n'est vraiment pas le cas.

— Non, mais ce n'est pas ce que je veux dire, tu sais bien. J'adore mes enfants et je ne regrette pas de les avoir, évidemment. Mais pour te résumer, j'ai été une épouse, une maman et j'ai oublié d'être une femme.

— Ne me fais pas croire que ta vie de femme mariée a

été un fiasco de part en part. Au début de votre mariage, ça a tout de même dû être bien, non ?

— Oui, je ne dis pas. Mais je suis rapidement tombée enceinte. Je ne sais pas à qui ou à quoi c'est dû, mais nous nous sommes vite installés dans une routine. J'en suis peut-être responsable, hein ? Je ne mets pas tout sur le dos d'Étienne…

Quoique…

— Ce que je ne comprends pas, c'est que tu as passé vingt-cinq ans de ta vie à t'ennuyer ? Sans bouger ? Sans changer ?

Je ne sais pas quoi répondre à ça. Ma force d'inertie me saute littéralement aux yeux. C'est vrai que, depuis peu, j'ai beaucoup chargé Étienne, mais Philippe a raison : jamais mon mari ne m'a empêché de partir ou de changer. Cette idée me met de mauvaise humeur. S'en apercevant, Philippe tente une autre approche :

— Oui, ben moi, j'ai peut-être eu des expériences fabuleuses, comme tu dis, mais je n'ai pas d'enfants.

— Il n'est pas trop tard, pour un homme. J'ai des amis qui ont eu leur premier gosse à cinquante ans passés.

— Mais il n'est pas trop tard non plus pour vivre ta vie de femme.

— Peut-être, lui dis-je, toujours agacée, mais bon, j'ai quand même l'impression que mon quotidien, contrairement aux autres, n'a pas été folichon. J'ai quarante-neuf ans ! L'année prochaine, j'en aurai cinquante, tu te rends compte ?

— Ah oui ! Cinquante ans, l'âge horrible des premières mammographies et coloscopies, des bouffées de chaleur, de l'hypertension, de la presbytie et des taux de PSA…

— Aaahh ! Mais qu'est-ce que tu racontes ?

— La vérité. Tu vas voir, à peine tes cinquante ans

passés, tu vas recevoir tout plein de courriers te demandant de faire le bilan de ta pauvre santé déliquescente.

— Mais c'est affreux !

Il éclate de rire :

— Je te dis ça pour te faire enrager, Bérénice. Si après cinquante ans ta vie ne se résume qu'à des check-up flippants, autant cesser de vivre tout de suite, non ? Cinquante ans, c'est plein d'autres choses ! Tu ne peux plus t'arrêter aux images de ta mère ou de ta grand-mère au même âge. Aujourd'hui, c'est le plein milieu de la vie. C'est le moment de récolter ce que tu as semé après avoir ramé comme une dingue pour construire une famille, une carrière… C'est le moment aussi de réviser nos ambitions. Regarde, moi, je ressens un détachement profond par rapport à ma précédente vie, comme une sorte de lucidité libératrice. Il y a une nouvelle quête de sens, de valeurs, tu comprends ? Un lâcher-prise qui apporte de la sérénité. Et puis, franchement, je regarde les quinquagénaires autour de moi et je les trouve beaux. Tu t'es vue, Bérénice ? Tu es belle, tu es épanouie, radieuse. Alors, profite, dès maintenant, mais ne regrette rien non plus. Ce que tu as été a construit ce que tu es. Et crois-moi, tu as encore de bien belles années devant toi.

Je suis abasourdie par le discours exalté de Philippe. Tout ce qu'il dit résonne en moi. Quelle magnifique leçon de vie !

— Tu sais quoi ? ajoute-t-il en riant. Il paraît que, toutes les trente-sept secondes, un Français bascule dans le monde des quinquas ! Bientôt, nous serons plus nombreux que les jeunes, hé, hé ! Nous sommes les maîtres du monde !

J'éclate de rire. Il a une façon bien à lui de simplifier

les choses et de les rendre joyeuses. Je lui prends le bras et avoue :

— Oui, tu as raison, en fait. Pour l'instant, moi, je suis partagée. D'une part, je vois mes cinquante ans comme un nouveau départ, de l'autre, c'est un chiffre qui fait peur, cinquante, tu ne crois pas ? C'est la moitié de cent, quand même !

— Ben, justement, ce n'en est *que* la moitié ! On en a encore cinquante à vivre ! Quel régal !

La forêt résonne de nos rires. Une pluie fine commence à tomber et s'intensifie d'un coup. Comme deux gamins, nous nous mettons à courir. Des bourrasques s'abattent sur nous de plus en plus fort.

— Tu te rappelles, Bérénice ? Les gargouilles de Notre-Dame ?

— Oui, oui ! Toi et moi sous les trombes d'eau qui tombaient des gargouilles, sous un parapluie... Puis j'ai retiré le parapluie... Et on s'est embrassés comme des fous dessous...

— Le baiser le plus génial de ma vie !

— Moi aussi...

Nous continuons à courir en riant, jusqu'à la voiture où nous arrivons enfin, trempés comme des soupes. Tandis que je démarre après avoir installé Crumble aussi mouillé que nous sur un plastique à l'arrière, Philippe me dit :

— Quel délire ! Y a longtemps que je n'avais pas couru comme ça.

— Ouais. Faut quand même faire attention à ton cœur...

— Arrête de parler comme une vieille ! On ne vient pas de faire un marathon de cinquante bornes, non plus. Et mon cœur va très bien ! Ma cardiologue me le dit tous les jours !

— Tous les jours ? Tu vois ta cardiologue tous les jours ?

Il marque un léger temps d'arrêt.

— Bérénice, la femme avec qui j'ai dîné la semaine dernière et que j'ai eue au téléphone ce matin, c'est ma cardiologue.

— Vous… Vous… Tu sors avec ta cardiologue ?

Un horrible pincement enserre mon propre cœur. Mais qu'est-ce que je croyais ? Que Philippe allait rester toute sa vie disponible pour moi ? Moi qui en plus ai d'autres objectifs dans le domaine amoureux ? J'essaie de faire bonne figure.

— Nous sommes sortis quelque temps ensemble après mon opération. Entre elle et moi, ça n'a pas collé, mais nous sommes restés amis et nous nous voyons régulièrement, un petit resto de temps à autre. Et ce matin, je lui ai demandé son avis pour le parapente. Tu vois, c'est tout simple.

— Ah oui, c'est tout simple. Alors, elle et toi, maintenant, c'est bien fini ?

— Oui, je viens de te le dire. Cela dit, excuse-moi, Bérénice, mais si j'avais envie de sortir avec une femme, je ne vois pas en quoi cela te dérangerait, non ?

— Non, non. Tu es libre de faire ce que tu veux, bien sûr.

— Nous sommes libres, *toi et moi*, de faire ce que nous voulons.

— Évidemment ! Nous sommes amis, c'est le plus important !

Un sourire se dessine sur les lèvres de Philippe. Au même moment, Crumble, qui a passé sa tête entre nous deux, tape son bras avec un bout de bâton qu'il a rapporté dans la voiture.

— Non, mon pépère, je ne peux pas te lancer de bâton ici, voyons ! Il est infatigable, ton chien !

Voilà ! On a changé de sujet. Il reprend :

— Au fait, Bérénice, j'ai remarqué quelque chose de nouveau chez toi…

Un peu inquiète, je lui jette un œil tout en conduisant.

— Oui ?

— Depuis que nous nous sommes retrouvés, j'ai constaté que tu avais la mémoire drôlement sélective. Autant moi j'ai un paquet de souvenirs nous concernant, autant j'ai souvent eu l'impression que toi, c'était plus… enfoui…

— Oui, j'ai remarqué aussi. Ça me revient petit à petit, mais tu as raison, j'ai occulté beaucoup de choses de mon passé.

— Sauf là. Le coup de la gargouille, ça t'est revenu d'un coup.

— Ah oui, tiens, c'est vrai ! Faut dire qu'entre la pluie, toi à côté de moi et le mot « gargouille », ça a tilté tout de suite ! Quel incroyable souvenir, tout de même !

— Romantique et fou à la fois...

— Sauf que toi, t'étais pas très romantique, à l'époque.

— Qu'est-ce que t'en sais ?

— Je... Je... Ben, ce n'est pas ce que tu montrais.

— Et je montrais quoi ?

— Je ne sais pas, moi. Tu avais l'image du mec fort, jouisseur, que rien n'atteignait, qui ne s'attachait pas. Enfin, c'est comme ça que je te voyais, moi.

Philippe me regarde d'un drôle d'air. Il m'attendrit et me donne envie de rire à la fois, avec le visage et les cheveux mouillés aplatis sur sa tête. Il ajoute :

— Tu me connaissais bien mal, Bérénice. Tu n'as jamais pris la peine d'en savoir plus.

C'est vrai que nous étions si jeunes et que la préoccupation principale n'était pas forcément de bien connaître son partenaire, mais de profiter des moments présents. En fait, oui, il a raison : je n'ai jamais cherché à le comprendre vraiment.

— Mais tu avais une telle carapace, enfin...

— Tu as sûrement raison. De toute façon, c'est le passé.

Ça te dit de venir te sécher au coin de la cheminée chez moi, et je te fais un chocolat chaud ?

— Ouaaah ! Un truc bien régressif ! D'accord ! On se fait ça.

- AMBIANCE : bourrasque dans ma mémoire.
- AVENTURE : courir sous une pluie battante, puis boire un chocolat chaud.
- NOUVELLE ENQUÊTE : qui est la cardiologue de Philippe ?
- PENSER : tout de même à faire le petit check-up des cinquante...
- SPORT : mais est-ce vraiment raisonnable de commencer le sport à cinquante ans ?
- CITATION : *À cinquante ans, chacun a le visage qu'il mérite.* (George Orwell)
- À ÉCOUTER (et à voir) : *I'm Singing in the Rain*

33

Le mois de décembre arrive.

J'aime l'ambiance feutrée et douillette de cette période qui approche de Noël. J'aime décorer mon intérieur, comme quand les enfants étaient petits : mettre des bougies, coller des étoiles et des flocons aux fenêtres, des couronnes aux portes, disposer un peu partout quelques objets caractéristiques, faire brûler dans des coupelles de la poudre qui sent bon l'orange et la cannelle. Je file au grenier chercher les malles de Noël et les ouvre avec des paillettes dans les yeux : tous les ans, j'ai l'impression de découvrir un nouveau trésor. En revanche, elles sont sacrément lourdes, ces malles ; il va falloir que je m'organise autrement, car c'était toujours Étienne qui les descendait du grenier (sauf l'année dernière, premier Noël juste après mon divorce, et je n'ai pas eu le courage de décorer la maison).

Je ne relâche pas la pression pour mon enquête. Ça devient juste un peu lassant, mais je suis maintenue en éveil par certains souvenirs de notre seule et unique soirée passée ensemble (même si la plus grande partie s'est déroulée à l'hôpital).

Quasiment chaque jour, consciencieusement, je reprends ma liste et appelle de nouvelles sociétés, à la recherche de l'Emmanuel perdu. J'ai du mal à ne pas ricaner, maintenant, quand je prononce son… *nom* :

— Bonjour, je voudrais parler à Emmanuel, s'il vous plaît ?

— Emmanuel comment, je vous prie ?

— Emmanuel Rwonbiédwon…

Chaque fois, les réponses sont négatives. Des fois, même, je me fais des sueurs froides quand mon interlocutrice émet des doutes sur mon appel :

— Excusez-moi, mais je n'ai pas bien compris votre nom et la raison précise de votre appel. Vous êtes ?...

Dans ce cas, je donne un nom factice, le premier qui me vient à l'esprit. Je conçois l'étonnement des secrétaires, comme la fois où, ne trouvant pas d'idées, j'ai pris le premier objet qui me tombait sous les yeux pour m'en faire un nom et j'ai déclaré que je m'appelais Valérie Théière.

Malgré tout, je m'accroche. C'est ma croix quotidienne : téléphoner à cinq sociétés sans savoir sur qui ou quoi je vais tomber, ou si on va me croire… Bref, je fais mon petit boulot d'enquêtrice privée (pour mon propre compte, et dont je suis la seule cliente). Je reste déterminée et patiente : cela fait deux mois et quelques qu'Emmanuel a disparu de ma vie ; je peux bien attendre encore quelques semaines avant de (peut-être) le revoir.

Je m'acharne juste tranquillement, régulièrement : comme dit Madeleine, mon entêtement va finir par payer. De toute façon, je ne sais pas quoi faire d'autre pour le retrouver.

Philippe, qui ne m'a pas reparlé de sa cardiologue, et que je n'ai pas eu l'occasion d'interroger à nouveau (j'aimerais bien en savoir plus sur elle, ça me démange parfois de lui poser des questions), m'appelle pour me demander si je suis libre le soir même.

— Ben oui, pourquoi ?

— Je t'emmène dîner à Paris.

— Ah ouais ? On fête quelque chose ?

— Non, pas du tout, mais comme je sais que tu rêves d'insolite, je t'ai dégoté un truc super sympa.

Dans la voiture, je lui en demande un peu plus :

— Tu connais le Wagon bleu ? me demande-t-il.

— Non, c'est quoi ?

— Tu as lu *Le Crime de l'Orient-Express*, d'Agatha Christie ?

— Évidemment. J'adore, en plus.

— Eh bien, je t'emmène dîner dans une de ses voitures.

— Comment ça ?

— Un restaurant entièrement meublé et décoré comme une voiture de l'Orient-Express.

— Ouaaah ! C'est une idée géniale, ça ! Si tu me promets qu'il n'y aura pas de crimes... C'est où ?

— Dans le dix-septième.

Je trépigne comme une gamine. J'adore les ambiances des livres d'Agatha Christie, et dîner dans l'Orient-Express, même si ce n'est qu'un ersatz, c'est franchement génial.

Le restaurant est incroyable : c'est l'une des dernières voitures du train mythique, qui a été en service de 1925 à 1957. Le patron nous explique qu'on y a tourné depuis un paquet de films-cultes, dont *La Grande Vadrouille*.

— Ça te plaît ?

— Alors, là, ouais ! C'est génial ! Quelle ambiance !

Atmosphère feutrée, confidentielle, chaleureuse, lumière tamisée, odeurs de vieux cuirs, bruit des trains de la gare Saint-Lazare toute proche… Sincèrement, on s'y croirait.

Pendant tout le repas, Philippe et moi nous rappelons des vieux souvenirs de notre école d'interprète. Des tonnes d'anecdotes me reviennent, les noms de nos copains de l'époque, aussi. Tout comme moi, Philippe n'a gardé aucun contact avec eux, et nous le regrettons. Pour certains, ça m'est égal, mais il y en a avec qui je m'entendais vraiment bien et que je reverrais avec plaisir.

— Ce qui serait sympa, me fait Philippe en se servant du velouté de châtaigne, aux chips de légumes et croûtons de pain Poilâne, serait de retrouver un max de copains de l'époque et de faire une fête.

— Ouais, j'adore l'idée. Ça permettrait de voir ce que tout le monde est devenu, ça peut être marrant !

Au moment où je dis ça, une bouffée d'angoisse m'étreint : si tous les anciens copains de l'école se retrouvent, chacun va se raconter, poser des questions aux autres... Tous auront des choses incroyables à dire. Quant à moi, je ne peux toujours pas me défaire de cette idée que je n'ai rien fait de ma vie. Que je n'ai rien à rapporter. Rien. Pourtant, depuis quelques mois, je fais tous les efforts nécessaires pour la remplir, mais je ne rattraperai jamais trente ans de vie.

— Tu as l'air bien sérieuse, d'un coup ! Qu'est-ce qui se passe ?

— Je t'en ai déjà parlé, Philippe. Tu sais, cette horrible angoisse de la coquille vide.

— La coquille vide ?

— Ouais ! L'impression d'être une coquille vide, parfois, de ne rien avoir fait de ma vie d'adulte.

— Encore cette même rengaine, Bérénice ! Il faut que tu te retires ça de la tête, franchement. Ce n'est pas vrai, tu as plein de choses en toi !

— Je n'ai pas voyagé, je n'allais quasiment jamais au cinéma, ni au théâtre, je regardais à peine la télévision, je n'avais aucune passion, aucune activité épanouissante, je...

— Arrête !

— Pardon ?

— Je t'ai dit d'arrêter ! D'arrêter de te plaindre, de te

regarder le nombril ! Il y a des gens qui ont une situation familiale et sociale désastreuse ! Il y a des femmes qui n'arrivent pas à avoir d'enfants ! Il y a des personnes qui tombent gravement malades quand elles sont encore jeunes ! Et je ne te parle pas des enfants qui crèvent de faim, de ceux qui travaillent à huit ans et de tous les malheurs que la terre porte. Alors, d'accord, il te manque quelque chose, ce que tu ressens est ta réalité, mais relativise, bon sang !

Je le regarde, interloquée : son ton est limite agressif. Il ne m'a jamais parlé comme ça.

— En plus, poursuit-il, qu'en sais-tu, de ce qu'ont vécu les autres ? Comme tu le dis toi-même : les vies Facebook ne sont pas les vraies vies. On ne met pas sur les réseaux sociaux qu'on pue des pieds, qu'on regarde Hanouna, qu'on a donné des nouilles trois jours de suite à ses gosses ou qu'on est constipé. Tu auras toujours des gens qui vont se vanter de faire ci ou ça, mais au fond, leur quotidien, à peu de chose près, il est comme celui des autres. Alors, faut arrêter. Ta vie est unique, tu as construit des choses et tu dois en être fière !

Je baisse la tête. Des larmes me montent aux yeux. Ce qu'il remue en moi est violent, mais je sais qu'il a raison : je n'ai pas à me détester et à détester ce que j'ai fait. Philippe tend la main, me prend tendrement le menton et relève ma tête. Il me sourit. Sa voix se radoucit quand il reprend :

— Bérénice, maintenant, ce qui compte, c'est ce que tu vas en faire à partir d'aujourd'hui !

— Tu as raison…

— Oui, j'ai raison ! Et ne laisse jamais personne te dire que ta vie est ou a été nulle. Ceux qui feraient ça ne valent pas la peine qu'on s'attarde à être leurs amis.

Comme souvent, ses paroles me font du bien. Une agréable sensation de calme m'envahit, comme si j'étais libérée d'un poids. Léger, le poids. Mais j'en retire un peu chaque jour, de cette pesanteur néfaste, et je progresse. Si, si, je progresse.

— Allez ! Souris ! On n'est pas bien, là ?

— Si, c'est drôlement chouette ! Merci, Philippe ! Qu'est-ce que tu es gentil avec moi.

— Mais non !

— Mais si !

— Mais non...

Il a le chic pour me faire rire, aussi... Du coup, nous reprenons notre discussion qui part dans tous les sens : le cinéma, mes enfants, le fromage de chèvre, Madeleine, Agatha Christie, le parapente, tout ! Nous sommes pris tous les deux d'une frénésie de parler et de rire, et les autres tables se retournent quand Philippe et moi avons un fou rire dont nous ne savons même pas l'origine. Simplement l'idée d'être bien, là, ensemble, soulagée pour ma part de quelque chose que j'identifie encore mal, mais qui est réel.

À la fin du repas, alors que nous venons de payer, la serveuse tend à Philippe un fascicule sur lequel est écrit *Lieux insolites à Paris*.

— Tiens ! me fait-il en me le mettant dans les mains. Toi qui es toujours à la recherche d'expériences qui sortent du commun, lis ça.

Je parcours la brochure des yeux : jeu de Quidditch en plein Paris, manoir hanté, atelier de brassage de bière, tour de la capitale en 2 CV, café de chats, bar à sieste… Autant d'activités et d'endroits qui rivalisent d'originalité. Je me dis qu'à Paris, on trouve vraiment de tout, quand je tombe sur une annonce qui me fait bondir : Le bar des quadra, avec la production tous les vendredis soir d'un groupe de rock appelé les Black Quadra. Sur la photographie, quatre hommes déchaînés en train de jouer du rock sur une estrade.

À la batterie : Emmanuel.

Sous le choc, je montre la page à Philippe :

— Ben, ça alors ! Regarde, c'est Emmanuel !

Il ne semble pas comprendre.

— Qui ça ?

— Emmanuel ! Tu sais, l'homme que j'ai rencontré à Saint-Malo…

— Oui, oui, je sais très bien qui c'est, tu m'en as assez parlé ! Mais là, tu me montres un groupe de rock ! Je croyais qu'il était ingénieur !

— Oui, mais ce que je ne t'ai pas dit, c'est qu'il jouait dans un groupe. Je ne me souvenais pas du nom et, en le voyant, ça m'est revenu : les Black Quadra ! C'est génial, je vais enfin pouvoir le contacter !

Complètement énervée, je range le fascicule dans mon sac et m'apprête à partir. En face de moi, Philippe se lève sans me regarder.

— Je suis contente, t'imagines même pas !

— Je vois ça.

— Ça fait des semaines que je le recherche, avec une stratégie à la noix et des coups de fil agaçants ! Fini, tout ça ! Ouf ! Je suis contente, mais alors…

Nous sortons dans la rue, j'attrape le bras de Philippe qui me semble soudain très silencieux. D'un geste un peu brusque, il retire son bras :

— Excuse-moi, je dois chercher mes clés de voiture.

Sur le chemin du retour, je me lâche complètement et lui raconte tout ce qui s'est passé à Saint-Malo, les détails dont je ne lui avais pas parlé. Je lui dis ce qu'a représenté Emmanuel pour moi : le premier pas vers le changement, la découverte que je pouvais encore séduire et ressentir des picotements dans le cœur.

Comme il le fait souvent, Philippe m'écoute attentivement en conduisant, silencieux.

Je lui trouve l'air fatigué, d'un coup.

- Ambiance : Orient-Express.
- Aventure : envie de parcourir tous les lieux insolites parisiens.
- Enquête « prince charmant » : signe du destin, la solution s'est présentée d'elle-même. (Bon, y a encore un peu d'effort à fournir, mais je tiens le bon bout.)
- Citation : *Rien n'est réel, sauf le hasard.* (Paul Auster)
- Sport : se contorsionner pour sortir le carton de décorations de Noël du grenier, le descendre, monter sur l'escabeau, accrocher les décos... Si ça, c'est pas du sport ! (En plus, j'ai serré le ventre et les fesses en même temps.)
- À relire : tous les Agatha Christie. Je les avais dévorés quand j'étais jeune ; je m'y replonge.
- À écouter : *Louise attaque, Les Soirées parisiennes.*

34

J'ai très mal dormi. La perspective de retrouver Emmanuel m'a mise dans un état… J'ai fait des rêves complètement idiots. J'en fais un, presque toujours le même, celui avec un homme sans tête. Je sais que c'est l'homme avec qui je veux être, mais son identité est plutôt trouble, puisqu'il n'a pas de tête. Ce qui est tout de même assez embêtant.

Dès dix heures, j'appelle Le bar des quadra, dont le numéro est sur le fascicule. Mauvaise nouvelle, un message sur répondeur m'annonce qu'il n'ouvre qu'à dix-sept heures. C'est quoi, ce bar qui n'est même pas ouvert le jour ? Ça va me paraître long… mais long.

J'ai bien pensé y aller le vendredi soir, pour lui faire la surprise. Mais si jamais il n'avait plus envie de me voir… ce serait une expérience très désagréable. Non. Lui téléphoner d'abord, c'est bien.

En attendant la fin de l'après-midi, je n'arrive à rien et me répète ce que je vais dire aux propriétaires du bar : j'organise une grande soirée pour fêter les quarante ans de mon mari et je cherche pour cela un groupe de musiciens. J'ai trouvé que l'idée des chanteurs quadra était géniale. J'aimerais avoir un numéro de téléphone pour les joindre.

Ça se tient, non ?

La journée passe avec une lenteur d'escargot. Je me morfonds, n'arrive même pas à faire mes traductions. Je tourne dans la maison en peaufinant mes décorations de Noël. Nous avons prévu de le fêter ici, avec les enfants : si je ne soigne pas mon sapin, je vais en entendre parler.

Un peu avant dix-sept heures, je suis en poste, la main au-dessus du téléphone, prête à dégainer plus vite que mon ombre quand sonnera le cinquième coup !

Une voix très grave me répond, limite aimable. Impressionnée, je m'embrouille dans mes explications.

— Si je comprends bien, me répond-il quand je me suis enfin sortie de mon discours laborieux, vous voulez joindre quelqu'un des Black Quadra, c'est ça ?

Ouf ! il est mal embouché, mais il comprend vite.

— Oui, oui. Si c'est possible !

— Non.

— Pardon ?

Sa réponse a claqué comme un coup de fouet : non ! Mais pourquoi, *non* ? Je me mets frénétiquement à me ronger un ongle en fixant Crumble endormi à mes pieds.

Si près du but ! C'est ma faute ! Je n'ai pas touché de bois avant d'appeler !

— Mais non... Je vous fais une blague ! Bien sûr que je vais vous le donner, le numéro. Vous avez de quoi noter ?

Et le voilà qui éclate d'un rire sonore qui me vrille les tympans.

— Ah ! Attendez, fais-je avec une toute petite voix, je prends un crayon.

En tremblant, je note le numéro qu'il me donne.

— C'est le numéro d'Emmanuel Chevalier. C'est lui le manager du groupe.

Entendre prononcer son nom me procure une véritable décharge d'adrénaline. Emmanuel Chevalier ! Quel beau nom ! *Mon* chevalier ! J'en suis toute retournée. Oui, je sais, c'est un peu cucul, mais voilà : après tout le temps passé à le chercher et à fantasmer sur lui, entendre son nom, son vrai nom, ça a quelque chose de magique !

— C'est bon, vous avez noté ? me dit l'homme au bout du fil en riant encore.

— Oui, oui, merci, monsieur.

— Je dois vous prévenir : il ne sera pas tout de suite disponible. Même pas sûr qu'il puisse répondre immédiatement au téléphone. Il a aussi un autre boulot et il est parti pour deux mois, jusqu'à fin février, pour une espèce de mission dans une île du Pacifique… Je ne sais pas bien où… Pas sûr qu'il y ait du réseau… Enfin, voilà, faut le savoir. J'espère que c'est pas pressé, votre fête !

— Ma fête ?

— Ben oui, l'anniversaire de votre mari.

— De mon… Ah ! Oui ! Pardon… Bien sûr. L'anniversaire de mon mari, huhuhu ! Non, non, j'ai un peu de temps. Allez ! Merci encore et au revoir.

Et sans attendre, je raccroche.

Incroyable ! J'ai le numéro d'Emmanuel ! Et ça a été d'une simplicité... Je n'en reviens pas. En revanche, la mauvaise nouvelle, c'est qu'il ne sera pas disponible avant fin février. Mais bon, j'ai fait un tel pas en avant dans mon enquête...

Maintenant, l'étape suivante : me préparer à appeler Emmanuel.

Une chose est sûre, c'est que ça ne va pas être simple. J'ai la trouille. La mégatrouille ! Presque autant que quand j'ai fait du parapente. C'est dire.

Pour me donner du courage, je décide d'appeler Madeleine : elle seule sait trouver les mots, me pousser, m'encourager. Et puis, n'est-elle pas ma marraine, la bonne fée ?

— Ma petite Bérénice, qu'est-ce qui vous arrive ?

— Madeleine, j'ai un truc… dingue… qui m'arrive ! Je ne vous dérange pas ?

— Je suis avec Anatole. Nous buvons un petit apéritif, tous les deux. Mais ça a l'air important. Dites-moi.

J'explique à mon amie la soirée au Wagon bleu, le livret des lieux insolites, la découverte de la photo des Black Quadra et mon coup de fil au bar pour récupérer le numéro de téléphone d'Emmanuel.

— Son nom de famille, c'est Chevalier, Madeleine. Vous vous rendez compte ?

— Un bien beau nom, en effet. Et c'est quoi le nom de famille de Philippe ?

— Rey, pourquoi ?

— Comme ça, par curiosité. Rey, ça veut dire Roi, en espagnol.

— Oui, possible. Bon. Alors, mon souci, c'est que je vais appeler Emmanuel, mais je ne trouve pas le courage. Le patron du bar m'a dit qu'il était parti en mission pour environ deux mois et ne pourra peut-être même pas répondre au téléphone. À votre avis, qu'est-ce que je fais ?

— Mais c'est une occasion parfaite, au contraire. S'il ne peut pas répondre, c'est même super ! Vous allez lui passer la main sans stress.

— Comment ça ?

— Vous l'appelez et vous laissez un message sur son répondeur. Ça sera à lui de vous rappeler après ça.

— Ah ouais ! Pas bête ! Mais même de laisser un message sur son répondeur, ça me stresse.

— Rappelez-vous ma technique du petit verre d'alcool qui donne du cœur au ventre avant d'appeler !

— Madeleine…

— Un petit verre, ça désinhibe ! Bon, et puis, plus sérieusement, vous préparez à l'avance ce que vous allez lui dire, vous l'écrivez, vous le relisez. Mais surtout, vous restez na-tu-relle ! C'est comme ça qu'on vous aime.

— Oohh ! Merci, Madeleine ! En fait, j'avais juste envie d'entendre votre voix pour me donner du courage. Vous faites un bisou à Anatole et je vous en fais un aussi.

— Vous me tiendrez au courant ?

— Évidemment. À bientôt !

Me voilà seule face à mon téléphone. Trouver du courage. Qu'est-ce qu'a dit Madeleine sur les effets désinhibiteurs de l'alcool, déjà ?

Je n'ai pas d'alcool chez moi, sauf une vieille bouteille de porto que je garde en réserve depuis les lustres. Au cas où quelqu'un viendrait boire l'apéritif chez moi à l'improviste (ce qui n'est jamais arrivé dans mon ancienne vie). Le bouchon fait un pop amusant quand je le retire. Sans réfléchir, je m'envoie un petit verre de vin cuit, que je bois un peu vite. Ça me chauffe la gorge et l'estomac, mais ne me donne pas encore suffisamment de courage. Allez ! Hop ! Un deuxième verre ! Cul sec ! Puis un troisième, un quatrième et peut-être d'autres… Quand la tête me tourne vraiment, j'empoigne mon portable, cette fois-ci bien décidée !

— Hein, Crumble ? On ne va pas se laisser démonter par un petit mec de rien du tout ! On va l'appeler et le lui dire, au mec ! Lui dire… lui dire… Qu'est-ce que je vais lui dire, d'ailleurs ! Madeleine a dit de préparer ce qu'on allait lui dire…

Mais comme je ne suis plus vraiment maîtresse de moi, je compose le numéro et me laisse porter par le bruit de la sonnerie !

— On verra bien, hein ?

Comme prévu, personne ne répond. Sur un coup de panique, ne sachant pas quoi dire sur le répondeur, je raccroche précipitamment.

— Crumble, mon chien, on doit faire comme a dit Madeleine : on va préparer un suuuuper texte à dire dans le répondeur du monsieur, d'accord ?

Crumble, tout joyeux, tourne autour de moi en regardant alternativement sa laisse et la porte de sortie.

— Après, mromis, après, on ira se… se mromener, ça me fera du bien… prendre l'air… parce que là, le porto, c'est comme le rafiata... ratafia... ça fatigue un peu, on dirait…

J'ai l'impression de parler avec de la pâte à modeler dans la bouche.

— Bon, alors, une feuille… Voilààà. Tiens, je vais toucher du bois pour me porter sanche… chanche... Merde ! Chance…

J'attrape une feuille, me ressers un verre de porto et note des phrases sans queue ni tête.

— Bon, ça marche pas ! Allez, j'improvise, ce sera plus naturel ! Madeleine l'a bien dit : il faut que je sois na-tu-relle !

Je recompose le numéro et attends en touchant le bois de ma table, puis mon front plusieurs fois de façon compulsive : *bois-front, bois-front, bois-front.* La messagerie se déclenche enfin :

Bonjour, c'est Emmanuel ! Parti pendant quelques mois pour une mission à l'autre bout de la terre, sur une île tellement sauvage qu'il n'y a aucun réseau, je ne peux vous répondre actuellement. Mais laissez-moi un message après le bip. Si j'en reviens, promis, je vous rappelle !

Hein ? Qu'est-ce que c'est que ce truc ? J'ai rien compris. Je raccroche précipitamment et réfléchis deux minutes, dans la mesure de mes possibilités.

— T'entends ça, Crumble ? Au bout du monde… Ça chife… ça fiche la trouille, ça. Si ça se trouve, c'est une île paradisiaque, avec des femmes jeunes, sublimes et en pagne qui savent faire la danse du ventre. Il va s'en trouver une à son goût, se marier et avoir beaucoup d'enfants. Ou alors se noyer, être englouti par un séisme ou brûlé vif par une éruption volco, vlonique… Merde ! Par un volcan !

Je décide de rappeler et je compose le numéro pour la troisième fois après avoir repris un petit verre.

— Allôôô ? Emmaaanuel ? C'est Bénérice… non… Bérénice ! Merde, ça commence bien… Alors, je t'appelle parce que… Euh… je t'appelle. Holà ! Non ! Enfin… Écoute, je voulais te dire que la dernière fois où tu m'as vue, c'était pas ma faute…

Bip ! Bip ! Bip ! Bip !

La vache, on m'a coupé la chique ! Je n'ai même pas pu terminer mon message ! Alors, maintenant que j'ai commencé, il faut finir !

Consciente que j'ai un tout petit peu trop abusé du porto, je file prendre l'air dans mon jardin, où je fais de grandes respirations, puis je me fais un café très fort, le bois d'une traite, et je rappelle !

— Emmanuel, excuse-moi, on a été coupés ! Alors, s'il te plaît, rappelle-moi dès que tu peux. Je te dois des explications. Je suis désolée, il y a eu une série de quiproquos, des choses que je n'ai pas maîtrisées, des inquiétudes que je n'ai pas surmontées… mais ça n'empêche, le court moment que j'ai passé avec toi, c'était… voilà, c'était merveilleux, mais avec un petit sentiment d'inachevé… Alors, je voulais te le dire, pour… pour qu'on en reparle et qu'on essaie de parfaire ce premier moment passé ensemble… Je t'embrasse et, au fait, c'était Bérénice…

Je raccroche. J'ai débité mon message d'une traite, sans bégayer, sans trembler… et franchement, c'est une réussite ! Une vertu insoupçonnée de l'alcool, une lucidité exceptionnelle, la preuve que *In vino veritas*… Ou alors, c'est le café ! Je ne sais pas, mais je suis bien fière de moi, pour le coup !

La balle est dans son camp, maintenant.

Pour reprendre totalement mes esprits, je décide d'aller promener mon chien en forêt : le grand air me fera du bien, et le pauvre Crumble, ça fait longtemps qu'il attend.

- AMBIANCE : chaude…
- CONSTAT : un porto, ça va, trois portos, ça va aussi.
- CITATION : *On ne saura jamais combien la timidité peut rendre vertueux… et niais.* (Paul Léautaud) (Moi ? Timide ?)
- SPORT : et un : ouvrir la bouteille de porto ; et deux : se servir ; et trois : refermer la bouteille ; et quatre : boire.
- À ÉCOUTER : Téléphone - *Parlez, parlez dans l'hygiaphone/Bientôt au bout du fil/Tu n'auras plus personne (plus personne, plus personne, plus personne…)*

35

Pas de nouvelles, bonnes nouvelles. Emmanuel ne m'a pas rappelée. Je me console en me disant que, s'il est dans un endroit désert où les réseaux ne passent pas, c'est normal.

Il rentre fin février, je dois prendre mon mal en patience.

Mes invités vont arriver d'une minute à l'autre pour que nous fêtions Noël ensemble : Amélie, Marius, Philippe, Madeleine et Anatole. C'est la première fois que je décide d'inviter des amis. Quand les enfants étaient petits, évidemment, nous le fêtions tous les quatre. Depuis qu'ils sont grands, ils tiennent toujours à ce moment familial. Tant mieux d'ailleurs, parce que j'aurais du mal à envisager un réveillon sans eux. L'année dernière, première fois sans Étienne, divorce trop récent, moral en berne... la soirée avait été tristounette. Mais mes enfants étaient restés auprès de moi gentiment.

Alors, là, j'ai pensé qu'il serait bien d'ouvrir un peu la soirée : Madeleine parce que j'avais vraiment envie d'être avec elle, après ces longues semaines sans la voir, et Philippe parce qu'il est seul et que Marius et Amélie s'entendent vraiment bien avec lui. J'ai été surprise qu'Antoine, le compagnon d'Amélie, ne puisse pas venir, mais ma fille m'a dit qu'il y avait une grande fête de famille chez ses parents.

Pour l'occasion, je me suis acheté une robe bustier noire que j'ai mise avec des collants à paillettes et… des escarpins à talons. C'est Madeleine qui va être contente.

À ce propos, je suis ravie de la voir et de faire la connaissance d'Anatole, dont j'ai beaucoup entendu parler ces derniers jours. Même si elle a toujours une pensée et une parole pour Léon, je sens qu'elle en pince pour son nouvel ami.

Je regarde ma table, que je me suis appliquée à faire, avec la nappe rouge, verte et or, la vaisselle et les couverts des jours de fête qui ne servent qu'à Noël (je me dis que c'est un peu idiot, d'ailleurs, et me promets de l'utiliser en d'autres occasions), les petits bouquets de houx que j'ai cueillis moi-même en forêt, des marque-places avec le prénom de chaque convive et le menu que j'ai décorés à l'aquarelle. Même Crumble a un magnifique nœud rouge en guise de collier.

Quand on sonne à la porte et que je découvre Madeleine aux bras d'Anatole, je ne peux empêcher mes larmes de monter aux yeux. Elle, rayonnante, avec une somptueuse robe de velours rouge foncé, me paraît avoir perdu dix ans. Lui, grand homme athlétique à l'épaisse chevelure blanche, dans un beau costume de laine noire. Il me tend un énorme poinsettia, l'étoile de Noël.

— Anatole, je te présente Bérénice… et Crumble.

Mon chien fait la fête aux nouveaux arrivants, et Anatole se penche pour le caresser derrière les oreilles, ce que Crumble apprécie grandement.

— Mais vous êtes magnifique, Bérénice ! Quelle belle robe et… et ces chaussures, ces talons, vraiment !… Chaque centimètre gagné est un signe d'émancipation, non ?

— Je savais que vous alliez aimer. Je les ai remplies toute la journée d'hier de papier journal humide pour les agrandir. J'ai quand même un peu mal aux pieds, alors, je ne vous promets pas de les garder toute la soirée, mais je les ai mises !

— Vous avez votre bicarbonate de soude, au cas où ?

— J'ai fait mes réserves !

— Très bien !

Anatole nous regarde sans comprendre. Madeleine lui explique en quelques mots :

— Le jour de son mariage, Bérénice a pris un bain de pieds dans de l'eau et du bicarbonate, tellement ses talons lui faisaient mal.

— Le jour de votre...

— Oui, mais pas pendant la cérémonie, voyons, Anatole !

— Ah ! Tout va bien, alors !

— Dites, ma petite Bérénice, on dirait que nous sommes les premiers ?

À ce moment, on sonne à nouveau à ma porte.

— Oui, mais voilà la suite.

Amélie, Philippe et Marius arrivent en même temps. Je fais les présentations et note que Madeleine regarde Philippe avec beaucoup d'intérêt. Sa chute sur la tête l'aurait-elle transformée en croqueuse d'hommes ?

— Dites, Bérénice, si vous nous montriez votre atelier, dont vous m'avez tant parlé ? Je meurs d'envie de voir vos tableaux et de les montrer à Anatole, qui est un spécialiste de peinture.

— Il n'y a pas grand-chose, pour l'instant. Beaucoup d'études, principalement.

— Je viens aussi, fait Philippe, qui pourtant connaît déjà parfaitement l'endroit. Il attrape le bras de Madeleine et l'entraîne à l'arrière de la maison. Elle se met à trottiner à ses côtés en riant de son petit rire pointu. Du coup, je prends aussi le bras d'Anatole, et nous les suivons.

— Madeleine est la joie de vivre, me fait-il.

— Je sais. Une fée…

— Oui, une fée ! C'est exactement ce que je me suis dit la première fois que je l'ai rencontrée.

Je le regarde. C'est un bel homme, au visage carré et puissant, déterminé, et dont le sourire a dû faire des ravages autrefois.

— Vous aimez la peinture, alors ?

— J'ai tenu une galerie d'art à Dinan il y a… un bon paquet d'années. C'est ma nièce qui l'a reprise depuis, mais je m'y intéresse toujours. Nous organisons régulièrement des expositions et sommes toujours à la recherche de jeunes talents.

— Ouah ! Je suis impressionnée ! Je ne vais pas oser vous montrer ce que j'ai fait.

— Madeleine m'a déjà montré les photos que vous lui avez envoyées. J'adore votre terrier. Le tableau sur l'eau, également. Je trouve que votre peinture a une grande force. Et vous, une façon originale de voir les choses et de les peindre.

Un picotement de fierté me pince le cœur.

— Attendez de les voir en vrai.

— De toute façon, vous en êtes à vos débuts, m'a expliqué Madeleine. Il faut que vous ayez une production plus importante pour en savoir plus, n'est-ce pas ?

Il se tourne vers moi et me fait un clin d'œil. Je comprends pourquoi il plaît tant à mon amie. Moi aussi, il me plaît !

Dans l'atelier, Madeleine regarde tout, mon terrier, l'eau, et les quelques tableaux que j'ai commencés, mais aussi les meubles, les plantes, les rangements, les tubes, les pinceaux…

— Mais quel endroit qui vous ressemble, c'est incroyable ! Comme vous devez être bien, là !

Elle ne croit pas si bien dire : mon atelier, c'est mon havre de paix, là où je me ressource, où je suis moi, où je laisse aller ma créativité.

— Vous avez raison, Madeleine, dit Philippe à son tour. Moi aussi, je trouve que c'est exactement elle : complexe, fouillé et rayonnant !

Quelques instants plus tard, nous sommes de retour dans la maison, sous l'œil impatient de Marius qui chaque Noël régresse comme s'il avait à nouveau dix ans.

— On distribue les cadeaux pendant l'apéritif, maman ? me demande-t-il.

— Oui, mon chéri, si tout le monde est d'accord, on va faire ça. Installez-vous autour de la table basse. Marius, tu fais la distribution ?

Mon fils ne se fait pas prier, et, comme quand il était petit, va près du sapin et lis les étiquettes des nombreux paquets-cadeaux qui s'y trouvent.

Amélie a un livre de recettes vegan, de la part de Philippe, en souvenir d'une discussion qu'ils avaient eue tous les deux sur le sujet ; un bracelet et des boucles d'oreilles assorties de ma part ; un roman de la part de Madeleine et Anatole. Philippe a offert un jeu vidéo à Marius, et Madeleine, un magnifique stylo plume. Moi, je lui offre une montre connectée, ce dont il rêve depuis longtemps. Nous avions décidé, entre « vieux » adultes, de nous offrir seulement des livres ou des CD pour faire simple.

Après que tout le monde a ouvert ses cadeaux, qu'on s'est extasiés, remerciés, embrassés, je file en cuisine chercher les toasts que j'ai faits. En toute modestie, je me suis drôlement améliorée, question gastronomie (les toasts, quel progrès !), même si, pour l'instant, je ne fais que suivre scrupuleusement les recettes de Marmiton. Alors que je m'extasie devant mes grandes créations – pain de mie-épinard-chèvre-figue, palmiers à la tapenade ou encore blinis de sarrasin et *cream cheese* (je me suis dépassée !), je sens une présence dans mon dos. Je me retourne et fais face à Philippe qui, l'air gêné, me tend un tout petit paquet.

— C'est pour toi. Je ne voulais pas te l'offrir devant tout le monde.

Je le regarde, étonnée, prends le cadeau et l'ouvre sans un mot, en proie à un drôle de pressentiment : pourquoi me donne-t-il un cadeau en cachette ?

Mais je ne suis pas au bout de mes surprises : je découvre une bague posée dans un bel écrin bleu marine. Surmontée d'un diamant, elle est d'une finesse incroyable. Philippe me dit d'une voix à peine audible :

— Elle commençait à se faire vieille. Elle a trente ans.

— Pardon ?

— Je… Je te l'avais achetée le matin même où tu m'as quitté.

Je reste sans voix. L'information ne parvient pas correctement jusqu'à mon cerveau, et je regarde alternativement la bague et mon ancien amant. Je n'arrive pas à identifier ce que cela veut dire et me mets à sourire bêtement.

— Trente ans ?… Je ne comprends pas… C'est gentil, mais…

Alors que je cherche mes mots, Madeleine fait irruption dans la pièce.

— Ooohh ! Quelle belle bague !

— Oui, c'est Philippe qui vient de me l'offrir. Mais c'est juste un cadeau symbolique, hein ? Souvenir de notre passé…

— Comment ça ? s'inquiète Madeleine qui n'a pas l'air de bien saisir.

Philippe retrouve sa voix et lui explique :

— J'imagine que vous savez que Bérénice et moi étions ensemble quand nous étions étudiants.

— Oui, oui, je suis au courant. Et ?

— Je lui avais acheté cette bague, à l'époque, et n'ai jamais eu l'occasion de la lui offrir… Alors, voilà, c'est fait !

— Mais quelle belle attention ! Et quelle belle bague ! Vous ne la mettez pas, Bérénice ?

J'enfile la bague pour faire plaisir à tout le monde. C'est vrai qu'elle est très belle. Philippe m'attrape la main et la regarde attentivement :

— Elle te va vraiment bien !

— C'est un beau cadeau, dit Madeleine. Mais je vais emporter ces petits fours, car tout le monde crie famine, là-bas.

Elle nous laisse seuls. Je sais qu'elle l'a fait intentionnellement.

— Merci, Philippe. Mais tu ne m'en voudras pas si je ne la mets pas ? Je n'ai pas envie de répondre aux questions d'Amélie et Marius. Et puis, trente ans plus tard, c'est un peu…

— Oui, je sais, c'est bizarre. Mais à l'époque, je l'avais achetée pour toi. Jamais je n'aurais pu la donner à quelqu'un d'autre. Elle est à toi depuis tout ce temps. Alors, voilà…

Je n'ai pas le temps de répondre, que Marius fait irruption à son tour dans la cuisine.

— Maman, Anatole voudrait ouvrir la bouteille de champagne qu'il a apportée. Où elle est ?

J'ai tout juste le temps de ranger la bague dans son boîtier.

— Dans le réfrigérateur, mon grand !

Sans plus parler de rien, nous rejoignons les autres avec la bouteille. Je me dis qu'il va tout de même falloir que nous ayons une véritable discussion, Philippe et moi, parce que ce n'est pas la première fois qu'il a une attitude équivoque à mon égard.

Pour le moment, je veux profiter de ma petite fête et ne penser à rien d'autre que l'instant présent.

Le repas est joyeux. Anatole, plein d'esprit. D'ailleurs, il s'entend parfaitement bien avec Philippe. Je retrouve toute ma complicité avec Madeleine. Amélie joue les maîtresses de maison et entraîne son frère à faire le service, ce qui me soulage et me permet de passer plus de temps avec mes amis.

— Vous avez des enfants adorables, Bérénice, me souffle Madeleine. Quelle chance !

— Oui, s'interrompt Philippe en nous regardant. C'est une bien belle famille que tu as fondée là.

Je sais très bien ce qu'il veut dire, comme une suite à notre conversation en forêt de l'autre jour. Je regarde Marius qui dépose sur la table un grand plat d'huîtres en riant avec Amélie qui touille le vinaigre aux échalotes : j'ai devant les yeux ma plus belle réussite.

— Vous avez des enfants, Anatole ? demande soudain Philippe.

— Avec mon épouse, nous avions adopté deux garçons au Brésil. Ils sont adultes, maintenant, bien sûr. L'un habite en Bretagne, près de chez moi. Et j'ai mes petits-enfants très souvent à la maison. D'ailleurs, Madeleine a fait leur connaissance il y a peu. N'est-ce pas, Madeleine ? L'autre est retourné vivre au Brésil où il travaille à l'ambassade. Ce qui lui facilite les voyages. Il me rend visite aussi souvent qu'il le peut.

Je remarque que Madeleine est silencieuse. Ce qui n'est pas dans ses habitudes. Est-ce le sujet qui la dérange, parce qu'elle-même n'a pas eu d'enfant ? Nous devrions peut-être parler d'autre chose, pour ne pas enfoncer le clou. Je prends un ton enjoué pour lui expliquer :

— Vous savez quoi, Madeleine ? Pour le plat principal, Philippe, qui est végétarien, nous a concocté un mets de sa composition.

— Ah ! mais je ne demande qu'à essayer, vous savez ? On mange trop de viande, de toute façon !

— Ouais, enfin, un poulet-frites, c'est quand même bon ! intervient Marius, que Philippe avait pourtant essayé de convaincre lors d'une discussion mémorable où chacun campait sur ses positions.

— Tu t'empoisonnes et tu participes au réchauffement climatique ! lui lance-t-il.

— Oh ! Vous n'allez pas recommencer, tous les deux, fait Amélie en riant.

— Quoi qu'il en soit, vous me direz ce que vous en pensez !

— Vous ne mangez pas de viande du tout ? s'étonne Anatole. Pas de poisson non plus ?

— Non. Aucune chair animale. Je mange quand même les œufs de mes poules et des fromages que je fais moi-même.

— Ça doit être difficile. Il n'y a plus grand-chose à manger, si on retire la viande, continue Anatole.

— Ouais ! renchérit Marius. Pas de rôti de porc, pas d'entrecôte, de hamburger, pas de spaghettis bolognaise, ni de hachis Parmentier… Comme la vie doit être triste !…

— Détrompe-toi, mon jeune ami, j'ai découvert des tas de recettes, des aliments oubliés, des combinaisons de saveurs que tu n'imagines même pas. D'ailleurs, j'ai un grand projet : j'aimerais ouvrir un restaurant végétarien dans ma fermette.

Je le regarde, surprise :

— Ah ouais ?

— Ouais !

— Tu ne crois pas que tu as assez de choses à faire avec ton terrain et tes animaux ?

— T'imagines bien que je ne vais pas faire ça tout seul. Tu sais, Gaël, qui m'aide à la ferme, il est complètement partant. On a décidé de s'associer. Et puis, vous serez là pour me donner un coup de main, non ?

Se lancer comme ça dans un tel projet me paraît insensé. Ceux qui montent des restaurants, tiennent des boutiques sont des gens… comme… comme… Comme tout le monde. Des gens qui ont osé, qui ont eu du courage et se sont mis – un peu – en danger pour se lancer dans une autre aventure que ce qu'ils ont toujours fait ! Je m'aperçois que Philippe guette ma réaction :

— Mais c'est génial, ça ! Tu as raison ! J'imagine que Gaël a des compétences ; toi, tu connais plein de choses et tu cuisines super bien ! Non, mais quelle géniale idée !

— C'est vrai ? Tu trouves ? Et vous, Madeleine ?

— Mais, mon petit Philippe, si ça vous enthousiasme, c'est que c'est ce qu'il vous faut !

Du coup, le repas prend une autre tournure. On ne parle plus que de ce projet. Chacun donne son point de vue, de plat, de déco, de promo… Même Marius est emballé par l'idée et propose de faire le serveur.

— Quand tu veux. Et je te ferai des hamburgers végétariens.

— Beurk ! Tu rigoles ? J'irai au McDo pendant ma pause, ouais !

— Et moi, et moi, demande Amélie. Qu'est-ce que tu me feras faire ?

— La plonge ?

— Ah ! C'est malin ! Tu sais quoi, j'en ai marre d'être kiné ! Alors, si tu as besoin de quelqu'un… Je sais cuisiner, moi !

— Eh ! ma chérie, ne t'emballe pas. Tu as un métier sérieux où tu gagnes ta vie. Ne va pas faire n'importe quoi.

— Maman… T'es toujours rabat-joie !

Oui. Je sais.

— J'avais pensé, Bérénice, que tu pourrais faire la déco de la salle. Je te donne carte libre pour peindre ce que tu veux dans la grande pièce que je n'utilise jamais, tu sais, derrière ma cuisine. C'est elle qui servirait de salle de restaurant.

— Ouaaah ! Maman, ce serait génial !

— Ah oui, Bérénice, un beau travail tout à fait dans vos cordes !

La tête me tourne. Mais oui, bien sûr, j'adorerais faire ça ! En regardant Madeleine, mes enfants, Philippe et même Anatole si enthousiastes, leur fièvre me gagne :

— Carte blanche, t'es sûr ? Tu n'as pas peur ?

— Bien au contraire !

— Eh bien, d'accord ! Mais ça va te coûter super cher, de faire appel à une artiste mondialement connue comme moi.

Tout le monde éclate de rire, puis, à la demande de Philippe, nous nous mettons tous à chercher une idée de nom pour le restaurant.

Alors que nous en sommes au dessert – une magnifique bûche glacée apportée par Anatole –, mon portable sonne. Il est tard, pas loin de minuit. Je ne vois pas qui ça peut être. Le temps que je retrouve mon téléphone, la sonnerie a cessé. Je regarde l'écran : c'est un numéro caché. Je pose mon portable près de moi pour l'avoir sous la main si on rappelle. Philippe nous a fait une fabuleuse infusion de Noël, qui diffuse dans toute la maison des senteurs de cannelle.

— Avec un petit verre de champagne, ça va aider à tout faire passer ! promet Madeleine.

Le portable sonne à nouveau.

Intriguée, je décroche :

— Bonsoir, Bérénice. C'est Emmanuel.

- Ambiance : festive.
- Bilan de santé de Madeleine ma bonne fée : en pleine forme, les joues roses, rajeunie de dix ans aux bras de son nouvel amoureux.
- Aventure : Philippe se lance dans un super projet... En fait, tout est possible, si on en a vraiment envie.
- Citation : *C'est quand on s'y attend le moins que ça arrive le plus.* (Le Gorafi) (Cela dit, ça fait vingt-cinq ans que je m'y attends le moins...)
- Sport : c'est la trêve de Noël.
- À écouter : *Jingle Bell*
- Coup de théâtre : Dring, dring !

36

Je jette un regard à mes invités. Tous continuent à rire et à parler, sauf Philippe qui me regarde avec insistance. Je me lève et quitte la pièce en m'excusant pour aller m'isoler dans ma chambre. La situation me paraît surréaliste.

— Désolée de t'appeler le soir de Noël, j'imagine que tu es en famille…

— Non, non. Enfin, si, mais ce n'est pas grave.

Je crie presque. Le réseau ne doit pas être de bonne qualité, et nous nous entendons mal.

— Je n'avais pas trop le choix. Je suis en mission pour deux mois sur l'île de Clipperton, dans le Pacifique, et je n'ai pas de réseau sur l'île. Je suis revenu passer quelques jours au Mexique pour nous ravitailler et pour appeler ma fille et lui souhaiter un joyeux Noël. C'est là que j'ai découvert ton message…

— Oui, mon message… Désolée… c'était un peu nébuleux, non ?

— Non, tout à fait toi ! J'ai bien ri. Dis, Bérénice, mon avion repart dans quelques instants et je n'ai pas beaucoup de temps, mais je voulais te dire que, moi aussi, j'ai passé avec toi un moment merveilleux et que j'ai un sentiment d'inachevé.

Je reste silencieuse, mon cœur bat à tout rompre. Il reprend :

— Je reviens à Paris le 25 février. Alors, si tu es d'accord, on pourrait se voir ? Je t'inviterai dans un resto sympa où ils ne font pas de fruits de mer ?

J'éclate de rire. D'un coup, une bouffée de plaisir et de bonheur m'envahit.

— Oui, oui ! Avec plaisir… Emmanuel ?

— Je dois te laisser… Je t'entends de moins en moins…

— Je suis heureuse que tu m'aies rappelée…

— J'aime entendre ta voix, même si on est obligés de crier comme des poissonniers ! Je t'embrasse, rendez-vous en février, hein ?

Je n'ai pas le temps de répondre que la conversation est coupée.

Je reste assise sur mon lit. Assommée. La conversation a été tellement rapide qu'elle me paraît irréelle. En proie à des sentiments et des émotions incroyables, je me dis que, depuis presque trois mois que je l'ai rencontré, il s'est passé tellement de choses… Enfin, surtout pour moi qui ne sortais jamais, ne rencontrais personne, ne faisais rien de ma vie.

Il ne manquait plus que lui pour me combler totalement.

Mais il faut que j'aille retrouver mes amis et mes enfants, qui doivent se demander où j'ai disparu. Qu'est-ce que je vais leur dire, d'ailleurs ? La vérité, tout simplement. C'est ce qui me paraît le plus adapté. Alors, bien sûr, Amélie et Marius ne sont pas au courant de l'existence d'Emmanuel, mais maintenant que ça commence à se préciser, c'est le bon moment pour leur en parler. De toute façon, ils vont bien se douter de quelque chose. Autant être honnête et tout dire.

Quand j'entre dans la salle, tous se retournent vers moi. J'ai un sourire béat sur les lèvres. Je pose mon téléphone sur la table, m'assois et dis d'une voix solennelle, en observant la réaction de mes enfants :

— C'était Emmanuel.

Curieusement, l'enthousiasme que j'attendais, surtout de la part de Madeleine et de Philippe qui savent l'importance que cette relation a pour moi, est plutôt restreint.

— Eh bien, ma petite Bérénice, c'est une bonne nouvelle, ça, déclare Madeleine d'un ton monocorde. Il était temps qu'il se manifeste !

Philippe ne me regarde même pas :

— Il ne te donne pas de nouvelles pendant trois mois, et là, pif, le soir de Noël, il appelle…

— C'est qui, cet Emmanuel ? me fait Amélie, les yeux écarquillés.

— En fait, je ne vous ai pas dit : à Saint-Malo, pendant la thalasso que vous m'avez offerte, j'ai rencontré quelqu'un. Et – comment dire ? – à la suite de quiproquos, nous ne nous sommes pas revus jusqu'à… Ben, ce soir, quoi !

— Et on ne peut pas dire que vous vous êtes vraiment revus, ce soir. Juste parlé !

— Oui, Madeleine. C'est une façon de parler.

— Mais Philippe et Madeleine le connaissent ? demande Amélie, qui a l'air de plus en plus surprise.

— Non, moi, je n'ai pas l'honneur de le connaître, répond Philippe avec un petit rire. J'en ai juste beaucoup entendu parler.

— Moi, je l'ai rencontré pendant la thalasso, forcément ! ajoute Madeleine.

— Ah ben, c'est chouette, ça, s'énerve soudain Marius. Tout le monde est au courant sauf nous ? Sympa !

— Non, mais je voulais attendre d'être sûre de la situation avant de vous en parler, vous comprenez ? Parce qu'en réalité, je ne l'ai pas connu beaucoup, juste une soirée, et encore complètement gâchée par une allergie aux fruits de mer.

— Et tu t'es amourachée d'un mec que tu n'as connu qu'une soirée ? s'étonne Amélie.

Mais qu'est-ce qu'ils ont tous, d'un coup ? J'ai le droit de « m'amouracher » de qui je veux, quand même ! Moi qui pensais que tout le monde allait être content pour moi, j'ai l'impression que c'est tout l'inverse qui se produit. Je suis super déçue.

— Bon, ce n'est pas le moment, je vous en reparlerai plus tard, d'accord ?

— Mouais, quand tu veux, grogne Marius.

Philippe se lève soudain et brandit la théière :

— Allez ! On ne va pas gâcher notre super soirée avec ça. Vous savez quoi ? Je vous offre une nouvelle tournée de tisane !

— Oh toi avec ton pisse-mémère !

— Ouais, je sais, Marius ! Toi, c'est plus le whisky et les hamburgers, mais attends d'avoir mon âge, tu verras !

— Et le mien, donc, renchérit Anatole en riant.

— La tisane n'a rien d'une boisson de vieux, fait Madeleine. Dans mon jeune temps, mon mari et moi, nous nous faisions de petites tisanes de plantes qui avaient des vertus – comment dire ? – stimulante, sur le plan… amoureux !

— Voyons, Madeleine…

— Eh bien, quoi ! Il n'y a pas de mal à se faire du bien, quand même !

Madeleine…

— Infusions, décoctions, tout ça, c'est la même soupe ! Allez ! Qui en veut ?

Philippe nous ressert de sa super tisane. Je me force à rire et à paraître joyeuse, mais quelque chose s'est bloqué, et je ne suis pas totalement avec mes amis pendant le reste de la soirée. Je ne parviens à profiter ni du plaisir de l'appel d'Emmanuel ni de la présence des personnes que j'aime à ma fête de Noël.

Des fois, ma vie pépère d'avant, sans souci et sans prise de tête, me manque un peu.

Quand enfin tout le monde est parti et que je peux profiter du silence de ma maison pour essayer de remettre mes idées au clair, je décide de rester cinq minutes avec Crumble dans le jardin, assise sur mon banc. Il fait froid, mais j'ai mis mon manteau et pris un plaid. L'air vif me fait du bien. Il est une heure du matin, le ciel est dégagé, la lune me semble très grosse. Au loin, je distingue les premiers arbres de la forêt. De chez moi, j'entends parfaitement bien les bruits de ses habitants : une chouette ulule, et je me laisse bercer par tout le mystère que ces animaux colportent. En plus des bruits que mon chien fait quand il va fureter partout, il me semble que d'autres sons me parviennent du jardin. Je retiens ma respiration : des bruits de pas. Soudain, j'ai peur. Je me dresse brusquement, consciente d'une présence près de moi. Je n'ose pas appeler Crumble, qui, lui, n'a pas aboyé : comment cela se fait-il ?

— Désolée, Bérénice, je ne voulais pas te faire peur.

— Philippe, t'es pas bien net ! Tu m'as fichu une de ces frousses ! T'aurais pu t'annoncer !

— Je regardais le ciel. C'est si beau.

— Allez, viens t'asseoir avec moi. On va se mettre sous le plaid.

Nous nous installons tous les deux, côte à côte, sous ma couverture, et restons sans parler un bon moment. Crumble vient voir qui est arrivé et repart vivre sa vie dans le jardin.

— Je voulais te dire… En fait, c'était maladroit de ma part de t'offrir cette bague, ce soir. Ce n'était pas le bon moment. Je ne savais pas comment faire. Elle te revient et, en même temps, c'est tellement loin, tout ça.

D'un coup, un sentiment de colère monte en moi. Je me retourne vers lui un peu brusquement :

— Ouais ! C'est sûr, c'était pas le bon moment ! Le seul bon moment, ç'aurait été il y a trente ans ! Et encore heureux que tu ne me l'aies pas offerte devant mes enfants ! Ils n'auraient pas su comment l'interpréter ! Tu as pensé qu'ils pouvaient débarquer dans la cuisine à tout moment, comme Madeleine, et tout voir ?

— Non, je n'ai pas pensé à ça. Mais enfin, Bérénice, t'exagères un peu quand même ! Mon geste n'avait rien d'humiliant ni de méchant. Juste un clin d'œil et...

— Et quoi ? Qu'est-ce que ça veut dire, au juste ? Et pourquoi tu ne me l'as pas donnée il y a trente ans ?

— Parce que tu es partie, tu m'as laissé.

— Comment ça, « Je t'ai laissé » ? Tu passais ton temps à me tromper ! Tu crois que ça me donnait envie de rester avec toi ?

— Je me cherchais, à l'époque. J'étais mal à l'aise avec les filles, avec l'amour, surtout. J'avais peur de m'engager et, en même temps, j'étais amoureux... de toi...

— Ne me fais pas rire, s'il te plaît. Si tu étais si amoureux que ça, pourquoi tu n'es pas venu me chercher ? Tu savais très bien où me trouver.

Philippe ne répond pas. Il lève les yeux et regarde le ciel, pensif. Il est resté calme. Pas comme moi qui suis très énervée : soudain, je m'aperçois que, si personne ne s'est enthousiasmé de l'appel d'Emmanuel, c'est sûrement à cause de l'attitude de Philippe. J'en suis sûre, maintenant. En fait, Philippe n'a pas changé ! Il est resté le même, à vouloir plaire tout le temps à tout le monde : il a conquis Marius, Amélie, Madeleine... et même Crumble ! Il m'a dupée encore une fois. D'une voix froide, je lui demande :

— Mais tu cherches quoi, au juste, avec tout ça ?

— Avec quoi ?

— Ton attitude souvent équivoque, tes invitations fréquentes, tes réflexions jalouses, le fait que tu cherches à tout prix à plaire à mes enfants, à mes amis… Pourquoi ? Pourquoi ?

Je me suis mise à crier malgré moi. Il n'a pas bougé d'un centimètre.

— Enfin, Bérénice. Tu n'as pas compris ?

— Je comprends surtout que je viens de passer des années avec un mari qui a bouffé ma vie, et je n'ai pas envie que ça recommence ! Je veux être libre, indépendante, profiter ! Choisir qui je veux ! Et c'est Emmanuel, que je veux ! Ni Étienne ni toi ou aucun autre !

Mes cris résonnent dans la nuit. Inquiet, Crumble vient voir ce qui se passe. Il s'approche de moi, puis va chercher une caresse auprès de Philippe, ce qui a le don de m'énerver encore plus. Mais je ne dis rien. Tout est embrouillé dans ma tête, je suis fatiguée, je n'ai plus envie de me justifier. J'aimerais partir rejoindre Emmanuel sur l'île du bout du monde où il est en ce moment, pour trouver enfin le réconfort auquel j'ai droit. Philippe reprend d'une voix posée :

— Tu t'accroches à un rêve, Bérénice. Cet homme, tu ne sais quasiment rien de lui. Tu veux quoi en t'accrochant comme ça ? Où crois-tu que ça te mènera ? C'est le côté prince charmant, homme parfait et inatteignable qui t'attire ! Mais le prince charmant n'existe pas, Bérénice. Et toi, tu risques de tomber de haut !

Je siffle entre mes dents :

— Tu es jaloux ! Va-t'en ! Je ne veux plus te voir !

— Ne t'inquiète pas, tu ne me verras plus ! Mais rappelle-toi ce que je t'ai dit : entre tes idées de marraine la bonne fée et de prince charmant, ça va faire mal quand tu te rendras compte que la vraie vie, c'est pas ça !

— Va-t'en, je te dis ! Va-t'en !

Il tourne les talons, suivi un instant par mon chien qui ne comprend pas ce que nous faisons à nous disputer comme ça, à une heure du matin.

Au moment où j'entends la voix de Philippe lui dire « Va, mon chien, va consoler ta maîtresse », j'éclate en sanglots.

- AMBIANCE : tension, incompréhension... Je suis mal.
- AVENTURE : coup de fil du bout du monde. Je vais rêver à l'île déserte d'Emmanuel.
- CITATION : *L'homme est jaloux dès qu'il peut s'enflammer ; la femme l'est, même avant que d'aimer.* (Voltaire) (Mouais...)
- SPORT : je vous ai dit que c'était la trêve de Noël. Non, mais.
- À ÉCOUTER : Julien Clerc - *Jaloux*.

37

Ça m'a pris comme ça.

Enfin, pas tout à fait, mais presque. Quelques jours après Noël, coup sur coup, j'ai appris que Madeleine déménageait pour aller vivre en Bretagne avec Anatole, qu'Amélie quittait Antoine et que mon carnivore de Marius s'associait avec Philippe pour monter leur restaurant végétarien.

Je me suis sentie trahie, abandonnée. Même si Madeleine m'a fait promettre de venir en Bretagne. Même si elle a prévu de revenir souvent ici, souhaitant garder sa maison comme pied-à-terre parisien.

J'ai bien compris que Marius prenait complètement fait et cause pour Philippe. Depuis quelque temps, c'est simple, il m'évite.

Quant à Amélie, je ne sais qu'en penser : depuis six ans qu'elle était avec Antoine, franchement, ça veut dire quoi de le laisser tomber d'un coup ? Pauvre Antoine, je l'aimais bien, moi, en plus, ce jeune homme : sérieux, travailleur, gentil, ostéopathe promis à un bel avenir.

Décidément, je ne comprends plus mes enfants.

Comme par hasard, Amélie, pour se changer les idées (paraît-il), a commencé à aider Philippe dans la mise en place de son restaurant.

Ça m'agace.

Philippe continue à retenir en otage les gens que j'aime. Je ne le lui pardonnerai jamais.

Et puis, il y a moi et mon cerveau embrouillé. Un jour, je me déteste, puis je déteste les autres ; d'autres fois, je me plains, puis je me rebelle… En proie à des sentiments contradictoires, je ne parviens pas à trouver ma place.

Alors, il y a trois jours, j'ai craqué : sur un coup de tête, j'ai acheté un billet d'avion pour Acapulco, la ville côtière la plus proche (enfin, mille trois cents kilomètres, tout de même) de l'île de Clipperton.

Je vais rejoindre Emmanuel.

Parce que je ne tiendrai pas deux mois de plus sans le voir.

Je n'ai prévenu personne, ni les enfants et surtout pas Philippe. Pas envie. En plus, je suis sûre qu'ils feraient tout pour m'en dissuader.

C'est Aline, mon amie du cours de peinture, qui garde Crumble. Elle a un autre chien, on a fait un essai : ça se passe à merveille.

Je n'ai plus envie d'attendre, de réfléchir, de faire des expériences œnologiques, du parapente ou des essais de ci ou de ça. C'est bien, mais ça ne suffit plus. Je dois agir, prendre *vraiment* mon destin en main. Toute seule. Ne plus compter sur personne d'autre que moi-même.

Évidemment, là, c'est carrément un fossé que je vais franchir, entre ma vie d'avant et le périple que je m'apprête à accomplir.

J'ai lu quelques informations à propos de Clipperton sur le Net. Certaines ne sont pas très réjouissantes pour la grande aventurière que je suis : il n'existe ni port ni point d'accostage pour les bateaux ; aucune piste d'atterrissage pour les avions ; le plus sûr, c'est l'hydravion qui peut se rapprocher de l'atoll au plus près.

Mais si Emmanuel et son équipe de chercheurs ont réussi à y aller, pourquoi je n'y arriverais pas, moi ?

Le voilà, le vrai challenge ! Non pas de vouloir combler ma vie au coup par coup, mais d'être capable d'aller chercher l'amour au bout du monde.

Ça n'a pas été simple, mais j'ai trouvé comment y parvenir : avant de partir, j'ai pris contact avec le haut-commissariat de la République en Polynésie française qui administre l'île de Clipperton et délivre les autorisations d'accès. C'est incroyable comme je peux être convaincante quand je suis décidée. J'avais peaufiné une belle histoire de mon invention – collaboratrice, dessinatrice naturaliste, nécessité urgente de rejoindre l'équipe en place pour apporter du matériel, intérêt national en jeu, etc. – et j'ai fini par obtenir le nom de sa société. C'est tout simplement l'État français, puisque Emmanuel travaille pour le pôle de recherche d'une université scientifique, en lien avec le Muséum national d'histoire naturelle. (Au passage, j'aurais pu m'évertuer longtemps à téléphoner aux sociétés privées et demander Emmanuel Rwonbiédwon.) Une mission est installée depuis plusieurs semaines sur l'île, mais le plus intéressant, c'est que j'ai appris qu'une fois par semaine, un hydravion allait ravitailler la mission sur place. Et moi, j'ai obtenu une autorisation pour faire partie du prochain voyage.

Si ça, c'est pas une super organisation !

Une super chance, aussi…

Je monte dans l'avion, direction le Mexique, pour dix-huit heures de voyage. Escale à Mexico avec plus de quatre d'heures d'attente, puis vol jusqu'à Acapulco.

Résolue à profiter du voyage pour me détendre, je tente de lire le roman policier que j'avais emporté à Saint-Malo et que je n'ai jamais eu le temps de terminer. Sans succès.

Je n'arrive pas à lire plus de deux lignes sans que mon esprit s'évade : malgré moi, je m'invente des scénarios de films sur nos retrouvailles avec Emmanuel, dans le décor de cette île paradisiaque qu'on appelait autrefois l'île de la Passion. S'il existe une situation amoureuse plus romantique que celle-là, je veux bien la connaître. Car moi, je ne vois pas.

Plus on approche du Mexique, plus j'ai des décharges d'adrénaline. Pendant l'escale, je tourne en rond dans la salle de transit. Je voudrais être plus vieille de quelques jours, être dans les bras d'Emmanuel, enfin rassurée, enfin tranquille. Apaisée.

L'arrivée à Acapulco me coupe le souffle. Nous survolons la baie de nuit, sublime, dont les lumières paraissent de longues guirlandes de fête. Comment ai-je pu louper toutes les merveilles du monde en ne voyageant pas ces dernières années ? Une découverte pareille, on la prend en pleine poire, et ça vous reste dans le ventre et dans la tête pour le restant de vos jours.

N'ayant pas des moyens illimités, j'ai trouvé un petit hôtel pas trop cher. Il n'est ni récent, ni immense comme les tours géantes des grands hôtels de luxe, mais idéalement placé au cœur de la baie d'Acapulco. Je prends possession de ma chambre, grande et claire, dont la baie vitrée occupe tout un mur et surplombe la baie et l'océan Pacifique : là, tout au bout de l'horizon, se trouve Emmanuel et son île paradisiaque.

Parce que je suis une mère responsable et pour qu'ils ne s'inquiètent pas de mon absence, j'envoie tout de même un mail à Amélie et Marius : *Je suis à Acapulco, j'avais besoin de prendre un peu de vacances, du recul aussi. Ça fait longtemps que j'avais envie d'y aller, c'est chose faite. J'espère que vous allez bien, je vous embrasse. Maman.*

La réponse ne tarde pas : *Maman, c'est bien toi ? Tu n'as pas été piratée ? Donne-nous une preuve que tu es bien notre mère et que tu es à Acapulco. (À Acapulco... Pourquoi pas sur la Lune ?...) On tombe quand même de haut... Amélie et Marius. P.-S. – Non, tu nous fais une blague...*

Je leur renvoie un selfie de moi sur la terrasse de mon hôtel, avec la baie en arrière-plan et un nouveau message : *Voilà. Convaincus ? Derrière moi, vous pouvez voir l'endroit où mouillait le* Pacific Princess, *vous savez, le bateau de* La croisière s'amuse *!*

Blague à part, c'est bien vrai. C'est moi. Je suis à Acapulco et je vous aime. Maman.

Sans attendre leur réponse, je quitte la salle informatique de l'hôtel. J'ai beaucoup de choses à faire ; ce n'est pas le moment de me laisser entraîner dans des explications sans fin.

Ce qui me facilite la tâche, c'est que je parle couramment espagnol, évidemment. C'est une aubaine, parce que, du coup, la communication est facile et je ne passe pas (trop) pour la touriste lambda. Parce que des touristes, à Acapulco, il y en a : des palanquées de couples nord-américains venus passer un séjour bon marché, profiter des plages paradisiaques (bien que bondées...), faire la fête dans tous les bars et boîtes de nuit en plein air de la ville et se faire des frayeurs en regardant le plongeon de la mort à la Quebrada. Je n'ai pas l'intention de faire du tourisme, mais j'ai tout de même envie d'assister à cette attraction qui, m'a-t-on dit, est spectaculaire.

Et puis, symboliquement, se projeter dans une animation qui comporte une telle prise de risque ne peut que me faire du bien.

Me faire relativiser, surtout.

Dès le lendemain, je prends contact par téléphone avec la société qui ravitaille la mission d'Emmanuel. Je ressers mon bobard, je croise les doigts (et touche plein de bois) pour qu'ils y croient, mais si près du but, je dois jouer le tout pour le tout. J'endosse une nouvelle fois la casquette de dessinatrice naturaliste, missionnée par un grand musée national. J'ai le sésame qui devrait faciliter les choses : mon accréditation du haut-commissariat de Polynésie.

Au passage, je me fais la réflexion que, si un jour je n'ai plus envie d'être traductrice, j'ai un destin tout trouvé : menteuse professionnelle.

— On vous a mise au courant des risques et des précautions à prendre ? me dit mon interlocuteur dans un espagnol étrangement saccadé.

Je fais exprès de prendre un léger accent, alors que je sais parler espagnol comme... une Espagnole. Les étrangers adorent les petits accents.

— Vaguement. Je compte sur vous pour m'en dire plus... C'est vous le professionnel.

Je ne sais pas s'il est sensible à mon compliment, mais il ajoute avec un petit rire :

— Moi, de toute façon, du moment que vous avez l'accréditation, le reste, ça me regarde pas.

Ouf !

— Je profiterai du vol pour vous poser quelques questions. C'est vous qui piloterez l'avion ?

— Oui, c'est moi. C'est moi qui fais tout, d'ailleurs.

Il n'a pas l'air commode. Ça laisse préjuger un trajet pas très plaisant.

— Quel courage ! Bon, alors, quand part le prochain vol ?

— Y a un ravitaillement une fois tous les dix jours. Le prochain, c'est dans cinq jours, mercredi. On part à cinq heures du matin, je vous préviens.

— Ah ? Et pourquoi si tôt ?

— Le voyage dure trois heures. Et on s'arrête à Socorro. Puis on doit arriver à Clipperton au moment de la marée haute sinon on ne passera pas la barrière blanche.

— La barrière blanche ?

— Le chef d'expédition ne vous a pas mis au courant de tout ça, ma p'tite dame ?

Le ton suspicieux de sa voix m'incite à ne plus insister.

— Si, si, mais ce sont en général les personnes qui vivent sur place qui s'y connaissent le mieux, non ? Je vous fais entièrement confiance. Bon, allez ! Rendez-vous mercredi à cinq heures.

— Du matin...

— Du matin.

Je raccroche, en proie à quelques palpitations. J'ai apporté des granules homéopathiques censées me calmer. Il faudrait peut-être que je me les injecte en perfusion. En attendant, je m'avale la moitié du tube, à titre préventif.

J'ai quatre jours à remplir et je décide finalement d'en profiter pour me faire quelques souvenirs, histoire d'ajouter ça à mon CV de nouvelle femme active et passionnée. Empruntant les taxis blancs et bleus qui sillonnent la ville en tous sens, je longe les grandes plages, visite la vieille ville, la Plaza Alvarez, le fort de San Diego et le marché artisanal Noa Noa.

J'essaie les restaurants qui bordent la baie, goûtant la fameuse *piña colada* locale, mais évitant soigneusement les fruits de mer dont c'est pourtant la spécialité. Ça serait dommage que mes retrouvailles avec Emmanuel se fassent dans la peau de Ribéry !

La veille de mon départ pour Clipperton, je décide d'aller voir le plongeon de la mort comme je me l'étais promis. Attablée à la terrasse du restaurant la Perla de l'hôtel Mirador (qui porte bien son nom), entourée de couples d'Américains qui dévorent des steaks gros comme des briques, je regarde la Quebrada. La fameuse falaise est plongée dans le noir, mais je sais que des hommes ne sont pas loin, prêts à se jeter du haut des cinquante mètres pour le bonheur des spectateurs venus nombreux. En bas, c'est une cuvette qui fait moins de quatre mètres de profondeur. Rien que de regarder, j'ai le tournis. C'est effroyable de faire un truc pareil pour un pourboire de misère. Certains plongent même trois ou quatre fois dans la journée. Les lumières du restaurant s'éteignent brusquement. Je suis saisie d'une peur panique. Qu'est-ce que je fais là ? Et si j'étais en train de commettre une bêtise, si j'avais un accident avec l'hydravion ? Si le pilote m'enlevait pour demander une rançon à ma famille ?... Si... Je n'ai pas le temps de gamberger davantage qu'un jeune homme apparaît en haut de la falaise, accompagné de porteurs de torches. Des roulements de tambour rythment ses pas lents. Mon cœur bat à tout rompre. Le plongeur arrive en haut de la falaise et fait une courte prière devant la statue de la Vierge de la Guadalupe, nichée dans le roc. Sur la plate-forme, à cinquante mètres de haut, il tend ses bras devant lui et, sans attendre, au moment précis où le ressac déferle en contrebas, il s'envole comme un ange, à une vitesse vertigineuse, et perce l'eau quelques secondes plus tard. Un énorme soupir de soulagement retentit sur la terrasse, puis des applaudissements à tout rompre. Les lumières se rallument, la musique et les bavardages reprennent. Je m'aperçois que j'avais retenu ma respiration et que je suis essoufflée. Je bois une grande rasade de *piña colada* qui me tourne un peu la tête. Un homme seul à une table se lève et m'invite à danser une valse. Je n'y connais pas grand-chose, mais j'accepte et me laisse porter par cet homme qui me conduit merveilleusement bien. Je glisse avec lui comme si j'avais fait ça toute ma vie. Je sens les regards sur nous. L'air frais picote mon visage. À la fin de la danse, sans un mot, il me raccompagne à ma place, me fait un baisemain léger et repart s'asseoir. Au loin, il lève son verre dans ma direction et me sourit en penchant la tête. Je fais de même.

Là, dans cet endroit à mille lieues de mes habitudes, de mes enfants, de mon chien, de mon chez-moi... de tout ce qui a fait mon morne quotidien pendant des années, je me sens bien, merveilleusement bien.

Et ce n'est pas terminé. Demain, je n'hésiterai pas. Moi aussi, je vais faire le grand plongeon dans l'aventure de ma vie.

- AMBIANCE : sombrero, cactus et tortillas.
- AVENTURE : eh ben, là, franchement, j'y suis allée fort.
- ENQUÊTE « PRINCE CHARMANT » : je n'ai jamais été si près et si loin à la fois.
- CONSTAT : la *piña colada*, c'est bon, aussi...
- SPORT : fait trop chaud pour les abdos.
- CITATION : *Quien no se aventura no pasa la mar* (version espagnole de « Qui ne tente rien n'a rien »).
- ÉCOUTER : Diane Dufresne - *Partir pour Acapulco*.

38

J'ai bien dormi. Pas très longtemps, mais en rentrant hier soir, j'étais déterminée et calme. Ça m'a aidée à passer une nuit sereine malgré l'épreuve qui m'attend aujourd'hui.

Quand le taxi me dépose au hangar des hydravions, Silvano – mon charmant pilote – a l'air impatient. Pourtant, je suis un peu en avance. Décidément, celui-là, je ne le sens pas.

Le voyage jusqu'à l'atoll risque d'être très, très long en sa compagnie.

— Vous n'avez pas plus gros, comme valise ?

Je regarde mon sac. J'ai pourtant pris le minimum vital, et il n'est pas si grand que ça. Je tente le charme et lui réponds, avec mon plus beau sourire :

— Oh ! vous savez, nous, les femmes, on a besoin...

Il m'interrompt grossièrement la parole en marmonnant qu'il est déjà bien assez chargé comme ça, attrape mon sac et le balance sans ménagement au fond de l'avion. Avion qui ne me semble pas être en très bon état, à en juger par la peinture écaillée, la saleté des vitres et les rafistolages en tout genre.

Mais je garde ma motivation et ma bonne humeur, et nous décollons sans dommage dans les premiers rayons de soleil du petit matin mexicain.

Un hydravion, c'est bruyant. Enfin, celui-là l'est beaucoup. Pour poser mes questions à Silvano, je suis obligée de crier. Lui, en revanche, ne fait aucun effort pour me répondre et j'ai beau tendre l'oreille, je ne comprends qu'un mot sur deux. Alors, au bout d'un moment, j'arrête de parler et regarde le paysage. Enfin, la mer. À perte de vue.

L'escale à Socorro est rapide. Le pilote prend quelques colis, complète son carburant et repart après que j'ai tout juste eu le temps de passer aux toilettes, comme il me l'a si aimablement conseillé. Il reste trois heures de voyage, et plus d'arrêt avant Clipperton. Alors, bercée par la douce musique du moteur, ballottée en tous sens, aux côtés d'un pilote caractériel, je finis par m'endormir.

Je suis réveillée brusquement par la voix du pilote.

— Qu'est-ce qui se passe ?

— Rien, rien, on n'est plus très loin et je prévenais de notre arrivée.

— Ah ! déjà ?

— Ben, vous, en tout cas, vous aviez du sommeil à rattraper, on dirait. Ça a dû être la fête à Acapulco.

Il a l'air plus décontracté qu'au départ.

— Non, pas spécialement. Mais comme je suis en confiance, je me suis bien détendue...

— Oui, ça, j'ai remarqué. Regardez là-bas, c'est Clipperton !

Droit devant apparaît une île que je ne distingue pas encore bien. Comme s'il m'avait entendue, Silvano reprend :

— Nous allons la survoler. Je les ai prévenus par radio, mais on va s'assurer qu'ils sont prêts à venir chercher les colis et... vous.

— Comment ça, « venir me chercher » ?

— Vous voyez, autour de l'île, la ceinture d'écume ? Ce sont des brisants.

Je commence à m'inquiéter légèrement.

— Des quoi ?

— Environ dix mètres sous la surface, une terrasse sous-marine borde l'île sur une centaine de mètres de largeur. La mer déferle dessus sans arrêt, et ça forme le cordon blanc d'écume que vous voyez là. C'est quasiment impossible de la franchir.

Là, je panique franchement.

— Comment ça, « impossible », alors, je fais comment, moi ?

— J'ai dit « quasiment »...

— Ouais, mais vous avez aussi dit « impossible ».

— C'est tout un calcul : les gros bateaux ne peuvent pas passer. La ceinture de corail en a éventré plus d'un. En revanche, avec un Zodiac, on a quelques chances, si on vise bien. D'abord, il faut que ce soit à marée haute. Et puis, on ne doit surtout pas se laisser dériver, garder le cap et passer exactement au milieu de la passe de cinq mètres qui est un peu plus profonde que le reste.

— Y a déjà eu des accidents ?

— Des tas ! Et des graves, en plus. Si on tombe à l'eau dans les brisants, c'est très dangereux. Entre les rouleaux de vagues déferlantes, les coraux coupants et les requins...

Au secours ! Là, j'ai juste envie de faire demi-tour ! Dormir à nouveau trois heures pour oublier, puis rentrer direct à Paris sans passer par la case Acapulco !

Mais la voix que j'entends soudain à la radio me fait comme un électrochoc :

— Silvano, c'est Emmanuel. Tu amerris ? On t'envoie le Zodiac. J'ai pas bien compris, il y a un passager avec toi ? C'est qui ?

Silvano se tourne vers moi et me regarde d'un drôle d'air.

— Le chef de mission n'était pas au courant de votre arrivée ?

— Ah moi, je n'en sais rien ! Ce n'est pas à moi de les

prévenir, tout de même ! Chacun son boulot. Moi, je suis dessinatrice naturaliste, pas standardiste.

— C'est quoi votre nom, déjà ?

Ah non, mais il m'énerve, celui-là ! Je dois absolument faire la surprise à Emmanuel, ce bonhomme ne va pas tout me gâcher !

— Valérie Rwonbiédwon.

— Pardon ?

Je répète mon nom, mais Silvano fait un geste désabusé de la main.

— Bon, on verra ça plus tard ! Regardez, y a le Zodiac qui quitte l'île.

Petit à petit, l'hydravion amorce sa descente pour se poser en douceur sur l'eau qui est parfaitement calme. À seulement quelques mètres de là, elle change du tout au tout. En effet, je peux constater de visu que les brisants, ce n'est pas du cinéma ! D'un coup, au milieu d'une grande vague, surgit le petit bateau à moteur qui vole littéralement au-dessus des flots. C'est surréaliste. Une fois sorti de l'écume, il se dirige calmement vers l'hydravion. Je tremble de tous mes membres : il n'y a qu'un seul homme à bord du Zodiac, avec une combinaison de plongée et un chapeau enfoncé jusqu'aux oreilles. Je ne distingue pas si c'est Emmanuel. J'aimerais mieux pas, d'ailleurs. Dans mes rêves, je le retrouve sur la longue plage dorée de l'île (avec un coucher de soleil incroyable), et c'est. – comment dire ? – bien plus romantique que sur un Zodiac secoué par des brisants.

Au fur et à mesure qu'il se rapproche, je vois mieux la silhouette de l'homme. Il me paraît plus petit qu'Emmanuel. Plus mince aussi. Je tente de garder mon calme, je fais de lentes respirations à la training autogène de Schultz qui ne servent à rien du tout, vu que je suis assaillie par l'idée qu'il faut repasser le cordon assassin. J'ai une trouille pas croyable. Trop d'émotions, de sensations, de sentiments...

jusqu'au moment où le Zodiac s'arrête au pied de l'hydravion. L'homme retire son chapeau, découvrant une flambée de cheveux blonds et longs.

L'homme du Zodiac est une femme. Une magnifique femme qui sourit à Silvano en lui lançant un câble. Celui-ci s'empresse de lui tendre la main.

— Hé ! Salut, Silvano !

— Salut, Gabrielle. Ça va depuis la dernière fois ?

— Ouais. Pas eu de problèmes majeurs, cette fois-ci. Tu as les réserves d'eau, que je les attache au bateau ? Tu sais que je n'ai pas de temps à perdre. La passe ne va pas être longtemps praticable. Ah ! Au fait, il paraît que je dois prendre quelqu'un ?

Je me penche un peu hors de l'avion.

— Oui, bonjour. C'est moi.

— Elle, c'est Valérie Rondondon, elle est dessinatrice, il paraît, explique Silvano en se marrant.

J'ai vraiment l'impression qu'il ne me croit pas.

— Ah ! On n'était pas au courant, mais tant mieux, y a du boulot sur Clipperton.

Bon, l'accueil ne me semble pas trop mauvais de son côté. Elle est souriante et n'a pas l'air compliquée.

J'aide tant bien que mal à transbahuter les énormes colis dans le bateau. Quand tout est terminé, je m'aperçois qu'il ne reste pas beaucoup de place pour moi.

— Euh... Et moi, je me mets où ?

— T'inquiète, on va te caler entre deux paquets. Comme ça, tu ne risqueras pas de tomber à la baille !

— Oui, ça m'arrangerait...

Une fois toutes les affaires solidement harnachées, Gabrielle dit au revoir au pilote, qui se fend d'un petit sourire moqueur à mon égard. Je n'aime pas trop ça, mais je lui fais un signe de la main, coincée que je suis sous les sangles entre deux conteneurs, mon sac à dos plaqué devant, sur mon ventre, et mon sac de voyage sous mes jambes.

— On y va ? Tu te tiens bien, normalement, ça passe, là. Les débarquements sont moins dangereux que les embarquements, à cause des houles croisées. Mais te fais pas de soucis, aujourd'hui, ça va à peu près.

C'est le « à peu près » que je n'aime pas trop, mais ai-je encore le choix ? Gabrielle met le moteur en marche, et nous voilà parties pour notre destin : à la place de finir ce soir dans les bras d'Emmanuel, il n'est pas exclu que je finisse dans le ventre d'un requin. C'est une perspective qui ne m'emballe pas vraiment. Alors, je m'accroche, priant tous les saints de la terre et du ciel que je connais de ne pas me donner en pâture aux poissons.

J'ose à peine regarder devant moi. Gabrielle manie le hors-bord avec maîtrise, mais je sais que, quelles que soient nos compétences, on n'est jamais aussi fort que la nature. Elle fonce droit devant et pénètre d'un coup dans un bouillon d'écume. Instantanément, je suis trempée (et merde pour mon brushing que j'ai mis vingt minutes à faire ce matin). J'ai soudain l'impression que la vitesse s'accélère. Le bateau tangue, l'avant se soulève, retombe, je me prends les chocs dans le dos et serre les jambes au moment où je sens mon sac s'échapper. Je le récupère de justesse, mais là, nouveau cahot. J'ai les jambes propulsées en avant. Mon sac se fait la malle. Il ne faut pas qu'il tombe à l'eau. Je me lève pour le rattraper, je perds l'équilibre, je m'accroche à un paquet, le nez du Zodiac se soulève complètement, j'entends les cris de Gabrielle, puis je perds l'équilibre en arrière. Un choc terrible me vrille la tête.

Puis plus rien.

— Bérénice, Bérénice !

Qui me parle ? Où suis-je ? Qui a posé un étau autour de ma tête ? Et du coton dans mon cerveau ?

— Bérénice, réveille-toi ! Tout va bien. Tu es arrivée.

Lentement, j'émerge. Des souvenirs confus me reviennent, un hydravion, un Zodiac, Clipperton... Emmanuel...

J'ouvre les yeux.

— Emmanuel !

— Oui, oui, c'est moi ! Remets-toi doucement, puis tu m'expliqueras ce que tu fais là.

C'est le choc ou le son de sa voix n'est pas aussi tendre qu'il devrait ? L'inquiétude de me voir dans cet état, peut-être.

Je regarde autour de moi, encore sonnée. Je suis dans une grande tente blanche, couchée sur un lit de camp. Emmanuel est assis près de moi.

— Tous les autres sont partis décharger et ranger le ravitaillement. Je suis désolé, maintenant que j'ai vu que tu allais bien, je vais devoir te laisser un instant pour aller les aider. Reste tranquille ici à te reposer, je reviens après, et on parlera.

Je reste sans voix. L'accueil n'est pas vraiment celui que j'espérais : au cœur d'un lieu paradisiaque, je me jette dans les bras d'un homme amoureux subjugué par ce que j'ai surmonté pour arriver jusqu'à lui...

Sauf que l'homme pas vraiment subjugué se lève, sort de la tente et me laisse là comme une vieille chaussette. Je m'assois. Ma tête tourne encore un peu, mais je me lève et fait le tour de l'habitacle. Dans un coin, une glace en pied me renvoie une image pitoyable. Je suis trempée comme une soupe, les cheveux collés par le sel, le sable et des algues vertes indéterminées. Mon mascara a coulé et donne l'impression que j'ai deux yeux au beurre noir. Je me demande même comment Emmanuel a pu me reconnaître. Je cherche mon sac des yeux, mais ne le trouve pas.

Il doit être accroché à la barrière de corail, par dix mètres de fond. Mon petit sac à dos est là, en revanche, avec tous mes papiers et quelques affaires importantes. Je l'ouvre, tout est trempé. Mon passeport, mon argent, mon bouquin, tout... Ça me fiche un coup supplémentaire au moral. Seul mon BuJo, qui était dans une poche arrière, est à peu près préservé.

Je sors de la tente, obligée d'enjamber une planche au sol qui me fait trébucher. Face à moi, quelques cocotiers encadrent d'autres tentes. Des centaines et des centaines d'oiseaux sont posés, partout. Quelques-uns se retournent vers moi et me regardent avec insistance : pendant un court instant, je me fais un mauvais plan Hitchcock. Puis ils reprennent leur activité, oubliant ma présence. Je fais quelques pas. L'île n'est pas tout à fait comme je m'y attendais : rien de paradisiaque, elle est complètement déserte, assommée par un soleil de plomb, sans aucune végétation à part la toute petite cocoteraie où je me trouve. Les cris des oiseaux retentissent en permanence, et c'est assourdissant.

Le sable me semble soudain bizarrement dur, sous mes pieds nus. Je baisse les yeux, juste à temps pour voir une multitude de crabes orange se presser dans ma direction. Je fais rapidement demi-tour pour me mettre à l'abri. En enjambant la planche de bois à l'entrée de la tente, j'en comprends soudain l'intérêt qui interdit l'accès aux crustacés.

Je m'assois au bord du lit, en proie à un grand coup de déprime. J'ai envie de pleurer. Qu'est-ce que j'ai fait ? Qu'est-ce que j'ai cru ? Et surtout qu'est-ce qui m'a pris de me lancer un défi aussi idiot, complètement au-dessus de mes forces ?

- AMBIANCE : déferlante.
- AVENTURE : je ne pouvais pas rêver plus extrême !
- ENQUÊTE « PRINCE CHARMANT » : charmant… charmant… C'est vite dit !
- CONSTAT : y avait le triangle des Bermudes, voilà maintenant le cercle de Clipperton.
- CITATION : *On peut affronter la brise, mais il vaut mieux s'affaler dans la tempête.* (Stephen King) (Je m'affale, je m'affale… physiquement, mais psychologiquement, aussi.)
- SPORT : hydravion + bateau + plongeon dans les roulis, ça ne vous suffit pas ?
- À VOIR (EN RENTRANT, SURTOUT PAS AVANT) : *Les Dents de la mer.*
- ÉCOUTER : Renaud - *C'est pas l'homme qui prend la mer, c'est la mer qui prend l'homme* (enfin, la femme…)

39

— Tu vas mieux ?

J'ai dû me rendormir. Il fait une chaleur torride, et moi, je ne suis vraiment pas fraîche. Emmanuel est à nouveau assis près de moi. Il est très bronzé, ce qui fait ressortir ses yeux clairs. Ses cheveux ont poussé. Sa barbe aussi. Il est encore plus beau que dans mon souvenir. Mon cœur se serre et je lui souris timidement.

— Oui, ça va... Je... Je...

— Alors dis-moi, qu'est-ce qui me vaut le plaisir de ta visite, comme ça, sur cette île inhospitalière et sauvage, perdue au beau milieu du Pacifique ?

Sa voix est plus détendue.

— Je peux avoir un verre d'eau, s'il te plaît ?

— Ah oui, pardon. Tu veux aussi peut-être manger quelque chose ?

— Non, ça ira. Juste un verre d'eau.

— Nous allons bientôt dîner, de toute façon. Mais avant, j'aimerais que tu me racontes, et puis on mettra quelques petites choses en place.

Sa dernière remarque m'inquiète. Mais je ne suis plus à ça près. Là, tout de suite, il faut que je lui explique pourquoi je suis venue le retrouver. Comme si ce n'était pas évident. Avoir à me justifier me paraît au-delà de mes forces. Pourtant, Emmanuel me regarde avec insistance et attend des réponses.

— Je... J’ai eu plein de galères à la maison. Et envie de prendre le large. Ton coup de téléphone est arrivé au bon moment et m’a donné... Enfin, m’a incitée... bref, je me suis dit : *Pourquoi pas ?*

— Eh ben ! Prendre des décisions aussi rapides pour un voyage aussi extrême et s’y tenir comme ça, sur un coup de tête, c’est incroyable ! T’es drôlement impulsive, toi, dis donc !

S’il savait comme non, justement.

Il éclate de rire. Je me fends d’un petit rire aigre, même si l’atmosphère s’est détendue, car je sens que quelque chose ne va pas. La suite me donne raison.

— Bon, alors, que je t’explique la situation. C’est pas facile, mais il va falloir que tu comprennes bien.

Que sous-entend-il ? Oui, ça m’arrive de comprendre les choses, je ne suis pas idiote. C’est limite vexant. Il continue :

— Ici, c’est une mission scientifique. Nous sommes missionnés par le gouvernement français et avons tous une spécialité. Il y a un algologue, un ornithologue, un climatologue, un géologue, deux bactériologistes, un herpétologiste et un carcinologiste.

— Un quoi ?

— Un spécialiste des crabes, si tu préfères.

— Ah, OK.

— Bref, nous sommes là pour travailler. Moi, je suis le chef de cette mission et... je ne peux pas la compromettre d’une façon ou d’une autre.

— Oui ? C’est-à-dire ?

— C’est-à-dire que tous les scientifiques que tu vas voir ici sont loin de leur famille, de leur conjoint. Si moi, je te présente comme mon... amie, ça risque de ne pas être tellement bien vu. Je ne veux pas leur imposer une telle injustice. Et puis toi et moi, on ne se connaît pas tant que ça. On a passé un bon moment ensemble, c'est sûr, mais là, je suis un peu... désorienté par ta présence.

Bam ! Coup de massue sur la tête. S'il y a quelqu'un de désorienté ici, c'est plutôt moi. J'essaie de garder mon calme et ma dignité.

— Mais alors, tu vas leur dire quoi ?

— On va faire simple. Je vais dire la même chose que toi : tu es une dessinatrice naturaliste, et je vais te charger de quelques illustrations à faire sur l'île ou sous l'eau. Tu sais vraiment dessiner, j'espère ?

— Oui, oui ! Je dessine plutôt bien.

— C'est déjà un bon point. Et tu sais plonger ?

— Pardon ?

— Tu as déjà fait de la plongée sous-marine ?

— Ben, non. Je... Non. Jamais.

— Merde. Ça va pas me faciliter la tâche, ça.

J'ai soudain l'impression d'être un boulet. Un phénoménal boulet. En position d'infériorité, sale, malvenue, maladroite, je n'arrive pas à trouver la force de lui dire le fond de ma pensée, ou même de lui poser des questions sur nous deux. Cela dit, je n'ai pas besoin de lui poser des questions pour me rendre à l'évidence : malgré son excuse, s'il tenait vraiment à moi, il trouverait un moyen de me le prouver. Mon orgueil en prend un sacré coup.

— J'ai une autre idée. Tu sais quoi ? On va expliquer à l'équipe que tu vas faire quelques croquis naturalistes de l'île. Mais que, comme tu ne sais pas plonger, en échange, tu vas te charger de la collecte des déchets. D'accord ?

— La collecte des déchets...

La collecte des déchets...

— Oui, tu sais, plein de déchets jonchent les abords de l'île en provenance d'Asie et d'Amérique. Ils sont poussés par les courants. Alors, c'est la tradition : chaque mission qui vient sur Clipperton a aussi la charge de ramasser régulièrement ces détritus, de les mettre dans des sacs qui repartiront avec le prochain voyage de l'hydravion pour aller ensuite en déchetterie.

J'en suis abasourdie. N'arrivant plus à retenir la colère qui monte, je lui sors d'un ton un peu brutal :

— Je vais ramasser les déchets... C'est une blague ? Tu te moques de moi, là ?

— Ne le prends pas si mal, Bérénice. C'est une noble mission ! Tu participes à l'équilibre écologique de l'île en faisant ça. Et puis, nous l'avons tous fait, tu sais.

Voilà ! J'ai fait douze mille kilomètres pour ramasser des déchets. Pour faire le noble métier d'éboueur de Clipperton. À l'entendre, je devrais en être honorée.

— Allez, c'est dit ! On explique tout ça tout à l'heure à l'équipe, et ça roule. Au fait, tu comptes passer combien de temps, ici ?

Le moins possible. La colère que je ressens me donne des ailes :

— Je ne sais pas. Je... Écoute, Emmanuel, ton coup de téléphone à Noël m'avait laissé croire autre chose, entre toi et moi. Je me sens ridicule, j'ai agi sur un coup de tête, c'est vrai, mais maintenant que je suis là, je veux comprendre. Depuis Saint-Malo, tu avais mon numéro de téléphone et tu ne m'as jamais appelée.

— Je te signale que la dernière fois que je t'ai vue, tu étais en train de te faire basculer par un homme dans ta chambre d'hôtel ; alors, franchement, ça n'incite pas vraiment à reprendre contact.

— Oui, j'avoue que ça pouvait prêter à confusion, mais je te jure qu'il m'a forcé la main. Il ne s'est rien passé entre lui et moi.

— Comment voulais-tu que je le sache ?

— Peut-être, mais vu ce qui s'était passé entre nous la

veille, je pensais que tu aurais pu m'accorder le bénéfice du doute.

— D'accord, mais c'était quand même à toi de m'appeler pour m'expliquer, non ?

— Mais j'avais écrasé mon téléphone en marchant dessus ce soir-là. Et puis quand il a été réparé, je me suis rendu compte que je n'avais pas ton numéro.

Il marque un temps d'arrêt. Me regarde un instant.

— On n'a pas de chance, tous les deux, tu ne trouves pas ? J'ai peur que ce ne soit pas un bon signe, pour notre relation.

— Si tu le dis…

— Je suis flatté que tu sois venue jusque-là pour moi. Je t'assure. Mais tu comprends, ce n'est vraiment pas l'endroit pour reprendre une relation qui déjà partait sur de mauvaises bases.

— Je ne trouve pas, moi, qu'elle partait sur de mauvaises bases...

— Bérénice, on verra tout ça à Paris. Je serai plus reposé, plus serein. Ici, comme je t'ai dit, ce n'est pas possible. Je ne veux pas. Les conditions de vie sont assez difficiles, et je ne peux pas compromettre le travail de l'équipe.

Je baisse les yeux sur mes pieds, dont j'avais patiemment verni les ongles en rouge vif. Bizarrement, je pense que le vernis va finir par s'écailler et que je n'ai pas de dissolvant – qui doit se balader par quinze mètres de fond – pour retirer ce témoin d'une envie de séduction qui ne me servira pas.

— Allez, le prochain hydravion repasse dans dix jours, reprend Emmanuel en se levant. En attendant, ce séjour va t'offrir une expérience inoubliable. Tu veux te changer ? On va aller manger dans notre tente-cantine.

— Mais je n'ai plus de valise, elle est tombée à la flotte quand nous avons passé la barrière de vagues !

— Gabrielle a réussi à la récupérer avant qu'elle tombe. C'est une pilote hors pair !

— J'imagine, oui. Mais bon, mes vêtements doivent être trempés.

— Avec la chaleur, ils ont largement eu le temps de sécher, maintenant. Gabrielle les a pendus sur notre fil à linge pour toi. Elle pense toujours à tout et à tout le monde, cette fille !

Extraordinaire Gabrielle...

Quand je pénètre dans la tente-cantine après avoir enfilé un tee-shirt et un short que m'a apportés la fameuse Gabrielle, je me retrouve face à neuf personnes qui se retournent vers moi. Je constate qu'à part elle, il n'y a que des hommes. Emmanuel se lève et vient vers moi avec un grand sourire. Il a l'air de jouer un rôle.

— Voilà, je vous présente Bérénice Bayard, qui est dessinatrice naturaliste et qui va rester une dizaine de jours avec nous. Pour finaliser sa thèse, on nous l'envoie afin de faire un carnet naturaliste détaillé sur Clipperton.

— Excellente idée, ça. Bonjour, Bérénice, moi, c'est Stéphane. Je m'occupe des oiseaux, ici. Et comme tu as pu le voir, y en a des tonnes ! Je suis LE spécialiste indispensable !

Les autres éclatent de rire. Je vois qu'Emmanuel a l'air rassuré que son mensonge ait si bien pris. Un autre homme se lève pour me proposer une chaise :

— Pas d'accord ! LE spécialiste, c'est moi, Julien. Parce que les crabes, ici, y en a pas loin de onze millions, alors… les autres, c'est de la gnognotte.

— Ah ! c'est vous, le carcinologiste ?

— Voilà, vous voyez, les gars ? Elle sait déjà qui je suis !

Emmanuel continue les présentations.

— Voilà Gilles et Olivier, qui étudient les bactéries du

lagon ; Vincent, qui s'occupe des algues ; Richard, qui est climatologue ; et Alban, qui est géologue.

— Et puis notre Gabrielle, spécialiste des reptiles, qui étudie les lézards sur l'île.

— Eh bien, ça fait une belle équipe, tout ça, dis-je avec sincérité, tant ils me paraissent sympathiques.

D'ailleurs, le repas se passe très bien, personne ne me pose de questions, chacun raconte ses découvertes de la journée, et je me prends à penser que, même si c'est un fiasco sentimental, je suis en train de vivre une sacrée belle aventure avec des gens passionnants. Quand vient l'heure de se coucher, chacun retourne dans sa tente, et moi dans ce qui est – j'ai fini par l'apprendre – une sorte d'infirmerie. Ma première nuit au bout du monde commence, et j'ai bien du mal à m'endormir, me repassant en boucle les souvenirs que j'ai d'Emmanuel. L'homme galant, agréable, prévenant, doux ; notre premier – et seul – baiser sur la plage de Saint-Malo. Et puis son accueil ici, distant et froid. Seule lueur d'espoir : il m'a dit qu'on pourrait se revoir à Paris. Après tout, il est peut-être sincère ! Il veut juste préserver sa mission, et notre relation pourrait semer la discorde.

Je décide alors de profiter de ma présence ici, de dessiner, puisque c'est ce que je fais de mieux, de partager de bons moments avec les scientifiques, de voir qui est vraiment Emmanuel, puisque, comme me l'a si justement dit Philippe, je le connais à peine.

Je commence à sombrer dans le sommeil quand j'entends des craquements étranges. Empoignant la torche, je soulève la toile de la tente pour découvrir des centaines et des centaines de crabes rouges qui se déplacent autour, visiblement en quête de nourriture. Ils sont tellement nombreux qu'ils forment un tapis sombre sur le sable. J'espère qu'ils ne vont pas faire autant de bruit que ça toute la nuit ! Au moment où je me fais cette réflexion, des oiseaux commencent à caqueter.

Ce n'est pas possible, je ne vais jamais pouvoir dormir !

Prise d'une subite illumination, je m'en vais fouiller dans les armoires de l'infirmerie, et là, bingo, je trouve mon bonheur : des paires de bouchons d'oreilles, qui tombent très à propos pour me sauver la vie.

Je me recouche et, cette fois-ci, c'est un petit coup de nostalgie qui m'étreint. Je pense à Amélie, Marius, Crumble et… Philippe. Que sont-ils en train de faire, en ce moment ?

Mais la fatigue de la journée s'abat sur moi.

Quand enfin je m'endors, il pourrait y avoir une attaque nucléaire au-dehors que je n'entendrais rien du tout.

- AMBIANCE : sordide, tragique, funeste, sinistre, pathétique, catastrophique, apocalyptique… (Vous en voulez d'autres, des adjectifs qui reflètent mon désespoir ?)
- AVENTURE : mission détritus !
- SPORT : au lieu du parapente, j'aurais dû suivre des cours de boxe.
- CITATION : *J'aime bien les îles. Il n'y a pas moyen de fuir. Quand on est face à un problème, on n'a pas le choix. Il faut le résoudre ou sauter dans l'océan.* (Patrick Weber) (J'ai déjà sauté…)
- TOC : en lieu et place des *bois-front* habituels, je tenterai le cocotier-front.
- ÉCOUTER : Brigitte Bardot - *Sur la plage abandonnée, coquillages et crustacés…* Quoique ce soit un peu trop joyeux pour mon état d'esprit actuel. *This Is the End*, des Doors, me conviendrait mieux.

40

Les jours se suivent et se ressemblent. Ça m'arrange, la routine a quelque chose de rassurant, même au bout du monde (enfin, *surtout* au bout du monde).

Le matin, je pars avec mes sacs ramasser les déchets ; l'après-midi, en quête de quelque chose de nouveau à dessiner, je parcours l'île. Ce qui n'est pas gagné : l'île n'est peuplée que de crabes rouges (le *fameux* crabe de Clipperton, m'a-t-on appris… qu'on ne peut même pas manger avec une bonne petite mayonnaise, car il est toxique) et d'oiseaux. Et encore, pas beaucoup d'espèces, puisqu'on y trouve principalement des sternes, des frégates et surtout des fous masqués. Une fois que j'en ai reproduit trois, un mâle, une femelle et un petit, c'est vite limité.

Cela dit, je me suis fait un copain : un très jeune fou masqué qui n'arrête pas de me suivre. Je l'ai appelé Île-Flottante (outre le clin d'œil à cette île du bout du monde, j'aime bien les noms de gâteau pour les animaux). Il est tout ébouriffé, d'un blanc pur, a des yeux jaunes et ronds comme des billes. Un matin, je lui ai donné quelques miettes de mon pain. Depuis, quand il n'est pas avec ses parents, il va partout avec moi. Il y en a au moins un qui m'aime, sur cette île.

Sinon, je fais de très beaux croquis de crabes. Vu la quantité, je ne suis jamais à court de modèles. Un jour, j'ai eu la chance d'observer une murène qui n'a pas hésité à passer sur la terre ferme pour chasser. Ces bêtes-là, c'est vraiment moche : un corps de gros serpent de plus d'un mètre, des yeux globuleux et fixes, un museau pointu, une gueule effrayante qui s'ouvre comme une entrée de métro sur des rangées de dents impressionnantes. Bref, elle n'a pas une gueule de porte-bonheur. Je parviens toutefois à la croquer rapidement avant qu'elle ne replonge dans l'eau. Je suis même assez fière de mon illustration.

J'assiste aux recherches des autres, ce qui finalement me passionne. Le lagon, au centre de l'île, est fascinant. Entièrement enfermé par la bande de sable, il contient de l'eau douce. Dedans, il paraît que les bactéries et le plancton prolifèrent sous les couches de plantes en putréfaction. C'est un véritable foyer de vie, même si, un peu plus profondément, il n'y a plus d'oxygène dans l'eau qui se transforme en véritable acide. Cela n'empêche pas les chercheurs d'y plonger, avec des combinaisons spéciales, et d'en rapporter des pleins tubes à analyser.

C'est d'ailleurs avec Emmanuel que je suis le moins. Il reste de longues heures dans une des tentes à récolter les données, les analyser, tenter de les envoyer à Paris via un réseau spécial. Et puis, je l'évite un peu. Ça me fait mal de le voir, si beau et si inaccessible. De temps à autre, il a un petit geste ou une parole gentille à mon égard, mais cela reste très convenu. Je commence à me faire à l'idée qu'en effet, je ne suis pas à ma place ici. Que j'ai agi sur un coup de tête, sans réfléchir aux conséquences. Et en même temps, j'en avais tellement envie. Pas seulement envie de voir Emmanuel, mais de m'affranchir de tout un tas de choses, de faire un break, de partir, seule, loin. Et finalement, ça, c'est parfaitement réussi.

J'en suis là de mes réflexions, piquant et ramassant les papiers et cartons qui jonchent le sol avec un bâton pointu, aux côtés d'Île-Flottante qui picore je ne sais quoi dans une vieille boîte de conserve, quand Olivier, un des bactériologistes, vient à ma rencontre.

— Hello, Bérénice. J'ai pensé à un truc pour te changer un peu de ton quotidien…

Holà…

— Ah ! mais c'est que je les aime bien, moi, mes détritus…

Son visage s'éclaire d'un grand sourire.

— Oui, c'est même très utile, mais pas très excitant, non ?

— T'as raison, ce n'est même pas excitant du tout.

— Ça te dirait de plonger avec nous ?

— Pardon ?

— De faire de la plongée sous-marine…

— Mais je ne sais pas du tout plonger, j'ai même jamais essayé !

— Oui, mais je vais t'apprendre. Tu verras, ce n'est pas si difficile que ça. Tu sais nager, quand même ?

— Ah oui, ça, oui, et même plutôt bien.

— Eh ben, voilà ! T'as fait plus des trois quarts du boulot ! Je vais te faire plonger à marée haute, à un endroit où il n'y a aucun remous, pour commencer. Tu vas voir, ce sont des sensations inoubliables. Alors, ça te dit ?

— Mais au fait, pourquoi tu veux que je plonge ? Vous manquez de plongeurs ?

Je suis toujours suspicieuse quand on me propose une bonne opportunité. Ça doit vouloir dire qu'on a besoin de moi. Mais sa réponse me prouve le contraire :

— Ah non, pas du tout. C'est simplement pour te changer un peu les idées et partager une activité avec nous…

Sympa, cet Olivier !

Il passe sa main dans sa chevelure blonde et me fixe en penchant légèrement la tête. Ici, tout le monde est bronzé, mais chez lui, c'est encore plus spectaculaire, car il a des yeux d'un bleu incroyablement clair. Son début de barbe lui donne l'air baroudeur que j'aime tant. Vu comme il est grand et musclé, je pense qu'il a une autre activité que l'étude des bactéries.

— Bon, ben… c'est d'accord. Mais tu seras avec moi, hein ?

— Évidemment. Si je t'apprends, je reste près de toi tout le temps. En plus, ça te permettrait de prendre des photos sous-marines dont tu ferais ensuite de magnifiques dessins.

— Oui, oui, c'est… Ça me plaît drôlement, c'est une excellente idée ! C'est super gentil à toi d'y avoir pensé. On commencerait quand ?

— On peut commencer maintenant : c'est une bonne heure pour plonger. Si de ton côté tu penses que t'as ton quota d'ordures pour aujourd'hui, on y va !

J'éclate de rire, ce qui inquiète Île-Flottante qui a plutôt l'habitude de mon silence ou de mes râleries à voix basse. Nous repartons, Olivier et moi, chercher le matériel au campement, suivis par mon petit protégé qui se dandine en me regardant avec affection (enfin, je crois).

Face à la combinaison, je me sens comme un fou masqué qui voudrait revêtir un collant en lycra. J'ai l'impression que jamais je ne pourrai entrer dedans tant ça semble serré. Et que si jamais j'y arrive, je serai un brin boudinée... et ridicule. Pour Olivier, cela ne semble pas poser de problème. Il m'aide à enfiler ce truc épais, râpeux et mouillé qui s'accroche à ma peau. Le pire, c'est quand il faut fermer le haut de la combinaison. Là, vu la taille de ma poitrine, tandis qu'Olivier remonte la fermeture arrière, j'ai l'horrible sensation que mes seins sont comprimés sous le néoprène et étalés comme deux œufs au plat.

Olivier me tourne vers lui :

— Ça va, Bérénice ? Respire, t'es toute rouge !

— Ben, c'est que ça m'écrase la poitrine…

— C'est une des combinaisons de Gabrielle qui est un peu plus… un peu moins…

— Oui, oui, j'ai compris.

— Ah ! mais ne te vexe pas, moi, je trouve que tu as une très belle poitrine !

Ouh là ! Si je n'étais pas déjà aussi rouge, je crois que je me serais piqué un sacré fard. Je me concentre sur ma ceinture de plomb, tandis qu'Olivier me palpe de partout.

— C'est pour être sûr que la combi est bien mise, me dit-il très sérieusement. Bon, et maintenant, les conseils de sécurité.

Pendant cinq bonnes minutes, il m'explique des trucs que je comprends à peine, sur la pression, la respiration, la flottabilité, les signes vitaux à connaître : « OK », et « Ça va pas ». Je flippe un tout petit peu.

— Comment ça, « Ça va pas » ? Pourquoi ça n'irait pas ?

— Non, non, ce sont des codes que tout plongeur connaît. C'est une sécurité supplémentaire, mais t'inquiète, je suis avec toi, tu ne risques absolument rien. Simplement, il faut être prudent et préventif. Si quelque chose se passait mal sous l'eau, il faut être en mesure de le faire savoir.

— Ah…

Respire, Bérénice, respire…

Nous montons tous les trois – Gilles, l'autre bactériologiste, Olivier et moi – dans le Zodiac.

— Nous allons plonger là. Ça te va ?

Bien sûr que non, ça ne va pas. Quelle question ! Je regarde l'eau. Elle est noire. Noire de chez noire. Qu'est-ce qu'il y a là-dessous ? Un puits sans fond ? Un monstre marin gigantissime ? Je suis soudain prise d'une panique incontrôlable. Pire que pour le parapente (et ce n'est pas peu dire).

— Non, je ne peux pas ! Je ne veux pas y aller. C'est tout noir, j'ai peur, c'est horrible… Je n'irai pas !

— C'est normal, la première fois, mais tu sais, ce n'est que de l'eau…

— Peut-être, mais c'est tout noir…

— C'est une impression, quand tu seras dans l'eau, avec ton masque, tu auras une tout autre vision. Tu me fais confiance ? Je suis moniteur de plongée, en plus d'être bactériologiste, tu sais ?

Ça ne m'empêche pas d'avoir la trouille et de ne pas parvenir à la maîtriser.

— Tiens, regarde, là-bas, l'autre Zodiac ! Emmanuel et Gabrielle vont plonger aussi.

— Mais je croyais qu'elle s'occupait des reptiles ! Il n'y en a pas dans l'eau, tout de même !

— Non, mais elle accompagne Emmanuel qui a des relevés à faire. On ne plonge jamais seul. C'est la règle.

De loin, Emmanuel nous fait un petit signe de la main. Il pointe le pouce en haut en me souriant.

— Tiens, regarde, même le grand chef croit en toi !

Le grand chef… Le grand chef ! Je t'en ficherais, des grands chefs ! Je vais lui prouver, moi, au grand chef… Parce que si Gabrielle plonge avec Emmanuel, eh bien, moi, je vais plonger avec Olivier ! Même morte de peur. Je ne regarde plus dans l'eau, je ne me pose plus de questions, j'y vais et c'est tout.

— D'accord ! C'est bon, je suis prête.

J'enfile mon masque, mets l'embout dans ma bouche et Olivier me prend doucement le bras pour me faire asseoir à côté de lui, dos à la mer, sur le boudin du Zodiac. Je me répète toutes les consignes qu'il a données et me concentre sur ma respiration, malgré le masque qui m'écrabouille le nez et me tire les yeux sur les côtés.

Soudain, je suis entraînée en arrière, je bascule et me retrouve dans l'eau sans avoir eu le temps d'y réfléchir. Olivier me prend la main après avoir fait le signe « Ça va ». Je lui réponds de la même façon. Nous commençons à nager. Avec les palmes, j'ai l'impression de glisser dans l'eau comme une anguille. D'onduler comme une sirène. Je suis envahie par une sensation de plénitude. Le silence absolu. Le calme total. Quelque part au fond de moi, j'ai quelques réminiscences d'angoisse qui se diluent dans l'eau tandis que j'évolue aux côtés d'Olivier.

D'un coup, je les vois : les magnifiques coraux de la barrière, architecture rosée et dentelée à perte de vue, foisonnants de vie. C'est à couper le souffle, beau et calme. Un poisson jaune s'approche de moi. Je tends la main dans sa direction. D'un geste vif et gracieux, il fait demi-tour et s'éloigne. Un banc de minuscules poissons se laisse porter au fil des remous de l'eau. On dirait une chorégraphie parfaite. Je lâche la main d'Olivier. Je crois que je n'ai jamais rien vu d'aussi beau. Là, devant moi, toute cette vie, ces couleurs, ces mouvements... Quelques algues dansent langoureusement, des anémones de mer vibrent, une murène entre et sort en cadence d'une grosse roche, comme si elle orchestrait le ballet aquatique de centaines de poissons multicolores à l'entour.

Suivant les falaises sous-marines, vestiges d'un ancien volcan, nous plongeons un peu plus profondément. Je suis sans hésiter, tellement c'est magique et enivrant. Nous approchons d'un gros poisson jaune et bleu, qui n'a pas l'air d'avoir peur de nous. D'autres murènes sortent leur nez d'anfractuosités pour nous regarder, puis disparaissent à nouveau dans leur antre. Olivier me donne un léger coup sur le bras, puis me montre quelque chose au-dessus de nous : une raie ! Une raie manta ! Grande, plate, agile, souple ! Un animal incroyable. Elle se déplace en bougeant ses nageoires de bas en haut, à la manière d'un oiseau, ce qui donne l'impression qu'elle vole sous l'eau. Nous remontons un peu pour la voir de plus près, mais elle se défile. J'ai tout juste le temps de toucher, émerveillée, une de ses grandes nageoires. Je la suis un instant, battant des jambes le plus rapidement possible, hypnotisée par sa majesté. Mais elle accélère soudain, et je m'arrête, la regardant s'éloigner, telle une reine tranquille. Mon cœur bat à tout rompre, non plus de peur, mais d'émotions. Quel incroyable spectacle !

Olivier, qui fait des photos depuis le début de la plongée, me propose son appareil pour que j'en prenne à mon tour : nous longeons encore un peu la barrière de corail, qui recèle mille trésors. Je prendrais bien TOUT en photo, afin de pouvoir tout dessiner ensuite. Je capte chaque détail, chaque animal, chaque algue, chaque couleur : quel fabuleux carnet naturaliste je vais pouvoir créer !

Malheureusement, il nous faut remonter. Olivier m'avait prévenue que, pour cette première plongée, nous ne resterions pas très longtemps. J'aurai d'autres occasions, je le sais, mais je sors de l'eau à regret.

Quand nous nous retrouvons le soir autour de la table, pour le dîner, Olivier explique, avec un grand sourire, quelle élève douée et enthousiaste je suis. Tous les autres me pressent de questions, me demandent mes premières impressions, me félicitent. Même Emmanuel se déride un peu, et nous arrosons comme il se doit mon baptême de plongée.

— Je voulais lever mon verre à mon super professeur, Olivier, aussi ! Sans lui, qui m'a encouragée, alors que, franchement, j'étais morte de trouille, je n'aurais pas fait cette merveilleuse découverte !

Je me tourne vers lui et lève mon verre de rosé. Il me sourit, lève son verre à son tour et m'envoie un clin d'œil complice.

Nous passons le reste de la soirée à boire et à rire, dans une joyeuse ambiance.

Je ne sais pas si c'est l'effet de l'alcool, l'exaltation ou une vue de l'esprit, mais je trouve qu'Olivier me prend un petit peu trop souvent par la main.

On n'est pourtant plus sous l'eau…

- AMBIANCE : corallienne.
- AVENTURE : je suis Cousteau, Mayol…
- CITATION : *Tout corps plongé dans un liquide…* (Elle me plaît bien, moi, la poussée verticale de bas en haut…)
- SPORT : plongée sous-marine, forcément.
- DÉCISION : je ne mangerai plus jamais de raie au beurre noir !
- À (RE)VOIR : *Le Grand Bleu*.
- ÉCOUTER : *Partir là-bas* (chanson de *La Petite Sirène*, de W. Disney).

41

Je commence tout juste à sombrer dans un premier sommeil quand j'entends la fermeture éclair de ma tente. Surprise, je me lève d'un bond et attrape ma torche électrique. Mais je n'ai pas le temps de l'allumer que quelqu'un est près de moi et me fait « Chhhuut ! »

Évidemment, sur Clipperton, à moins d'être attaqués par des pirates, je ne vois pas bien qui cela pourrait être d'autre qu'un des membres de la mission. En effet, une voix basse me murmure :

— C'est moi, Bérénice, Olivier !

— Olivier ? Mais qu'est-ce que tu fais là ?

— À ton avis ?

Ben, justement, je n'ai pas d'avis sur la question. Je ne suis pas très réactive, d'ordinaire, mais encore moins quand je suis un peu pompette, fatiguée de ma journée et que j'ai envie de dormir. Cela dit, je finis par comprendre et me réveiller tout à fait quand Olivier m'enserre la taille de ses bras.

C'est amusant : alors que d'habitude je me pose mille questions, genre « Vais-je céder ? », « Est-ce sérieux ? », « Est-ce le bon moment ? », « Est-ce l'homme qu'il me faut ? »... Là, rien. J'ai envie. Envie de me laisser aller dans les bras de celui qui m'a fait découvrir tout un monde nouveau. Olivier est charmant, intelligent, sympa, drôle... Que demander de plus ? De l'amour ? Pas la peine d'imaginer un quelconque engagement avec un homme que je ne connais pas et que je ne verrai plus jamais de ma vie dans quelques jours. Mais se faire du bien mutuellement, oui.

Oui, finalement, oui !

Quand il m'embrasse, tendrement, lentement, qu'il me caresse le dos et les seins avec douceur et s'allonge sur moi, je me dis que j'ai été bien bête de me retenir aussi longtemps de me laisser aller à de tels plaisirs.

Nous faisons l'amour trois fois. J'en suis la première surprise, car la dernière fois que j'ai vécu ça, je devais avoir à peine trente ans. Olivier est un amant délicat et attentionné, qui a en amour la même patience que quand il m'a emmenée sous l'eau.

Alors que nous nous posons enfin côte à côte, il me demande :

— Je peux te poser une question, Bérénice ?

— Je t'en prie...

— Pourquoi tu es venue sur Clipperton ?

Je suis saisie d'un frisson involontaire.

— Comment ça, « pourquoi » ? Emmanuel vous l'a expliqué, le jour de mon arrivée, non ? J'ai un projet de recueil naturaliste, et on m'a offert l'opportunité de venir ici faire mes dessins.

— Excuse-moi, je n'y crois pas un seul instant. Clipperton n'est pas un endroit où on envoie des dessinateurs comme ça. Quand on ne sait pas plonger, il n'y a pas grand-chose à dessiner ici à part les crabes et les oiseaux.

Un silence un peu lourd se fait. Je suis très embêtée : que lui dire ? Il reprend :

— Je sais que tu es gênée... Excuse-moi. Je ne veux pas te mettre dans une situation délicate. Je ne te demande pas forcément toutes les explications, mais je suis un scientifique, et donc curieux de nature... Alors, j'ai bien envie de connaître la vérité. Surtout si ça te concerne.

— Tu as raison, je ne suis pas venue pour ça. Nous avons

menti. Je ne suis même pas scientifique, ni même dessinatrice naturaliste. Je fais à peine de la peinture pour mon plaisir...

— À ce niveau-là, tu bluffes ton monde, quand même. Tu as un sacré coup de crayon !

— Oui, je me débrouille un peu, c'est vrai.

— Mais alors, qu'est-ce que tu es venue faire ici, au bout du bout du monde ?

Je me sens fatiguée, d'un coup ! Accablée ! Toute ma sordide histoire avec Emmanuel me tombe à nouveau dessus, et ça me déprime.

— Tu ne vois pas ?

— J'ai bien ma petite idée, mais je préférerais que ce soit toi qui me le dises, tu ne penses pas ?

— Tu as raison. Eh bien, je... Je suis venue, car je voulais retrouver Emmanuel. Je pensais que lui et moi... Enfin, tu vois... J'ai imaginé qu'il était mon prince charmant, je me suis nourrie de ces illusions, alors qu'en fait, je ne suis pas sa belle au bois dormant...

— Il n'était pas au courant que tu venais, j'imagine.

— Ben non. J'ai décidé ça sur un coup de tête, à partir de pas grand-chose, finalement !

Olivier me caresse doucement le bras.

— J'aime ta franchise, Bérénice. Tes hésitations, ton naturel, ton enthousiasme retenu, mais que l'on sent tout de même là, à fleur de peau... Je t'ai beaucoup observée depuis que tu es arrivée, et je suis sûr que tu es une personne entière et passionnée qui s'ignore. Tu as envie de vivre des choses, tu n'oses pas, puis tu te lances, puis tu te retiens, puis finalement tu y vas, avec toutes les angoisses qui t'accompagnent.

C'est le moins qu'on puisse dire.

— Ce doit être bon de vivre avec toi. Emmanuel ne sait

pas ce qu'il perd. En même temps, c'est le prince charmant de beaucoup de femmes, tu sais ?

— Oui, il m'a dit qu'il avait été marié plusieurs fois.

J'ai envie de changer de conversation. Le sujet est encore un peu trop douloureux. Je reprends :

— Et toi, tu es marié ?

Dans la noirceur de la nuit, je sens qu'il sourit.

— Oui. Et toi ?

— Je l'ai été. Je suis seule depuis un peu plus d'un an. Et ça ne te gêne pas de... tromper ta femme ?

— Bérénice, on ne va pas se cacher la vérité à nos âges. J'aime ma femme, c'est d'ailleurs la première fois que je la... trompe, comme tu dis. Je n'ai pas envie de la quitter, car je suis bien avec elle, nous avons construit quelque chose de fort et je voudrais que ça continue. Mais j'ai vraiment eu envie de toi. Dès que je t'ai vue. Tu es terriblement belle et attirante. Il y a quelque chose qui se dégage de toi, qui attendrit et excite à la fois. Je t'assure. Alors, j'ai voulu passer un bon moment avec quelqu'un de bien, de partager autre chose avec toi que ta première expérience de plongée.

— C'est pareil pour moi, Olivier. Nous sommes sur la même longueur d'onde.

— C'est exactement ça. Dis-moi, tu repars quand, au fait ?

— L'hydravion repasse jeudi. Je suis là encore quatre jours et trois nuits.

— Alors, si tu es d'accord, ces trois nuits, on pourrait les passer ensemble ?

— Ouais ! Je suis d'accord. Mais il va falloir que nous soyons discrets.

— Bien sûr. Tu ne veux pas qu'Emmanuel le sache, je comprends.

— Pas seulement ça, les autres aussi. On enfreint une des règles de vie de la mission.

— Quelle règle de vie ?

— Les relations amoureuses ne sont pas autorisées ici.

— C'est Emmanuel qui t'a dit ça ?

— Oui.

— Bérénice, il n'existe aucune règle de ce genre dans la mission. Chacun fait ce qu'il veut. Il ne manquerait plus que ça. La preuve, la femme de Stéphane est venue passer trois semaines avec lui. Et puis...

Il marque un temps d'arrêt.

— Et puis quoi, Olivier ?

— Non, rien, enfin, c'est tout, quoi...

— Olivier, tu as commencé, termine ce que t'avais à me dire.

— Je... Je suis désolé de te le dire aussi brutalement... Emmanuel et Gabrielle... Ils sont ensemble depuis qu'ils sont arrivés sur Clipperton et ne se gênent pas pour partager leur tente...

Je suis abasourdie. C'est... odieux. Emmanuel m'a non seulement menti, mais il m'a également laissé entrevoir que quelque chose pouvait être possible entre nous à son retour de mission. C'est faire bien peu de cas de moi. (Et de Gabrielle, au passage. Mais ça, je m'en fiche, ce n'est pas mon problème !)

— Je... Je suis désolé, Bérénice.

— Ne le sois pas. Je suis plutôt contente de savoir la vérité, pour ne pas passer pour la cruche de service, en plus !

— Oui, c'est un peu pour ça que je pense que la vérité est préférable.

— Je partage ton avis. Même si ça fait mal, c'est toujours mieux que d'être le dernier à savoir qu'on a été trahi.

Même si je suis choquée par ce que je viens d'apprendre, j'ai la sensation qu'un verrou se brise à l'intérieur de moi. Du coup, pleine d'une énergie nouvelle, je saute sur Olivier et, tandis qu'il me répète pour la énième fois que j'ai de beaux seins, j'entame la quatrième chevauchée de la nuit.

Quand nous nous endormons quelques instants plus tard, je me sens libérée. Je ne suis même pas sûre d'en vouloir à Emmanuel. Je le plains plutôt. Et je comprends son embarras quand il m'a vue débarquer sur l'île : ça a dû être un joyeux bazar dans sa tête pour tenter de trouver une solution ! Ça me fait plutôt rire, finalement, de l'avoir mis dans l'embarras !

Je me réveille au petit matin. Le lit n'est pas très grand, et Olivier prend toute la place, ce qui m'empêche de me rendormir. J'en profite pour sortir faire quelques pas dehors. Il est très tôt, et le soleil se lève à peine, nappant Clipperton d'une jolie couleur ambrée. Île-Flottante surgit d'on ne sait où et se met à marcher à mes côtés en piaillant tout doucement. Je le soupçonne de dormir près de ma tente et de guetter mes moindres faits et gestes. Alors que je passe près de sa tente, la trahison d'Emmanuel me revient en tête. J'ai envie d'en avoir le cœur net. Je m'arrête tout près et tend l'oreille. Pas de bruit. Il doit dormir. Je descends alors la fermeture de l'entrée, tout doucement, juste assez pour jeter un œil à l'intérieur. Olivier a dit vrai : Emmanuel et Gabrielle sont étendus sur le lit, emboîtés comme deux petites cuillers. J'ai beau le savoir, ça me fait un choc de les voir ainsi, l'un contre l'autre, Emmanuel enserrant la jeune femme dans ses bras. Je reste un instant à les regarder. Ils sont paisibles, jeunes et beaux. Je referme la tente, tandis qu'Île-Flottante me picore les pieds. Comment ai-je pu être aussi dupe ? Je ne dois en vouloir qu'à moi et à mon inconscience immature.

Je continue mon chemin, énervée, et quitte le campement. Tout doucement, l'aube ambrée fait place à des lueurs plus franches. J'ai besoin de marcher et entame le tour de l'île, dont le lagon intérieur scintille avec les premiers rayons de soleil. Tout le monde dort. J'ai l'impression d'être seule au monde, sur cette île perdue en plein milieu du Pacifique, à des milliers de kilomètres de toute civilisation. Marcher me fait du bien et dilue mes dernières bouffées de contrariété. Un vent doux précède la chaleur qui règne toujours ici en journée. Les crabes rentrent se cacher sous les rochers, les oiseaux s'ébrouent lentement. Île-Flottante, dépité, est retourné au camp après m'avoir regardée misérablement : je n'ai rien à lui donner à manger. Je m'arrête un instant pour le voir repartir maladroitement. De dos, il est encore plus drôle avec le duvet un peu gris et ébouriffé de son arrière-train.

Quand j'ai fini mon grand tour, je rejoins l'équipe attablée pour le petit-déjeuner. Ils ont presque terminé de manger.

Comme toujours, l'ambiance est joyeuse, et j'ai plaisir à les retrouver.

— Tiens, notre dessinatrice préférée ! lance gaiement Olivier en me faisant un clin d'œil.

— T'étais où ? demande Emmanuel un peu sèchement.

De quoi il se mêle, celui-là ?

— Je me suis réveillée très tôt et j'ai fait le tour de l'île. C'était très agréable, à cette heure.

— Toute seule ?

— Ben oui. Enfin, si on ne compte pas les milliers d'oiseaux et les millions de crabes !

Tout le monde rit sauf monsieur-je-veux-tout-maîtriser qui me regarde du coin de l'œil, puis commence à débarrasser la table avec Gabrielle. Maintenant que je le sais, je note des détails qui ne laissent aucun doute sur leur relation : des regards, des doigts qui se frôlent, des épaules qui se touchent... Sans réfléchir, je m'assois à côté d'Olivier qui me fait un grand sourire et colle sa jambe contre moi sous la table. En me passant les céréales, il attarde sa main sur la mienne, et ça me fait une décharge très agréable dans le ventre. Quelle nuit nous avons passée ! J'ai adoré. Je lui rends sa discrète caresse, puis attaque le repas avec appétit. L'amour, ça donne faim. Et je dois prendre des forces, car je suis bien décidée à profiter de mes derniers jours à Clipperton : faire de la plongée, des dessins, des photos... et l'amour toutes les nuits avec mon beau bactériologiste.

- AMBIANCE : torride.
- AVENTURE : du sexe, du sexe, du sexe... (Ooohhh !)
- SPORT : du sexe, du sexe, du sexe... (Deux cents calories la demi-heure.)
- CITATION : *Un mensonge ne peut jamais être effacé : même la vérité n'y suffit pas.* (Paul Auster) (En même temps, ils m'ont fait rêver, les mensonges d'Emmanuel...)
- À VOIR : *La Vérité si je mens...*
- ÉCOUTER : Ten CC - *I'm not in Love.*

42

Je n'ai pas passé beaucoup de temps sur Clipperton. Neuf jours, quand on mesure le périple que c'est pour y arriver, c'est vraiment rien. En revanche, j'y ai vécu des choses qui ne s'oublieront pas et qui m'ont changée à jamais.

Les quatre derniers jours avant de reprendre l'hydravion sont passés encore plus vite. Olivier et moi, nous avons plongé, plusieurs fois par jour. Il m'a montré des paysages marins incroyables, des poissons que je n'imaginais pas, j'ai vu des raies, des requins et même un groupe de dauphins qui migrait. Nous avons aussi plongé dans le lagon, là où l'eau est sombre et manque d'oxygène, mais où les bactéries pullulent. Il m'a expliqué comment la vie émergeait de ces êtres microscopiques. Olivier a été mon amant, mais avant tout un ami. Tous les soirs, nous nous sommes retrouvés dans ma tente, passant la nuit à nous aimer comme des fous, sachant très bien que ce serait sans conséquences, sans lendemain. Profitant juste de l'autre avec plaisir, du moment et de la magie des lieux. D'un commun accord, nous avons préféré taire notre relation. Cela ne regardait personne, finalement. En plus, c'était bien plus excitant de nous retrouver en secret.

Emmanuel est tout le temps resté le même avec moi : il n'a pas daigné me donner d'explications. Il est passé du statut de prince charmant à celui d'inconnu. Voire de goujat. Mais aujourd'hui, je ne regrette rien. Il a fait partie de mon paysage personnel pendant quelques mois, m'a poussée malgré lui à faire des choses que je n'aurais sûrement jamais faites sans cela.

Même si mon CV reste vide des activités que je n'ai pas faites ces trente dernières années, j'ai vécu en condensé quelque chose que peu de personnes pourront se vanter d'avoir vécu : Clipperton, la parenthèse magique dans ma vie, l'île sauvage et nue, à la fois inhospitalière et fascinante, qui m'a remise en phase avec moi-même et réconciliée avec ma tête, mon corps et probablement avec l'amour.

Au moment de quitter l'équipe, j'ai embrassé tous les scientifiques avec une tristesse non feinte. Quand est venu le tour d'Emmanuel, je lui ai glissé à l'oreille qu'il n'était pas question qu'il me contacte à Paris, que mon défi n'avait pas été de le retrouver, mais de me retrouver, moi. Et que j'y avais parfaitement réussi. Je lui ai souhaité bonne continuation avec Gabrielle, ou une autre, ou encore une autre, je l'ai embrassé sur la joue sans regret, puis je me suis retournée vers l'océan : j'en avais terminé avec Emmanuel.

Île-Flottante me suivait de près, comme s'il sentait quelque chose. Mon petit père est devenu si familier que j'ai réussi à lui caresser la tête. Il a tendu son cou vers le haut, et ça a fait rire tous les scientifiques. Stéphane, l'ornithologue du groupe, m'a dit qu'il n'était pas loin de pouvoir voler. J'ai été un peu triste de ne pas assister au premier envol de mon facétieux poussin, mais je n'avais pas le choix.

Il était temps de partir.

Olivier a pris ma main pour m'emmener jusqu'au Zodiac. Il avait insisté pour me conduire jusqu'à l'hydravion, de l'autre côté de la barrière de brisants. Je n'avais en effet pas très envie que ce soit Gabrielle.

Quand nous avons passé les déferlantes, l'hydravion était bien là, avec Silvano et son sale caractère. Quand il m'a vue, il a souri et s'est écrié :

— Salut, Olivier ! Alors, on décharge les provisions et je ramène la petite dame, c'est ça ?

— Oui ! Et fais-y bien attention, elle est précieuse !

J'ai aidé les deux hommes à transvaser les grands sacs dans le Zodiac, puis j'ai longuement serré Olivier dans mes bras, me retenant de pleurer.

— Tu n'oublieras pas de donner quelques miettes de pain à Île-Flottante, hein ?

— T'inquiète ! Il est devenu notre mascotte. On va le bichonner, ton petit protégé ! Allez ! Vas-y, ma belle ! Ne loupe pas la correspondance.

Je suis montée dans l'hydravion, ai regardé le Zodiac repartir et disparaître dans l'écume blanche. Après quelques rangements et réglages, nous nous sommes élevés dans l'air, et j'ai pu constater qu'Olivier avait rejoint la plage, où les autres étaient déjà en train de l'aider à décharger. À côté d'eux, un petit fou masqué courait d'un homme à l'autre, cherchant probablement à manger dans les grands sacs de provisions.

J'ai vu Olivier lui montrer l'hydravion qui tournait au-dessus de l'île.

J'ai vu Île-Flottante courir sur le sable et étendre ses ailes.

J'ai vu mon fou masqué blanc étincelant prendre son envol et s'élever pour la première fois dans les airs, puis tournoyer, juste en dessous de nous, comme un dernier adieu.

Et j'ai pleuré.

Maintenant que je suis dans l'avion pour Paris, je me laisse aller à une douceur nouvelle. Appuyée contre le hublot, je contemple l'océan et me demande ce qui m'attend. Ces quatre derniers mois, je suis passée par tous les stades : j'ai été capricieuse, immature, déterminée, angoissée, irresponsable, tenace, ridicule... Quatre mois de patchwork émotionnel ! Un vrai passage, où j'ai l'impression d'avoir accompli des rites d'initiation nécessaires pour comprendre et accepter : accepter mon passé, quel qu'il soit. M'accepter, moi, telle que je suis, avec mes erreurs et mes bonheurs. Accepter que mon quotidien soit parfois banal. Que la beauté de la vie soit dans chaque détail, dans le quotidien, et que ce que j'ai construit, comme dit Philippe, est magnifique.

À moi de rendre possible une certaine philosophie de la vie et le grain de folie nécessaire pour la pimenter. À ma mesure. Tout cela n'est pas incompatible avec la cinquantaine, loin de là.

Comme dans un conte de fées, ceux que j'ai rencontrés ont joué un rôle dans ma métamorphose : Madeleine a été mon déclencheur. Emmanuel, mon défi. Olivier, mon catalyseur. Et Philippe.

Philippe...

Je m'assoupis. Les dix jours sur Clipperton m'ont épuisée. Même si c'est une bonne fatigue. Je me détends, commence à rêver. Ne plus rien faire, me laisser porter. C'est bien aussi. Je me réveille alors que les lumières de l'avion sont baissées. Il fait nuit au-dehors. Tout en bas, sur l'océan, vogue un paquebot illuminé. Les passagers sont sûrement en train de faire la fête. L'idée me vient de faire le tour du monde, un de ces quatre. En attendant, je sors mon livre, le fameux roman policier d'Henning Mankell que je n'ai toujours pas réussi à lire. Il a bien voyagé, lui aussi, de Saint-Malo à Clipperton en passant par Acapulco. Il a même fait un sacré plongeon dans les déferlantes de la barrière de corail. Mais il a survécu. Il a une sale tête, est tout racorni. Je n'ai même pas pris le temps de vérifier si les lignes étaient encore lisibles. Je l'ouvre au hasard. Là, entre deux pages, une petite carte est à moitié collée sur le papier. Délicatement, je la décolle et la reconnais tout de suite : la carte de visite d'Emmanuel ! Celle qu'il m'avait donnée à la sortie du TGV, la fois où nous nous étions rencontrés.

Incroyable !

Je me mets à rire toute seule : que se serait-il passé si j'avais retrouvé cette carte tout de suite après qu'Emmanuel m'a surprise avec Jacques dans ma chambre d'hôtel ? Je l'aurais rappelé immédiatement, me serais expliquée, excusée, nous aurions repris le cours de notre histoire...

Tout aurait été à réécrire ? Olivier, la plongée, Île-Flottante, Clipperton, le parapente, le bourgogne, la peinture, mon atelier, miss Boudin et Philippe...

Pour quoi ? Pour m'apercevoir tout de même que cela ne l'aurait pas empêché de courir après d'autres femmes ?

Pour m'apercevoir aussi et surtout que moi, je n'étais pas faite pour lui ?

Parce qu'aujourd'hui, j'en suis sûre.

Et puis de toute façon, le sort en a décidé autrement.

Finalement, c'est bien mieux ainsi, non ?

- AMBIANCE : méditative.
- AVENTURE : plutôt l'heure du bilan.
- SPORT : dans l'avion, il faut bouger ses orteils pour favoriser la circulation du sang.
- CITATION : *Pour créer son propre paradis, il faut puiser dans son enfer personnel.* (Frida Kahlo) (En fait, c'est surtout pour prendre conscience que son paradis est à portée de main et qu'il faut passer par quelques épreuves.)
- À (RE)LIRE : *Jonathan Livingston le goéland*
- ÉCOUTER : Maïs Jonasz, voyons, Jonasz - *La Nouvelle Vie*.

- P.-S. - TOC : Ah ! Au fait, il semblerait que les *bois-front* se soient noyés dans les déferlantes...

43

Huit mois plus tard

Ils m'ont dit qu'ils avaient besoin de mon avis sur l'aménagement de la nouvelle salle de restaurant de Philippe. Mais je sais bien qu'il s'agit d'une surprise pour mon anniversaire. J'ai fait celle qui ne se doutait de rien pour préserver leur plaisir. Amélie, Marius et Philippe m'attendent dans La ferme aux biquettes, comme ils ont décidé de l'appeler.

J'ai mis ma robe bleue à fleurs blanches, celle qu'Amélie avait insisté pour que je l'achète et que j'aime tant. Je roule tranquillement avec Crumble. J'ai envie de prendre mon temps.

Philippe et les enfants ont investi un temps fou ces derniers mois dans la préparation et l'organisation du restaurant végétarien. Il devrait ouvrir ses portes dans les jours qui viennent. Comme Philippe me l'avait demandé, j'ai réalisé une fresque sur le mur de la salle principale. J'ai fait tout simple en créant un décor champêtre en harmonie avec l'esprit du lieu. J'ai juste ajouté un élément discordant dans le ciel de mon paysage : au milieu des hirondelles et des étourneaux typiques de notre région vole un fou masqué qui n'a rien à faire là.

Écologiquement, je veux dire.

Comme je suis en avance, je décide de m'arrêter en forêt pour marcher un peu, histoire de faire le point sur ce qui va se passer dans une heure.

Je repense à mon retour de Clipperton : j'ai mis du temps à me réadapter à ma vie, même si tout était clair dans ma tête. Personne ne m'a rien demandé, attendant que je sois prête à raconter mon périple. Ils ont tous bien compris que quelque chose de fondamental s'était passé pour moi, m'avait profondément bouleversée et que je le leur dirais quand le moment serait venu.

J'ai repris ma vie, avec mes traductions en retard, ma peinture, mes promenades en forêt, et trouvé des cours d'œnologie dans la région.

Mais je vois tout maintenant sous un autre angle.

J'ai réaménagé ma maison, aussi. J'ai abattu plein de cloisons : celles entre la cuisine, le salon et la chambre que je partageais avec Étienne. C'est devenu une grande salle conviviale où je peux recevoir plein d'amis si je le souhaite. J'ai transféré ma chambre au premier étage, et transformé la chambre des enfants en un bureau géant, avec des plantes, des bibliothèques et une grande baie vitrée qui donne sur le jardin et la forêt au loin.

En fait, j'ai découvert que j'avais besoin d'espace. Clipperton m'a ouvert des horizons infinis et m'a fait rejeter tout ce qui me semble étriqué.

Mon atelier s'est enrichi de quelques nouveaux tableaux de styles différents. Je travaille avec acharnement pour découvrir tout ce qui se fait : à force d'entraînement, je finirai bien par trouver mon propre style. Et puis j'ai décidé de finaliser mon carnet naturaliste sur la faune et la flore de Clipperton, et j'espère bien trouver un éditeur pour le publier. Mon carnet s'appellera *Île-Flottante*, en hommage à mon bel oiseau à la fois attachant et libre.

En ce qui concerne ma vie amoureuse, j'ai décidé de régler d'abord les affaires de mon quotidien et de me donner le temps. Je sais maintenant exactement ce que je veux, mais aussi ce que je ne veux pas. Ne rien brusquer, me laisser digérer mon expérience ratée avec Emmanuel, mon coup de folie avec Olivier, et laisser venir à moi tous les souvenirs passés pour les intégrer dans mon présent. Je n'ai rien dit à personne sur le sujet, même pas à l'intéressé.

Surtout pas à l'intéressé.

Je pense qu'il est temps d'y aller. Crumble et moi remontons dans la voiture, et je me dirige vers chez Philippe. Devant la maison, il y a plusieurs voitures, et je reconnais celle d'Alphonse. J'ai à peine passé le pas de la porte qu'Amélie, Marius, Madeleine, Alphonse, Anne, Ingrid, Aline et son mari, Arthur et Philippe s'égosillent en riant :

— Joyeux anniversaire, Bérénice !

J'embrasse tout le monde, mimant une surprise extrême. Tous parlent en même temps.

Mon œil affûté de mère me dit qu'Amélie et Arthur sortent ensemble (je suis passée maître dans l'art de repérer les couples). C'est récent – Amélie ne m'a encore rien dit –, mais j'en suis vraiment heureuse. Ils vont très bien ensemble.

Marius et Philippe sont plus complices que jamais. Crumble, tout joyeux que tout le monde soit tout joyeux, va de l'un à l'autre.

Madeleine me prend par le bras :

— J'ai toujours aimé cette robe avec ces petites taches blanches.

— Des fleurs, Madeleine, ce sont des fleurs !

Elle éclate de son rire pointu et m'embrasse gentiment.

— On s'en fiche : des pois, des taches, des fleurs... Le principal, c'est que ce soit joli, non ?

Je souris.

Amélie me conduit dans la salle de restaurant. Tout est terminé. Du mobilier en bois et des luminaires ambrés donnent une teinte chaude à la pièce. Je jette un œil à Île-Flottante sur le mur et lui envoie un bisou virtuel. Olivier passe fugitivement dans ma tête.

Philippe s'approche de moi et me prend la main.

Il s'aperçoit soudain que j'ai mis à mon doigt la bague qu'il avait achetée pour moi, il y a trente ans déjà, la regarde attentivement, puis plante ses yeux dans les miens.

Un sourire éclaire son visage. Tout doucement, il murmure :

— Je t'aime.

Ça fait trente ans que j'attendais ça.

Ça fait trente ans que j'avais la réponse en moi.

— Moi aussi, je t'aime.

- Citation : *Des amis fidèles, deux enfants fabuleux, un chien joyeux, un homme que j'aime...*
- *Voilà.*
- J'ai cinquante ans...
- ... et toute la vie devant moi !
- Bérénice Bayard

Remerciements

Merci à mon éditeur, Frédéric Thibaud, de sa confiance renouvelée,
Merci à mes fidèles relectrices, Alice, Axelle, Corinne, Laure, Sabine, et les trois Célines : Céline-maman, Céline G. et Céline R., pour leur lecture intransigeante et sans pitié : elles ont formé une team redoutable, joyeuse et tellement bénéfique.
Merci à toutes mes amies cinquantenaires, qui ont répondu avec tant de gentillesse et de tendresse à mes questions parfois très personnelles,
Merci à Karin, pour ses conseils médicaux bien utiles,
Merci à mes parents, ma sœur, mes filles et mon mari pour leurs encouragements, leur patience, leurs idées et leur indéfectible soutien,
Merci à Scoubidou (le grand frère de Crumble) pour les longues promenades en forêt qui me détendaient entre deux chapitres,
Et à Patchouli et Darjeeling, mes muses félines…
Et enfin un grand merci à Bérénice, qui est un peu moi, un peu mes amies, un peu toutes les femmes qui passent ce cap délicat de la cinquantaine, de nous avoir aidées à n’y voir que du positif.

Demain, nous nous lèverons toutes de bonheur !

Achevé d'imprimer en novembre 2017
sur les presses de la Nouvelle Imprimerie Laballery
58500 Clamecy
Dépôt légal : novembre 2017
N° d'impression : 711276

Imprimé en France

La **N**ouvelle **I**mprimerie **L**aballery est titulaire de la marque Imprim'Vert®